LA PROFUNDIDAD
DEL MAR AMARILLO

NIC PIZZOLATTO

LA PROFUNDIDAD DEL MAR AMARILLO

Traducción del inglés
de Maia Figueroa

black
salamandra

Traducción del inglés de Maia Figueroa
Traducción del inglés del relato titulado «Busca y captura»
de Magdalena Palmer

Título original: *Between Here and the Yellow Sea*

Ilustración de la cubierta: Shutterstock / Steven Seighman

Copyright © Nic Pizzolatto, 2006
Copyright de la edición en castellano © Ediciones Salamandra, 2015

Varios de estos relatos han aparecido en otras publicaciones, en algunos casos
con alguna diferencia: «Pájaro fantasma», en *The Atlantic Monthly*;
«La vigilia de Amy», en *Shenandoah*; «1987, en las carreras», en *The Missouri Review*;
«La profundidad del mar Amarillo», en *The Atlantic Monthly*;
«El gremio de ladrones, mujeres extraviadas y Sunrise Palms», en *Quarterly West*;
«La plantilla», en *Stories from the Blue Moon Café*, volumen IV;
«Tierra acosada», en *The Iowa Review*; «Tumbas de luz», en *Ploughshares*,
y «Busca y captura», en *Oxford American*.

Publicaciones y Ediciones Salamandra, S.A.
Almogàvers, 56, 7º 2ª - 08018 Barcelona - Tel. 93 215 11 99
www.salamandra.info

ISBN: 978-84-16237-09-8
Depósito legal: B-24.162-2015

1ª edición, noviembre de 2015
Printed in Spain

Impresión: Romanyà-Valls, Pl. Verdaguer, 1
Capellades, Barcelona

A Nath, mi hermano

CONTENIDO

PÁJARO FANTASMA

Y entonces la ciudad se sume en otro mes de mayo aletargado y sofocante. Los padres tuercen el gesto y arrastran a sus hijos por el Museo de la Expansión hacia el Oeste, mientras las barcazas descienden con sus lamentos por el Misisipi. Ha habido una explosión en la fábrica de Dowling Industrial y los gases tiñen nuestras puestas de sol de ciruela y naranja plutonio.

Trabajo de las once de la noche a las seis de la mañana. El parque está desierto, y yo monto guardia desde una pequeña ventana abierta en una pared de acero a ciento noventa metros del suelo. Hacia el este, treinta y seis hectáreas de césped y árboles, y los puentes que cruzan el río; hacia el oeste, las luces de San Luis. Hago la ronda bajo un cielo violeta —este mes no se ven las estrellas—, y después de inspeccionar los jardines con los prismáticos oficiales del Servicio de Parques Nacionales, salgo por la estrecha abertura de la ventana y me dejo caer desde lo alto del arco de San Luis.

Uso un Perigree II, un contenedor sin paracaídas de reserva, cerrado con velcro y fabricado por Consolidated Rigging. Dentro va una campana ACE 240 de siete metros cuadrados. Todo mi equipo es de color negro: casco, rodilleras, coderas y una braga que me cubre la boca y la nariz, pero las gafas llevan el cristal azul de visión nocturna de

11

cuarta generación de NVT. El arco, de acero de Pittsburgh, se llama la Puerta hacia el Oeste. Cuando saco la pierna por la ventana y una corriente de aire me azota el rostro, puedo mirar hacia el bosque oscuro o volverme hacia la otra ventana, donde San Luis arde con un tenue resplandor, y sentir que monto a horcajadas la durmiente encrucijada de los sueños de un país. Gichin Fukanoshi nos dice que los sueños contienen la verdad.

El viento arremete con tal fuerza y estruendo que te podrías desintegrar. Tres segundos de caída libre y otros cuatro de pilotaje de campana. A veces desciendo en espiral, como el agua que se va por el desagüe.

Junto a la base del arco, el Museo de la Expansión hacia el Oeste tiene las dimensiones de un campo de fútbol americano. En el vestíbulo guardo una bolsa y un uniforme de forestal; después de cada salto, entro deprisa y segundos después aparezco como Ethan Landry, guarda del parque. En esos momentos, el silencio de la noche siempre me recuerda que el recinto está cerrado y que estoy solo.

El viejo ascensor del personal sube entre suaves zarandeos y chirridos.

Suena música en la radio, y presto atención a los instantes de pausa en el crepitar de fondo del teléfono de emergencias. Las horas se dilatan hasta la mañana. Como ya no bebo, combato el tedio con la lectura. Leo cosas como *El libro de los cinco anillos*. *Hagakure: El camino del samurái*. El *Tao-Te-Ching*. Antes me gustaba leer la obra de Alce Negro y algunos ensayos de Emerson, pero la mentalidad oriental me resulta mucho más clara. Creo que eso, la claridad, es lo principal. Encuentra un camino y recórrelo.

Eso explica mis saltos tan bien como cualquier otra cosa. El salto base consiste en lanzarse en paracaídas desde lo más alto de un edificio. Para mí, sin embargo, significa afinar los sentidos y ser uno con el vacío. El gran samurái Miyamoto Musashi dice que es preciso librarse del yo y fundirse con el *Mu*, el vacío que reside en lo más profundo de la existencia y al que todo regresa. Así, el guerrero encuentra la vida en la muerte. Conseguirlo es más difícil de lo que parece, y sólo me he acercado en una ocasión. Hace tres años, descendiendo en kayak el río Buffalo al norte de Arkansas, volqué y salí despedido de la embarcación. Me estrellé contra una roca, el kayak se me echó encima y me rompió el tobillo, viró, me hizo saltar una muela y desapareció torrente abajo. Azotado por la corriente, tragando agua y cegado por el dolor, me agarré a la superficie de piedra porque sabía que si me dejaba arrastrar sería el fin. Entonces me di cuenta de que una ardilla me observaba desde la orilla. Ladeó la cabeza como preguntándose qué narices hacía, y después se encaramó a un árbol trazando una espiral en torno al tronco hasta que la perdí entre las ramas. Recuerdo la sensación de calma, la quietud, y pensar: «Ésta es mi muerte. Qué interesante.»

Ese instante me brindó una reveladora visión del universo, una procesión galáctica que marchaba sin contar conmigo. Lo que Dogen llama «las diez mil cosas». La fractura del tobillo se curó, pero, desde aquel día, al descenso de ríos le faltaba algo; así descubrí el paracaidismo, que me llevó hasta el salto base. Había empezado a hacer piragüismo porque una de las primeras cosas que te dicen en rehabilitación es que si quieres mantenerte sobrio debes hacer ejercicio.

Pero, por si nada de eso tiene mucho sentido, dejémoslo en que, debido a mis horarios, con quien más me relaciono es con la gravedad. Todas las noches sin luna tenemos una cita hacia las tres de la madrugada.

Además es mayo. La tonalidad de los cielos es amatista y verde, y, como decía, no se ve una estrella. Por la noche los bosques pierden profundidad, contraste, y parecen extenderse para formar una llanura uniforme como las descuidadas praderas de pastoreo de la granja donde me crié. Los dos focos de la base del arco no son un problema: caigo justo en medio. Aunque esta noche no haya luna, la iluminación que crea este cielo tan extraño me preocupa porque el salto base es ilegal en Estados Unidos. Muchos saltadores van a tirarse a los parques, y los forestales somos sus enemigos tradicionales. La paradoja de mi vida es tan obvia que ya ni siquiera la considero una paradoja.

Antes de saltar recorro el parque con los prismáticos: hierba cortada, arboledas de pinos y álamos, caminos asfaltados que convergen al este en el antiguo Palacio de Justicia. Un brillo; detecto un centelleo fugaz detrás de un árbol. Enfoco con el zoom y encuentro al menos dos personas agazapadas en la penumbra. Estoy a punto de avisar por radio, pero entonces descubro de dónde viene el reflejo: lentes. Una de ellas mira hacia lo alto del arco con un par de prismáticos. La madrugada de hoy me ha traído una sorpresa; me deshago del equipo y me convierto en guarda forestal.

El ascensor me lleva hasta abajo a trompicones, luego camino con sigilo entre los árboles y me agacho detrás de los arbustos más altos. Hay tres personas: una chica y dos chicos, todos bastante jóvenes, así que me digo que será mejor no pasarme con ellos. A mis veintiocho años todavía recuerdo la emoción de colarme en los sitios por la noche. Tuve una novia a la que le encantaba explorar lugares prohibidos. Con los nervios a flor de piel gracias a lo que hubiésemos pillado, Mabel me llevaba por sitios oscuros llenos de tuberías de vapor y carteles de prohibido el paso, por escaleras que subían a algún tejado y acababan en un beso. Aguanto sin encender la linterna y me acerco, porque oigo voces y quiero saber qué dicen.

Un chaval corpulento de mofletes rechonchos y gafas habla con otro más delgado que lleva una gorra de béisbol y una gabardina.

La chica ya hace un rato que mira el arco con los prismáticos. Los baja e interrumpe a los chicos.

—Creo que he visto a un guarda ahí arriba.

Entonces un gemido humano atraviesa el aire. Miro a mi alrededor y veo que por todas partes las sombras cobran forma. Más allá de esa arboleda, el parque está lleno de gente. Al menos doce personas. Hay un chico y una chica tumbados boca arriba; ella señala el cielo. Otra pareja besándose contra el tronco de un pino explica el gemido que acabo de oír. Me he topado con un sueño de juventud y lujuria, y por algún vago motivo, eso, la irrupción de esos jóvenes en mi momento sagrado y necesario, me hace enfadar.

Enciendo la linterna y pongo mi voz más grave.

—¿Qué hacéis aquí? El parque está cerrado.

Todos salen corriendo, pero atrapo a esos tres con el haz de luz. Crujen las hojas y el eco sordo de los pasos reverbera en la tierra.

El chico de la gabardina levanta las manos, luego las baja poco a poco y da un paso adelante.

—Eh... Hola. Sí, ya sabemos que está cerrado, lo sentimos mucho. Estamos haciendo un trabajo para clase. Vamos a la universidad.

La chica me mira por encima del hombro de su amigo.

Sigo enfadado, y cuando el chico penetra mi círculo de poder, me planteo distintos ángulos de *kokyu nage* con los que podría lanzarlo por encima de la mata de arbustos.

—Está prohibido entrar aquí.

—Tenemos una asignatura... «Mitos y leyendas americanos modernos» y estamos con el proyecto final. Verá...

Entonces habla la chica.

—Es que hay una leyenda urbana que dice que en las noches sin luna algo vuela desde el arco.

No alcanzo a distinguir el color de sus ojos, pero sé que los tiene claros.

—Frank cree que es un tipo con un paracaídas, aunque por las descripciones parece un pájaro fantasma.

—¿Un qué?

—Un pájaro fantasma. El espíritu indio del trueno: gigantesco, negro y de ojos encendidos. La gente los ve desde hace siglos.

—No hay nada que salga volando desde el arco.

Frank —supongo que es él— interviene:

—Yo conozco a tres personas que no se han cruzado en la vida, y todas me han contado la misma historia: han visto algo despegar desde el arco. Los tres describieron una figura toda negra de ojos rojos y relucientes. ¿Quiere otra coincidencia? Que no había luna en ninguna de las ocasiones. He estado investigando: ciento ochenta metros es un salto base más que factible. Usted no puede estar vigilando todo el tiempo.

—Chicos, escuchadme bien: está prohibido entrar aquí. Esto es ilegal. El parque es propiedad del Gobierno.

—Lo sentimos mucho. De verdad. Era... bueno, ya sabe.

—Queríamos ver si era cierto.

—Pues no lo es —insisto—. Tenéis que salir del parque.

Se marchan deprisa, farfullando disculpas. La chica vuelve la cabeza y me mira un instante. Rasgos suaves que reflejan la luz; ojos, labios. Y los estudiantes desaparecen.

Vuelvo a la oficina sin prisa y evocando mi propia experiencia estudiantil. Fui el primero de la familia en ir a la universidad; recuerdo a mis compañeros, tan parecidos a éstos. Bronceados, sonrientes, recorrían los patios de piedra cogidos de la mano y todos tenían cortes de pelo distintos del mío, ropa diferente. Allí me di cuenta de que no sabía hablar ni vestirme, ni siquiera sonreír.

Recuerdo que el primer año me sentía un fraude y no hacía más que imaginar conspiraciones por todas partes, pero mi compañero de habitación compraba hierba al por mayor y me enseñó a relajarme y a olvidarme del mundo. Siempre me viene un ligero escalofrío al pensar en esa época, antes de descubrir la necesidad de mantener el control y encontrar mi propio camino.

Mientras el ascensor me lleva hacia arriba, mi ojo interior reproduce en bucle la mirada de despedida de la chica. Miyamoto dice que el verdadero *bushi* se separa del deseo; pero en la penumbra de esta noche, esos ojos han tironeado algo que se aloja en mis pulmones y llega hasta ese lugar tras el abdomen donde se encuentra el *chi*. Entonces no me queda más remedio que pensar en Mabel, así que paso el resto del turno practicando meditación guiada. Sentado en la posición del loto, cierro los ojos y me concentro en el Triángulo Azul, donde guardo mi yo despojado del ego, intentando no pensar en la risa de Mabel ni en la hendidura en la base de su columna vertebral, ni en el sabor de su sudor ni en el agua violeta de la bañera que la cubría en nuestra última noche juntos. El crepitar de fondo del teléfono de emergencias susurra y lo bloqueo.

La mañana es un intenso baño de luz blanca. Mientras bajo en una de las cápsulas que trasportan a los visitantes, oigo cómo se despierta San Luis. Se despiertan los pájaros, se despiertan las barcazas, y se llaman unos a otros. Hay una chica junto a la base del arco. Lleva una camisa blanca sin mangas y el viento le pega la melena castaña a la cara; antes de que se la aparte con la mano, ya sé quién es.

—El parque no abre hasta las nueve —le informo.

Ella me mira con ojos de color verde pálido. Tiene el pelo castaño con mechas en tonos anaranjados.

—¿Puedo ayudarla, señorita?

—Eres tú, ¿verdad? —me pregunta.

—¿Perdona?

El viento sigue jugando con su pelo.

—Eres el pájaro fantasma, ¿a que sí? ¿Sabes que hay una página web sobre ti?

La mañana es cada vez más ruidosa, y la luz del sol demasiado brillante.

—¿Qué?

¿Qué posibilidades tengo de salir airoso si sigo mintiendo? Es mucho más menuda que yo, así que contemplo la posibilidad de pinzarle el nervio con un *yonkyo* para dejarla inconsciente. Pero el problema seguiría ahí cuando ella despertase.

17

—¿Qué quieres?

—Enseguida te lo cuento. —Mira alrededor del parque y hacia lo alto del arco—. ¿Podemos ir a hablar a otra parte?

Una cafetería que huele a mantequilla y *fondant*. La chica lleva un montón de plata encima y unas cuantas pulseras hechas con cordones en un brazo. Tiene la nariz y los pómulos salpicados de pecas oscuras. Se llama Erica Gleason, y me está contando la historia de los pájaros fantasma como prólogo a la explicación de algo que no me ha querido adelantar.

—Uno de los mitos que hemos estudiado en clase es el avistamiento de un fenómeno inexplicable que se repite a lo largo de la historia y en todas las culturas: una figura ornitológica de color negro, una especie de pájaro enorme con ojos relucientes. Lo llaman de maneras distintas, pero muchas de las teorías coinciden en que el nombre es lo de menos.

—Erica...

—O sea, ángeles, demonios, monstruos, qué más da.

—Erica. —Me inclino hacia delante sobre la mesa—. ¿Qué quieres?

Se deshincha un poco y me arrepiento al instante de haberla interrumpido. Le da un sorbo al café y mira por el ventanal de la cafetería. Semáforos que se alzan sobre el gentío. Ruido de bocinas, frenos chirriantes. A estas horas suelo estar en la cama, preparándome para dormir el día entero.

Entonces se vuelve hacia mí.

—Lo que quiero decir es que, cuando me di cuenta de que sólo eras tú, me llevé un chasco.

—Hablando de eso, ¿cómo lo supiste?

Inclina la cabeza y remueve el café.

—Por cómo actuabas. Y porque vi un tipo vestido de negro observándome con unos prismáticos desde una ventana del arco. —Me mira con aire condescendiente—. No se lo he dicho a nadie.

18

—Bien. Bueno, ¿qué quieres?

—Pues verás —empieza a decir, y deja la cucharilla en la mesa—: quiero que me enseñes.

—¿El qué?

—Salto base.

Intento explicarle que las cosas no funcionan de esa manera.

—Uno no se pone a hacer salto base así como así. Cuesta años acumular el conocimiento necesario para dar el primer salto: es un proceso constante de aprendizaje. Yo mismo todavía me rajo alguna vez.

—Ya he hecho paracaidismo.

—¿Cuántas veces?

—Dos.

—Joder. —Me he equivocado al describir su pelo como castaño. Es más bien como el trigo tostado con destellos cobrizos y caoba—. En este deporte no hay que demostrar nada. Es muy personal. Hay gente que muere practicándolo. Quiero decir que hay gente con mucha experiencia que acaba con lesiones muy graves y muere. No entiendo por qué quieres hacerlo.

—¿Por qué lo haces tú? —me pregunta, y cruza mi mente como un fogonazo la imagen de Mabel flotando sin vida bajo la espuma de jabón de lavanda.

—Primero has de dominar el paracaidismo. Y, aparte de eso, hay otros que pueden enseñarte.

—Mira, no le he dicho nada a nadie, ¿vale? No me he chivado. A ver, si no te interesa, ¿qué haces hablando conmigo? ¿A qué esperas?

Sabe que por el mero hecho de discutirlo con ella ya estoy accediendo. La plata de su muñeca tintinea; tiene los labios finos y descoloridos; las clavículas se le despliegan sobre el pecho como un sombrío albatros y yo pienso: «Triángulo Azul, Triángulo Azul.»

• • •

19

Al llegar a mi apartamento, la luz del contestador automático parpadea. Hay varios mensajes, cosa que me inquieta porque no sé quién podría haberme llamado. Después de diez meses en San Luis, mis contactos se reducen a un casero, un cartero y dos guardas forestales que creen que estoy loco por escoger mi turno. Tsunetomo escribe en *Hagakure* que en el hombre solitario reside un poder insondable.

La voz del contestador es la de mi padre: «Ethan, soy tu padre. No encuentro a tu madre, hijo, y hace rato que intento contactar contigo. Necesito que metas los caballos en el establo.»

El siguiente mensaje es de una hora más tarde; su voz suena gutural y las palabras le salen lentas y nasales: «Ethan, soy tu padre. No encuentro a tu madre, hijo, y hace rato que intento contactar contigo. Tienes que guardar los caballos. Parece que va a llover.» Los otros tres mensajes son más o menos iguales, pero además me pide que recoja unas patatas y unas zanahorias para que mi madre haga sopa de verduras. Vendimos la granja hace un tiempo, después de que ella muriese.

Llamo a Green Grove y le cuento lo de las llamadas a la enfermera jefe. Me pone en espera y, cuando vuelve, me explica que la enfermera que ayer estaba de turno en la planta de mi padre era una sustituta y que por eso él pudo llamar tantas veces. Se disculpa por las molestias. Una vez en mi habitación, me tumbo en una esterilla de bambú situada en el centro de mi habitación y me pongo un antifaz de dormir para tapar el sol que se filtra a través de las persianas. Cuando intento visualizar una playa donde sincronizar los latidos de mi corazón con el romper de las olas, lo que veo es a mi padre una mañana de verano, la primera vez que volví a casa después de marcharme a la universidad. Mi madre y yo lo encontramos plantado en medio de un campo de matorrales al amanecer, cara al sol, enrollado en una manta, sin nada más. Esa mañana lo envolvía una luz resplandeciente. Al principio creímos que estaba haciendo el tonto, pero desde entonces me he preguntado varias veces qué estaría viendo exactamente.

Así que el océano de mi mente se convierte en el canto al alba de las currucas y algún pajaro chochín en la granja de mi padre. Luego Erica se pone a darme una lección magistral sobre espíritus eternos disfrazados de pájaro al tiempo que se desabrocha la blusa. No puedo dormir, lo que de verdad quiero es saltar desde algún sitio.

Nos apuntamos a un curso de caída libre acelerada. Es un programa de siete niveles diseñado para aprender lo esencial de la disciplina; después de eso, a Erica le quedan por delante veinte saltos para llegar a ser aspirante a maestra de salto. Tiene el dinero para hacerlo. Su padre es abogado de Dowling Industrial. Empezamos con una pequeña Cessna de un solo motor en la que el aire sabe a aluminio y gasolina. El asiento vibra y se hunde, el motor petardea. Mientras esperamos a que nos den la señal, Erica le echa un vistazo a la línea estática y dice:

—Allá vamos. ¡Gerónimo!

—¡No, eso no! Todo el mundo grita lo mismo.

—¿Qué dices tú?

—*Banzai* —admito a regañadientes.

Ella asiente con la cabeza y mira al frente como si tal cosa, sin mostrarse intimidada, emocionada ni asustada.

Cuando saltas desde casi cuatro mil metros, ni siquiera te sientes caer. Más bien es como estar en el centro de una explosión fría. Se ve la curvatura del planeta, la superficie esférica que tira de ti. La veo caer con el mono de color rojo chillón y los brazos arqueados formando una figura perfecta. Se encoge, perfora una nube blanca y la pierdo. Pego los brazos a los costados y me precipito. A unos doscientos veinticinco kilómetros por hora, veo su campana algo más abajo, un cuadrado ondulado de color rojo. Se me hinchan las mejillas de viento.

Una vez en tierra, no puede parar de sonreír ni de levantar la vista para mirar el trecho que hemos surcado. Vitorea y se ríe, y propone que nos tomemos unos chupitos, pero le explico que se trata tan sólo de un subidón de adrenalina y que yo no bebo.

El aire de mayo es denso y pesado, atrapado bajo este vapor violeta que estamos soportando. Por las noches me preocupo. Mientras inspecciono el parque, me pregunto quién estará ahí fuera esperándome. Erica me ha hablado de una página de internet: «El hombre pájaro de San Luis.» Tiene una foto de un ave negra con colmillos y los ojos encendidos y fosforescentes, además de foros y testimonios de personas que me han visto. Venden camisetas y todo.

La caída libre no se puede comparar con el salto base. Cuando saltas desde un avión estás a demasiada altura y no tienes verdadera conciencia del suelo. *Mu*, el vacío, no es tan inmediato, no alcanzas a notarlo siquiera. El abrazo de la gravedad se parece más a un lánguido tirón que a un azote violento. Pego las manos al cristal y sopeso la caída. La vida soñada de una ciudad durmiente parece de una lejanía espantosa, mientras mi reflejo me devuelve la mirada y dos haces de luz paralelos se proyectan desde la base del arco como una escalera zen.

Cinco saltos después, Erica me cuenta que su madre es una artista que da clases en casa y que perdió hace tres años un pecho a causa de un cáncer de mama. Estamos comiendo un helado, paseando por un centro comercial, porque ella quiere comprarse un par de zapatillas nuevas.

—Si te digo la verdad, tenía la esperanza de que fueses un animal por descubrir. Un pájaro fantasma o algo así —me confiesa.

—Ya. ¿Tú crees en esas cosas?

Se encoge de hombros y lame el cucurucho sin dejar de balancear la bolsa de Foot Locker.

—Supongo que sí. Es posible. Siempre hay cosas de las que no sabemos nada. En Texas, en los años veinte, varias personas avistaron un pájaro negro del tamaño de una ciudad posado sobre la luna. Me encantan esas historias.

Se limpia el caramelo del labio con un dedo y se lo chupa mientras me sonríe. El *chi* me repiquetea contra el diafragma como si me hubiera tragado una bomba diminuta. Las clases de Erica se acaban, y empezamos a saltar más a menudo. Tres veces por semana. Nos marchamos del aeródromo al caer la tarde. Me cuenta que estos días su padre trabaja horas extra: la Agencia de Protección Ambiental está haciendo pasar un mal rato a Dowling Industrial.

—¿Y qué es eso? —pregunto describiendo un arco con el dedo en un cielo color lavanda.

Ella me coge la mano y nos detenemos.

—No sé lo que es.

Al principio me da vergüenza porque en el apartamento no tengo muebles y mi cama no es más que una esterilla de bambú y una manta fina. A la tenue luz de la ventana, el vello de su pecho y de su vientre se ve rubio y resplandeciente. El sudor le forma una balsa salada en el ombligo. Tiene la piel más oscura que Mabel y pesa menos.

Siento cierta ansiedad que se va aplacando a medida que avanzamos. Está bien tocarse; es como lo recordaba, pero diferente.

—Háblame de tu primera vez —me pide con la cara sonrojada y brillante, y las puntas de la melena pegadas a mi pecho.

Le cuento el salto desde el puente Bethel, en Cypress Park. No menciono la curiosidad perversa que sentí aquella mañana fría, la intención clara, cuando asomé un pie desde el puente, de aferrarme al paracaídas plegado todo el camino y no soltarlo nunca.

—Ahora en serio —me advierte—, ¿por qué empezaste a hacer esto?

Me encojo de hombros y finjo tener mucho sueño. No le hablo de aquel día de hace cuatro años en que compré cuatro gramos de heroína ni de la noche en que Mabel se la metió, perdió el conocimiento y se escurrió bajo el agua en la bañera que íbamos a compartir cuando yo llegase a casa. Quiero explicarle que no busco emociones sin más, que el arco es el nexo entre la civilización y la naturaleza, y que allí yo habito un hueco entre dos espacios, donde esa geometría perfecta de acero sólido separa la ciudad del bosque. Sin embargo, guardamos silencio, y cuando cierro los ojos, emergen unas fisuras al rojo vivo que agrietan la simetría perfecta de mi Triángulo Azul.

A la mañana siguiente, llamo a Green Grove para hablar con mi padre. Me hace las mismas dos preguntas cuatro veces.

Erica quiere que conozca a su madre y «vea algo». Ya me imagino el qué.

Su madre, Carol, tiene el pelo del mismo color, pero mucho más corto. Me pregunta qué tal es trabajar para el Servicio de Parques y me mira con dulzura cuando me describo como amante de la naturaleza. Erica no habla mucho. Cuando se dirige a su madre, apenas se miran a los ojos, y yo encuentro ciertas similitudes en sus facciones. Carol me pregunta por mis aficiones, y su mirada es distante. Cuando habla, parece que le tiemble la voz; se toquetea un pendiente con aire distraído, como si le preocupase algo pero no quisiera inquietar a nadie con el asunto. Entonces me acuerdo de que estuvo enferma y perdió un pecho.

El jardín trasero es muy elaborado y está bien cuidado. Se oye el borboteo del pequeño riachuelo que lo cruza. Respiro hondo y confieso:

—No quiero que lo hagas. —Erica abre la boca, pero antes de que responda, continúo—: Es demasiado peligroso.

Y le tomo la mano. Ella se cruza de brazos y da un paso atrás.

—Estoy lista. ¿De qué hablas? —Se ve la cabeza de su madre en la ventana de la cocina, de espaldas a nosotros—. ¿A qué viene esto?

—Aún es muy pronto. Nos estamos precipitando, es demasiado peligroso. No quiero que te pase nada.

Lo que no le digo es que no podría soportar matar a otra chica.

El riachuelo chapotea entre nosotros dos.

—No —responde—. No voy a echarme atrás. Olvídalo. Voy a ir.

Entonces cancela nuestra cita a tres mil metros de altura, y sé que no volveremos a estar juntos en un avión. Me lleva a su cuarto, donde tiene el equipo desplegado en el suelo.

—¿Es esto lo que querías que viese?

Una campana ACE 240 y un contenedor Perigree II. De color negro.

—Como el tuyo —dice acercándose—. Yo sé cómo hacerlo. Y lo haré. Pero te lo pido a ti.

—Por favor, Erica, venga ya.

Me permite que siga cogiéndola de la mano.

—Lo voy a hacer igualmente, ¿vale? Tanto si me ayudas con esto, como si no. Pero confío en ti. —Me apoya la cabeza en el pecho—. Lo voy a hacer de todos modos, pero confío en ti, ¿de acuerdo?

Asiento.

Doy la vuelta al Perigree II en el suelo, pongo el arnés hacia abajo y guardo los cordones de freno con solemnidad. Es un asunto muy serio. Separo los grupos de cordones y subo el deslizador hacia la campana; tengo el borde de ataque en el regazo y el de fuga hacia el suelo. Ella se sienta en la cama y me mira por encima del hombro. La habitación huele a ella, a chica joven y viva: una combinación de flora y talco, crema y fruta.

Voy sacando la tela de cada celda por encima de los cordones y las coloco una encima de la otra hasta acabar con todas las secciones de la campana. Es como plegar un acordeón. La idea es colocar todos los puntos de unión de los cordones en el centro del paquete, con la tela plegada hacia fuera. La cama chirría a mi espalda, y siento sus uñas acariciarme la nuca con suavidad. Con mucho cuidado, repaso los pliegues anteriores, levanto el centro del borde trasero y lo sujeto con el pulgar. Después saco la cola, lo envuelvo todo con ella y la doblo sobre sí misma. Guardo los cordones en el bolsillo de la cola y la campana en el contenedor. Entonces respiro.

Ella me da un beso en la coronilla.

—Gracias.

Esa noche dormimos separados. Me paso dos horas en la postura de loto, con la espalda recta, definiendo mentalmente mi círculo de poder e intentando reconstruir el Triángulo Azul.

El preciso instante en que rompe el alba. La aurora falsa de cuando la luna desaparece. Los gases del aire ya han empezado a posarse, así que mientras el cielo es de un añil bastante común, la niebla densa que hay bajo el puente Bethel es opalescente, moteada de brillos rosa y violeta. Ella lleva unos pantalones anchos de color negro, una camiseta de tirantes, el Perigree colgado del hombro, rodilleras y el pelo recogido bajo el casco. Yo también tengo el equipo puesto.

Miramos la bruma que centellea y se ondula bajo el puente. Entre los pinos y los matorrales no se oye ni un ruido.

—Ni siquiera se ve el fondo —le advierto.

Ella está mirando hacia abajo.

—¿Y qué? Tengo que contar tres segundos, ¿no? Ya lo veré cuando llegue.

—Yo no lo haría. —Cuando se sube a la barandilla, empiezan a temblarme las manos—. Erica...

—No hace falta que saltes. Yo sí. Te veo abajo.

Tiene la respiración acelerada y entrecortada; no puede apartar la vista del abismo. El pánico en su mirada me recuerda a su madre. Entonces, cuando me doy cuenta de esa similitud, entiendo qué hay entre nosotros: lo que debió de atraerle de mí y qué hacemos allí arriba.

—Erica, espera. Si crees que esto te ayudará a no tener miedo, te equivocas. El miedo no para. No para nunca.

Ella parece confundida y niega con la cabeza.

—¿Qué? Yo no... No he dicho eso —protesta sin dejar de mirar la niebla—. Nunca he dicho eso.

El ruido de fondo está cada vez más presente: el canto de los pájaros, cosas que arañan la corteza de los árboles y se arrastran entre la hierba. La estructura del puente empieza a vibrar suavemente por el tráfico que se oye a lo lejos.

Subida a la barandilla, agarra el paracaídas piloto con los nudillos blancos. Me mira y fuerza una sonrisa.

—Bueno, nos vemos abajo.

Toma todo el aire que puede y se deja caer. Durante unos instantes, en el punto donde ella penetra la niebla, queda una salpicadura de bruma en el aire.

Corro a la barandilla y miro hacia abajo. «No, escucha —le quiero decir—: lo que creemos que es un gesto de libertad es un síntoma de la jaula que nos rodea.» Pero ya ha desaparecido. No alcanzo a ver más allá de la niebla, que empieza a cubrir el agujero que ha abierto Erica, así que me subo a la barandilla.

¿Qué voy a hacer si no?

Antes de que existiesen los humanos, ahí ya había un río profundo que transportaba toneladas de vida entre océanos. Ahora la bruma de debajo del puente oculta tan sólo un cañón pedregoso de roca seca y fría. Un jardín bajo el gas violeta. Con un golpe sordo, las rocas reciben el impacto de mis pies en un aterrizaje perfecto. En el fondo del cañón, Erica está de rodillas con la campana agitándose a su alrededor. Mi paracaídas ondea como una bandera negra. Entre los helechos gigantes y la hiedra que crece en las paredes recortadas del desfiladero, somos diminutos. La levanto y me pongo a desatarle el arnés. Está temblando, pero me rodea con los brazos para soltar el mío. Una lágrima le surca el interior de las gafas. Me cuenta que creía que iba a morir. Caen las correas y siento que el peso muerto de mi paracaídas se desvanece.

Pactamos no volver a hacerlo jamás.

Compro un colchón de gel que promete adaptarse al contorno de mi columna vertebral. Compro sábanas de algodón. Erica me trae más almohadas de las que podría usar en toda la vida. Cambio el turno para trabajar sólo tres noches.

Ella quiere que le enseñe artes marciales, así que uso el salón, que está vacío, para mostrarle lo que sé de aikido. Terminamos todas llaves de *kokyu nage* luchando en la moqueta y poniéndonos bastante guarros.

En el trabajo sigo apreciando las vistas, pero cuando pienso en el *Mu* y en la meta del *bushi* de ser uno con el vacío, siento que me pesan los pies. Miro desde la ventana de la oficina y tengo algo de vértigo. En cuanto a mi relación con la gravedad, empiezo a preguntarme si de veras existe; al fin y al cabo la «gravedad» no es más que el nombre que se da a un fenómeno concreto. A cambio, considero el aislamiento como la ley física que gobierna el universo: la masa atrae a la masa porque lo natural no es la singularidad de las cosas, sean éstas conscientes o dejen de serlo, y la unidad básica de la vida no es uno, sino dos. Se forman planetas y lunas, y la gente permanece en ellos porque hay algo en el cosmos que intenta no quedarse sin compañía. En la base del arco, lo único que queda de la densa nube que llevaba dos meses distorsionando el cielo es un ligero matiz violáceo en el aire. Al final, Dowling Industrial ha llegado a un acuerdo con la Agencia de Protección Ambiental: cinco millones de dólares y un sistema de ventilación nuevo que podría aspirarnos los ojos de las cuencas.

Hacia finales de julio, el padre de Erica deja a su madre.

El vestíbulo de Green Grove parece aséptico, pero engaña. No están mal la moqueta y el papel pintado, ambos de color rosa, pero las plantas son de plástico y suena bajito el hilo musical. La señora Teschmaucher, la enfermera jefe, se me acerca con expresión compasiva. Las enfermeras de Green Grove llevan uniformes de color azul claro con delantales azul marino y huelen a su oficio, a jabón de manos y alcohol.

Me toma del brazo y me conduce por delante de varios ancianos sonrientes que levantan la mirada como si yo fuese alguien a quien en otro tiempo hubiesen amado.

—Quiero que esté preparado —me advierte, y me da unas palmaditas en el brazo.

La habitación de mi padre es un espacio de dos metros y medio por cuatro y medio, con las paredes de color beis y la moqueta salmón. Dos sillas de respaldo alto forman una uve a la izquierda del televisor, que está sobre una cómoda de madera. En la librería, pegada a la pared, hay fotos de mi madre y de mí, de los padres de mi padre, una Biblia y unas flores. La cama está hecha al estilo militar, con las sábanas tan tensas que podrías hacer rebotar monedas en su superficie. Ha hecho la cama así todos los días de mi vida, y en ese momento me pregunto si hay ciertas cosas que nunca cambian, movimientos tan perfectos que no se pueden desaprender.

Está sentado en una mecedora en pijama y bata, mirando por la ventana que queda al otro extremo de la habitación.

—¿Jacob? —dice la señora Teschmaucher mientras me lleva hacia él—. Ha venido Ethan. Tu hijo Ethan.

Él aparta la mirada de la ventana y se fija en mí. El rostro de mi padre es una extensión malograda de arrugas y lentigos solares; conserva la mandíbula noble y el corte de pelo militar, ya blanco y algo ralo en la coronilla. Sus ojos azules recorren el espacio en el que estamos. Sonríe poco a poco y asiente con la cabeza. Alarga la mano, de piel seca y tensa, y coge la mía.

—Me alegro de verte. Me alegro mucho —dice con ese tono sensiblero que solamente sale cuando alguien finge.

—Hola, papá.

Vuelve a mirar hacia la ventana y contempla la especie de parque bucólico que hay en el centro del complejo Green Grove. La señora Teschmaucher y yo nos miramos, y entonces mi padre se fija de nuevo en mí.

—Me preocupa el césped de ahí fuera. Parece muy seco para esta temporada del año.

Me agacho a su lado y miro por la ventana.

—No está tan mal.

Él huele igual: el matiz almizclado de Brut, la colonia que se ha puesto cada día desde que lo conozco. Lo rodeo con el brazo.

—¿Sabes quién es Susie Frenesi? —me pregunta.

—No —respondo.

Sigue contemplando el paisaje por la ventana y después me mira de nuevo. Se le enciende la mirada con una alegría repentina.

—¡Bill! ¿Dónde has estado?

Tuve un tío que se llamaba Bill, el hermano pequeño de mi padre.

—Por ahí, ya sabes.

—Me preocupa el césped de ahí fuera.

De camino al vestíbulo, la señora Teschmaucher me dice que el deterioro continuará y que no debería sentirme herido porque no sea capaz de reconocerme. No me siento herido. Es él quien lo está perdiendo todo poco a poco, a capas; su identidad se desmorona y los años se desprenden de él como una muda de piel que se prepara para la primavera. Cuando salgo en coche del edificio, veo a mi padre de pie frente a la ventana inspeccionando la hierba y de pronto tengo una visión: el *Mu* lo reclama y la luz intensa del vacío lo atrae, lo atrapa del modo más hábil y siniestro, lo despoja de todo lo que fue y se lo traga.

Es una época en la que se arrebatan cosas. Una época en la que encuentro un folleto del Bridge Day entre los libros de texto de Erica. El Bridge Day es una reunión anual de saltadores base que se celebra en Fayetteville, Virginia Occidental. Durante un solo día de octubre, es legal hacer salto base desde el puente New River Gorge.

Erica entra en su habitación con una camiseta de tirantes negra y unos vaqueros, el pelo recogido y las mejillas chupadas. Está más delgada.

Le enseño el anuncio.

—No vas a hacer esto, ¿verdad?

Se encoge de hombros y se pone a recoger; mueve prendas sueltas de ropa de un lado a otro y las mete en los cajones.

—Eh, no vas a hacer esto, ¿verdad?

Me mira, se deja caer sobre la cama y se tapa los ojos con un brazo.

—No lo sé. Estaba pensándolo.

—Creía que lo habíamos dejado. Lo habíamos hablado.

Ella sigue con el brazo en la cara.

—Tú no hagas nada que no quieras —contesta.

Sin cambiar de postura, usa la otra mano para encender el equipo de música con el mando a distancia. Suenan los Pixies, demasiado alto para seguir con la conversación.

Esa noche doy vueltas y más vueltas en mi colchón nuevo, que es de una comodidad obscena. Mis pensamientos giran en torno al cuerpo de una joven cayendo a través del espacio con un paracaídas que se abre un segundo demasiado tarde para frenar el golpe. Su cuerpo se hace pedazos contra las rocas y las piedras, y la campana flota unos instantes antes de cubrirla con suavidad. La gente se agolpa a su alrededor y cuando le retiran esa mortaja, el rostro que veo es el de Mabel. Me duele el estómago; calambres que no sentía desde que pasé el mono, hace cuatro años.

Duermo en el suelo.

Es una época de transición en la que los ojos del verano se cierran y, cuando se vuelven a abrir, ya es otoño. El *I Ching* dice que mi *yin* dominante es Tierra sobre Fuego, lo que significa «Daño a los iluminados». «Conviene mantenerse perseverante y veraz en el infortunio», aconseja Confucio.

Sólo porque Erica me lo pide, le pliego el paracaídas y lo dejo listo para el Bridge Day. Después le explico que no podemos seguir viéndonos.

Ella se enfada.

—¿Qué? ¿Hablas en serio? ¿Sólo porque no hago lo que tú quieres?

Con eso pretende provocarme, pero en mi mente soy un Triángulo Azul perfecto y mi corazón es el lento y acompasado romper de las olas en una orilla interior.

—Porque no quiero estar allí cuando mueras.

—¿Qué? ¿Cuándo...? —Levanta los brazos—. Nadie ha muerto en el Bridge Day. Jamás.

—Eso no es verdad: 1983 y 1987.

Pone los brazos en jarra y me mira con indignación fingida.

—Lo que tú digas. Tampoco voy a ser una loca del salto base. Vamos, mira quién habla. ¿Qué coño te pasa a ti?

Mi Triángulo resiste. Soy tres líneas de orden perfecto que laten con un frío resplandor azul zafiro.

—No podría soportar perder a nadie más —confieso, pero lo que estoy pensando es: «Estoy muy harto de que todo el mundo desaparezca.»

—Ah, vale, espera. —Se sienta en la cama y forma una diminuta caja con ambas manos—. Entonces, para no perderme, lo que haces es romper conmigo.

No espero que entienda la lógica. Me llama «cobarde» y dice que quien tiene miedo soy yo. Me doy media vuelta para marcharme, y me acusa de ser como un adicto: incapaz de enfrentarme a la vida, me aíslo con hábitos e ideas. No me vuelvo porque no hay nada más que añadir.

¿Qué puedes decir cuando amas a alguien incapaz de tolerar su propio miedo?

Me acostumbro a pasar en coche por delante de Green Grove durante el día. Veo a mi padre sentado junto a la ventana observando el ir y venir de las ardillas en las ramas de los árboles. No pienso en ella muy a menudo.

Un día mi padre no está junto a su ventana. Miro, doy media vuelta y paso de nuevo, pero en su lugar no veo más que un cristal que refleja la luz del sol. Sé que en ese momento estará en otra parte de la residencia, pero me detengo a mirar y en ese cuadrado liso y radiante de la ventana pienso en mi padre con verdadera claridad, acaso por primera vez.

Recupero mi antiguo turno de trabajo.

Cuando llegan las tres de la madrugada, estoy junto a la ventana ajustándome el arnés. A través del cristal, los árboles se ven tranquilos y misteriosos, y se extienden infinitos hacia la oscuridad, mientras que al otro lado del arco, una ciudad palpita resplandeciente, humeando y vibrando con un movimiento apenas insinuado. Me tapo la nariz con la braga, bajo el cristal azul de las gafas de visión nocturna y el mundo se convierte en una imitación borrosa de espectros esmeralda. Me digo que no voy a caballo de los sueños de mi cultura, sino dentro de ellos.

Soy como el pájaro gigante de color negro que se posa en la luna, una idea entre el rumor y la imaginación, la silueta que esperas ver cuando levantas la mirada por casualidad después de una noche larga.

Ahora soy como una leyenda, un ovni, un pájaro del trueno, y este papel implica ciertas concesiones, una promesa de rito y disciplina, mientras abajo, en alguna parte del bosque o en los apartamentos del otro lado del río, con los telescopios apuntando por las ventanas, la gente espera verme, dispuesta a moldear mi imagen hasta convertirla en lo que cada uno decida creer que soy. Levanto la hoja de la ventana y saco una pierna. El viento me acaricia. Agarro el paracaídas piloto.

Ahora soy un fantasma.

Banzai.

LA VIGILIA DE AMY

I

Dos horas antes de saber que su hermano había muerto, Amy trató de incordiar a North Godcheaux sacando a colación a su hermana. Amy trabajaba por las tardes en una farmacia y North la recogía al acabar el turno. Para que nadie lo viese, aparcaba la furgoneta a unas manzanas de distancia y la esperaba allí, y ella le decía a su madre que iba en coche con una amiga del instituto. North había estado callado todo el camino, casi sin mirarla siquiera, y eso la molestaba.

—Anoche encontré la foto del baile de fin de curso en la que salís Kara y tú —comentó ella.

Él dejó de darle vueltas al palillo que tenía en la boca.

—¿Qué quieres decir?

—Nada. Estaba sacando las fotos de las cajas del desván y la encontré.

—¿Y por qué me lo cuentas?

—Por nada.

La furgoneta se detuvo en un semáforo en rojo, y él giró las palmas hacia arriba. El gesto le trajo a la memoria al padre DeBlanc en el funeral de su abuela.

—¿Por qué me hablas de ella?

35

Amy se encogió de hombros y, como ya había conseguido fastidiarlo, se puso a mirar por la ventana. En la foto del baile, North tenía un aspecto muy diferente: la cara más redonda, barbilampiña, y el pelo muy corto. Sin embargo, ahora tenía los pómulos angulosos, bajo la gorra le sobresalía una mata de pelo negro y rizado, y a esa hora del día ya tenía una barba mucho más espesa que la de cualquier chico del instituto de Laughton. En la foto, él apoyaba las manos con delicadeza en las caderas de Kara. Amy pensó que su hermana debía de estar igual que antes. Llevaba siete años sin verla. Kara había ido a la universidad, se había casado con un tipo que se dedicaba a la informática y tenían tres casas en dos países. De vez en cuando, se imaginaba las viviendas: extravagantes, ostentosas, tan bonitas que los visitantes debían de sentirse intimidados por el mármol resbaladizo y la espectacular iluminación.

La furgoneta subió una cuesta suave sin prisa. Pasaron por delante de un campo donde un coche familiar llevaba años abandonado sobre cuatro bloques de hormigón en lugar de ruedas. En el techo del vehículo, el plumaje blanco de un par de garcillas bueyeras resplandecía entre el ocre de las gramíneas secas.

—Quiero que lo pasemos bien —le pidió él—. No quiero hablar de ella.

Le puso la mano en el brazo.

Amy sabía que su conducta —su actitud seca y distante— lo estaba confundiendo, pero no le daba lástima. El día anterior se había enterado de que estaba embarazada y el hecho de no compartir ese dato le infundía fuerza y le proporcionaba nuevas reservas de mucho peso y alcance. Siguió mirando por la ventana.

Las plantas irrumpían a través de cualquier superficie. Las malas hierbas dividían el aparcamiento de hormigón en segmentos. Veteaban el asfalto negro de la carretera. Robles, pinos y zumaques crecían en los espacios que había entre edificios. Todas las construcciones que veían eran de una sola planta y tenían las esquinas manchadas de herrumbre a causa del agua. Con más de doscientos años de historia, el pueblo de Laughton seguía siendo una selva húmeda y desapacible. Pero ella encajaba en aquellos espacios. Con dieciséis años, Amy era una joven compacta y robusta; tenía muslos fibrosos bajo la falda vaquera, la espalda fuerte y el rostro ancho y franco. El pelo, negro y suave, alisado a cepillo, de un tono hermoso, lo consideraba su mejor rasgo.

Bajaron por un terreno boscoso rodeado de cañaverales. Más allá de las cañas se alzaba la estrecha torre del reloj del juzgado, y aún más allá, las praderas y las pequeñas torres de perforación que subían y bajaban todo el día como pájaros comiendo grano. A través de las enredaderas del bosque, Amy vio el poblado de caravanas donde vivía North.

Christian, el hermano mayor de Amy, había ido a cazar con él cuando la furgoneta aún era de un brillante color azul celeste. Ahora la pintura tenía un tono más polvoriento y, en contraste con el atardecer rojizo, parecía casi gris. La carrocería tenía un ribete de herrumbre y emitió un fuerte chirrido cuando Amy abrió y cerró la puerta. Entonces se dio cuenta de que el pulgar de North le había dejado una huella negra en el brazo. Se quedó mirando el óvalo de grasa y después lo limpió con saliva.

Dentro de la caravana se agolpaban los olores. Tabaco, gasolina, el hedor penetrante de los productos de limpieza que North usaba en el trabajo. Él desplegó la cama abatible y se quitó la camisa. En la penumbra, ella pensó que North volvía a parecerse al atleta que su hermana había llevado a casa cuando ella tenía seis años. En los diez que habían pasado desde entonces, él había adelgazado, se había encogido. Cuando le quitó la gorra, los rizos le enmarcaron la cara; a ella le gustaba así. Se quitó la camiseta y él le levantó la falda hasta la cintura. Amy colgó el sujetador de una de las cadenas que sostenían la cama.

Ella le tocó los brazos, notó la humedad de su piel, el sabor a ceniza de su lengua. Las cadenas daban sacudidas.

North tenía la cara hacia arriba y los ojos cerrados con fuerza. Amy lo contemplaba desde debajo. En momentos como aquél, estaba convencida de que pensaba en Kara, pero eso nunca la llegaba a molestar. Ella también se estaba acordando de su hermana, de la primera vez que le vio los pechos. A menudo rememoraba esa noche.

Kara se había plantado delante del espejo del baño, vestida tan sólo con unas braguitas moradas; se estaba arreglando para una cita. Frente a su reflejo, se había puesto crema sobre la piel dorada, y le brillaba el pecho. Los senos trazaban una curva firme y culminaban en una cima respingona. Llevaba la melena rubia recogida. Se dio unas palmaditas en el vientre y, al inclinarse para inspeccionarse los dientes, se sostuvo los pechos con las manos. Amy estaba a su lado con el cepillo de dientes colgando de la boca.

Kara le preguntó si ella también quería crema y le puso un poco de Nivea en las manos; mientras tanto, Amy no apartaba la vista de sus pezones. Eran de color marrón oscuro, del tamaño de un dólar de plata. Kara apoyó un pie en el retrete y se untó las piernas con la crema, que le dejó una pátina blanquecina. Amy la imitó. Su madre había insertado estampitas en el marco del espejo; todas las mañanas y todas las noches, los rostros pintados de San Miguel y de la Bienaventurada Virgen María daban la bienvenida a los tres hermanos.

—¿Con quién vas a salir esta noche? —le había preguntado Amy.

—Con North Godcheaux. ¿Te acuerdas de él?

Kara se miraba en el espejo mientras hablaba. Se soltó el pelo y dejó que le cayese sobre los hombros. Le dio unas palmaditas a Amy en la cabeza y se fue a su habitación. En el pasillo, vestida tan sólo con la ropa interior, Kara se cruzó con Christian, lo esquivó y cerró la puerta de su cuarto. Esa misma noche la trajo a casa el ayudante del sheriff. Tenía dieciséis años; Christian, catorce y Amy, seis.

• • •

En cuanto hubo terminado, North se sentó en el borde del colchón y se subió los vaqueros. Se levantó y fue al baño. Amy se abrochó la falda y se quedó tumbada sobre las sábanas. Un rayo de un color a medio camino entre el verde y el dorado se coló por la estrecha ventana de encima de la cama y le tiñó la mano con la que se acariciaba el vientre. No había decidido si tendría el bebé o no. La novedad del embarazo le provocaba una calma que aún la sorprendía. Y aunque en Beaumont había clínicas que podían acabar con una vida por muy poco dinero o incluso gratis, por el momento ése era su secreto, algo que la hacía sentir más poderosa.

North salió del baño.

—Te llevo a casa —dijo.

Amy casi ni lo oyó. Estaba imaginando cómo sería, qué sentiría ella en el instante en que el bebé saliese de su cuerpo.

—¿Se sabe algo de Christian? —preguntó North cuando ya estaban de nuevo en la furgoneta, y encendió un cigarrillo.

—No. Desde Pascua —respondió Amy.

Lo último que habían sabido de él era que estaba haciendo montañismo en Washington. Christian llevaba tres años sin aparecer por casa, y aun esa vez lo había hecho obligado porque se había roto una pierna y un brazo domando caballos en Brenham, Texas.

—Todos los meses de octubre, cuando saco los arcos, me acuerdo de aquel ciervo. Fue la primera vez que salimos.

North se lo había contado al menos tres veces desde que estaban juntos, pero ella creía que no se daba cuenta. Él tenía cuatro años más que su hermano. Cuando Kara rompió con él en el instituto, North siguió quedando con el hermano pequeño en un intento descarado de mantener un pie en su vida. Sin embargo, entre los dos chicos se forjó una amistad real, o al menos tanto como Christian lo permitía. North lo llevaba de pesca y le enseñaba a cazar con arco. Amy se acordaba de un día, cuando ella era pequeña, en que los había visto salir de casa antes del amanecer vestidos con monos de camuflaje y un par de arcos recios. Se había pasado todo el día pensando en ellos, en el aspecto que tenían a la luz azulada de la mañana, en las armas, en la ropa, que parecía hecha de corteza de árbol. Hubiese querido acompañarlos.

La furgoneta pasó por descampados de matorrales y adelfillas, entre capas de musgo colgadas de las ramas de los árboles como pañuelos y, más hacia el interior, entre pantanos rebosantes de espadañas y cipreses. El olor a estancado se escapaba a través de las cortinas de hiedra. La furgoneta se detuvo al principio de la calle. North le abrió la puerta y Amy caminó cuesta abajo hasta su casa.

El vecindario estaba formado por una serie de viviendas de una sola planta dispuestas ordenadamente alrededor de una gran cuenca de barro y hierba. Sus padres habían comprado una de las cinco primeras, pero el proyecto de levantar una urbanización a orillas del lago se truncó cuando el cuerpo de ingenieros del ejército desvió el río Vermillion. La laguna del barrio acabó convirtiéndose en la cuenca llena de hierbajos del final de la calle.

El viejo Cougar de su madre estaba aparcado debajo de la encina del jardín y, al menos hasta donde Amy podía saber, llevaba una semana sin moverse. El césped enmarañado llegaba más allá de los límites del porche y del camino que conducía a la casa, donde las malas hierbas habían agrietado el pavimento y asomaban entre las losas rotas. La vivienda, de tres habitaciones, tenía la fachada pintada de un color caoba que ya se desconchaba. La puerta principal era de madera gruesa y pulida, con cinco rombos de cristal dispuestos de manera que formaban un rombo grande en el centro.

—¿Mamá? —dijo al abrir la puerta.

Vivía sola con su madre. Sus padres se habían divorciado apenas un año después de marcharse Christian.

Cruzó el recibidor, cuyas paredes estaban cubiertas de fotografías. Más fotografías como las que había encontrado la noche anterior en el desván. Las fotos de su familia no tenían conexión con su vida. Desde pequeños, su hermana y su hermano eran conocidos por ser de los más guapos de Laughton. Altos, de pelo rubio y piel dorada, los dos tenían facciones angulosas, hombros anchos y caderas estrechas. En cambio, la melena negra de Amy enmarcaba un rostro con forma de corazón, de esos que la gente solía describir como «agradable». Tenía las caderas anchas y los ojos algo rasgados, como si en sus genes se ocultase una presencia asiática. Los tenía azules y la piel se le enrojecía con facilidad. En casa le decían que se parecía a una de las tías de su padre, una mujer a la que no había conocido. Los retratos del pasillo —hermano, hermana y padres, casi todos de antes de nacer ella— siempre implicaban una acusación: la hacían sentir como si se hubiera colado.

Su madre estaba sentada en la cocina, con un camisón de flores. A través de las ventanas, el atardecer proyectaba sobre su silueta repantingada una tosca luz azulada que no la favorecía. Maestra jubilada, había sustituido la Biblia por los crucigramas y solía sentarse allí para resolverlos mientras fumaba.

—¿Mamá?

La madre movió la cabeza, sobresaltada. Tenía las manos colgando a los lados y en el suelo de linóleo había un lápiz amarillo. Amy oyó un pitido suave que provenía del teléfono inalámbrico que estaba en la mesa. Junto al cenicero había un cigarrillo con un largo tubo de ceniza que se extendía hasta más allá del filtro. Había quemado el barniz de la madera dejando un óvalo negro y brillante.

Cuando por fin habló, la madre se echó a llorar.

—Christian ha muerto.

Amy se dejó caer en una silla.

—¿Por qué? —preguntó, aunque había querido preguntar «cómo».

La madre siguió llorando, cruzó los brazos sobre la mesa y escondió la cara entre ellos. En un gesto casi involuntario, Amy cogió el teléfono y lo apagó. Se quedó mi-

41

rando la quemadura de la mesa como si esperase que cambiara de tamaño.

II

El día del entierro el sol brilló sin tregua. La fuerte brisa del golfo acariciaba a los pocos dolientes con su aire salobre y reconfortante. La madre, sentada con un amorfo vestido negro, fruncía el ceño en un estado de derrota terminal. El padre de Amy, Arthur Placide, estaba de pie a unos metros de ella, con la espalda rígida en un traje gris oscuro. De vez en cuando ladeaba la cabeza, y en dos ocasiones Amy vio que le cedían las piernas y volvía a erguirse. Suzanne, su esposa, lo ayudó ambas veces. Era una mujer pequeña y de extrema delgadez, con la piel demasiado bronceada y el pelo naranja y reseco. Arthur se había casado con ella sin previo aviso, tres años después del divorcio. Era abogado y ejercía en Baton Rouge, donde se había especializado en casos de daños y perjuicios por lesiones. Él había recibido el cadáver y se había ocupado de organizar el funeral.

Christian estaba dentro en un sencillo ataúd marrón. Habían tardado tres días en recuperar el cuerpo desde Washington.

—No lo entiendo —le había dicho Amy a su padre—, ¿lo encontraron en la calle?

En la funeraria le habían cortado el pelo y afeitado la barba. Ella intentó recordarlo como cuando eran pequeños, pero sólo conseguía ver al adolescente pensativo, al joven con la cicatriz en el labio.

—¿Qué quieres decir con que estaba tirado en la calle? —le había preguntado él con voz temblorosa.

En total, Amy contó dieciséis personas en el sepelio, la mayoría viejas amistades de su madre. North se quedó de pie, mucho más atrás que los demás. Llevaba pantalones de pana marrón oscuro y una americana azul con camisa blanca. Ella se fijó en cómo el viento le alborotaba el pelo. Seguía siendo guapo, y su aspecto demacrado bajo ese ángulo de sol le otorgaba cierta dignidad. Fue al contarle a él lo de Christian cuando Amy más había llorado. Le había explicado que no sabían quién había sido, pero que lo habían apuñalado. Esas palabras le habían provocado un ataque de llanto. Se acordaba de cuando su hermano le enseñaba a poner trampas para los cangrejos, en la época en que el río Vermillion aún fluía hasta la laguna al final de la calle.

—Oye, ¿Kara vendrá al funeral? —había querido saber North.

Amy se había encogido de hombros.

—Supongo.

Después del instituto, Kara había aceptado una beca para la Universidad Metodista del Sur y tres años después se había mudado a San Francisco y prometido con Jim, un hombre mayor que ella y propietario de una empresa. La madre había tardado un día entero en conseguir un número de teléfono para contactar con ella. Al principio, los representantes del marido se habían negado a darle la información, o tal vez fuera que no podían.

Y al final Kara no estaba en el entierro. El sol centelleaba en las gafas del cura. Hizo la señal de la cruz y bajaron el ataúd. Sola, la madre de Amy tiró un puñado de tierra sobre la caja. Una de sus amigas, una maestra de primaria muy mayor, la sujetó del brazo y del hombro mientras dejaba caer la arena.

La misma noche en que Amy le había visto los pechos a su hermana por primera vez, uno de los ayudantes del sheriff despertó a la familia de madrugada. Llevaba a Kara de vuelta a casa. Los dos hermanos pequeños habían salido a hurtadillas de sus cuartos y espiaban el recibidor desde una esquina. Vieron al policía hablar con sus padres y a Kara, callada y furiosa. Los niños no oían más que murmullos, pero entendieron que el ayudante había pillado a su hermana con un chico dentro de un coche aparcado. Sin embargo, no sólo estaban ofendidos por eso; al parecer, el chico no era North Godcheaux. Cuando se hubo marchado el agente, el padre cerró la puerta con llave y le dio una bofetada a Kara. Le dijo que no la había criado para que se hiciera amiguita de los negros. La llamó de todo mientras su mujer permanecía a un lado en silencio. De pie y con un camisón largo de color blanco, la madre tenía los brazos en jarra sobre sus anchas caderas, la cabeza gacha y el rosario que se llevaba a la cama aún enrollado en el puño.

Kara se abrió paso entre sus padres, avanzó por el pasillo por delante de Amy y de Christian y cerró la puerta de su habitación de un golpe. A continuación, la madre hizo lo mismo; se metió en su dormitorio y dejó al padre solo en el recibidor. El señor Placide, un abogado de altura considerable en un pueblo pequeño y lleno de abogados, tenía el cuello torcido de mirar hacia abajo toda la vida. Casi todas las noches se quedaba en el salón viendo la televisión a solas, donde se acababa durmiendo tendido en el sillón abatible. El padre entró en el pasillo y vio a Amy y a Christian. Ni siquiera él tendría palabras para explicar lo que hizo a continuación. Quería decirles cualquier cosa, algo sobre lo tarde que era, pero en lugar de eso le pegó a Christian en la boca con la base de la mano. Durante un instante pareció confundido, después les ordenó que se fuesen a la cama. Volvió al salón y los niños oyeron que encendía el televisor. Alguien dijo algo y sonaron unas risas enlatadas.

Tumbada en la oscuridad de su cuarto, Amy sintió miedo; temor por algo impreciso que iba a ser aún peor que lo que acababa de ocurrir. Su propia habitación le parecía diferente. No reconocía las siluetas en las paredes.

• • •

44

Recién afeitada, la cara de North relucía. Amy lo había visto llegar a la iglesia y buscar entre los congregados a su hermana, la chica de la que nunca se había recuperado. Le notó la desilusión y se acordó de cuando había entrado en la farmacia un mes antes y, con unas tiritas en la mano, le había dicho al pasar por caja: «Oye, tú eres la hermana de Kara, ¿verdad?»

De pronto, su padre apareció a su lado. Amy estaba fuera del círculo que se había formado alrededor de su madre, él dio un ligero traspié y la estrechó en sus brazos. Olía a ginebra.

—Ya verás como todo irá bien, cariño —la consoló, y le dio una palmadita demasiado fuerte en la espalda.

Suzanne transmitía empatía.

—Era un chico muy fuerte —aseguró el padre, que miró a su esposa sin retirar la mano del hombro de Amy—. Fuerte de verdad.

Amy asintió. Lo había sido. Durante los últimos años de la adolescencia, cuando Kara ya se había marchado, Christian siempre andaba metido en alguna pelea. En dos ocasiones, las familias de otros jóvenes habían amenazado con emprender acciones legales. Cuando tenía diecisiete años, le tuvieron que poner dos dientes postizos y se ganó una cicatriz entre el labio y la nariz.

—No me quedaré sin saber qué ha pasado —afirmó el padre—. Voy a averiguarlo todo. —Calló un momento y después se volvió bruscamente hacia Suzanne e intentó sonreír—. Yo le daba unas palizas...

Le tembló el labio. Poco a poco se le entristeció la expresión, como un niño al ver que se le acaban de pelar las rodillas.

—Unas palizas...

Con cuidado, Amy se deshizo del brazo su padre.

—De verdad —insistió él, como si Suzanne no le creyese.

Cuando se fueron, él con paso inseguro, su esposa no dejó de sostenerlo.

Amy se quedó sola, mirando cómo unas mujeres rechonchas y sin gracia se esforzaban por consolar a su madre. El cementerio era pequeño y estaba rodeado de un espeso bosque. Por encima de los árboles, el chapitel blanco parecía un dedo señalando el cielo. North se acercó a ella por detrás.

—¿Estás bien?

—No —respondió—. Nada bien.

Usaba frases cortas porque se había dado cuenta de que si hablaba se echaría a llorar.

—¿Dónde está Kara?

Amy se frotó el puente de la nariz y soltó un suspiro largo y contrariado.

—Está en Francia. Han dicho que no podían coger un vuelo a tiempo. O algo así. No sé.

North meneó la cabeza.

—Qué típico de ella, ¿no? ¿Quién se pierde el funeral de su hermano? Lo siento, pero eso... eso no está bien.

Amy sintió que se le enrojecía la cara de odio.

—Qué imbécil eres.

—¿Qué?

—A ver, ¿tienes idea de las veces que te engañó? Una noche la trajo la policía a casa porque estaba enrollándose con un negro en un coche.

Él tartamudeó y se echó atrás.

—¿Qué dices?

—Nada. —Amy se secó los ojos—. Es que... Ahora no quiero hablar contigo, ¿vale? Déjame.

North intentó acercarse, pero ella alzó la mano como quien pide que se detenga el autobús.

—Por favor, vete ya.

Se le estaban llenando los ojos de lágrimas calientes y se dio media vuelta. Su madre seguía rodeada y en el aparcamiento vio a Suzanne ayudando a su padre a acomodarse en el asiento del copiloto de su viejo Lincoln. En el ataúd, el rostro de Christian le había parecido demasiado pacífico como para ser él. Recordaba que, cuando ella te-

46

nía ocho años, lo había visto lavándose sangre de las manos en el baño del pasillo; tenía un corte encima del ojo y había dejado de afeitarse. «¿Quieres ponerte feo?», le había preguntado ella. Sin contestar, él había cerrado la puerta de golpe. Con el tiempo, su mirada se hizo tan tempestuosa e intensa que su padre no se atrevía a enfrentarse a él físicamente.

Los dolientes empezaban a irse cada uno por su lado, y los campos de lápidas y flores se vaciaron de gente. Se suponía que Amy tenía que llevar el coche de su madre hasta el velatorio, que había organizado la señora Abrams, la anciana maestra que llevaba todo el día junto a ella. En la calle, la luz seguía siendo demasiado intensa; la clase de sol blanquecino y resplandeciente que te obliga a entrecerrar los ojos mires donde mires.

Amy pasó por la calle principal de Laughton, donde estaba la tienda de comestibles, los almacenes Dollar General y el cine de tres salas. Giró hacia el instituto. El conjunto de seis edificios de piedra y ladrillo era el mismo en el que North y Kara se habían conocido, donde todos los años Christian ganaba el concurso literario y donde Amy acababa de empezar su último curso con la misma anonimidad diligente que había adoptado tiempo atrás como rasgo principal de su personalidad. Tenía la sensación de que el pueblo y su familia eran una historia que ya estaba contada y que, una vez interpretados sus papeles respectivos, cada uno había ido saliendo del escenario para dejarla sola con el decorado.

Se quedó en el aparcamiento del instituto, junto al coche. El campo grande donde entrenaban los equipos estaba vacío, y las porterías, tendidas en el suelo como haches solitarias. Los mirlos echaron a volar en bandada desde el césped como una erupción, se elevaron al unísono y sobrevolaron el campo como una huella dactilar ondeante. El vestido gris que llevaba la hacía parecer más delgada; se pasó las manos por las caderas e imaginó cómo se le ensancharían si decidía tener el bebé. Pensar en su propio cuerpo implicaba pensar en el de su hermana; sin embargo, ese día, al acordarse de ella, imaginó por primera vez cómo debía de ser pasarse toda la vida sometida a las miradas de los demás. Amy sabía lo intrusivas que éstas podían llegar a ser. Comprendió que lo que había moldeado a su hermana eran esos ojos, esas miradas permanentes. De pronto, todo cobró sentido; aquel componente vengativo que siempre había encontrado en la belleza de su hermana, el hecho de que pasara seis meses al año con su marido rico en Francia y hasta que pudiera perderse el funeral de Christian y seguir con la conciencia tranquila. El objeto del resentimiento de Kara no era la familia, sino algo propio del mundo: aquella manía de no quitarle el ojo de encima. Los mirlos flotaban sobre el campo, virando a uno y otro lado, y Amy se preguntó por qué no se iban de allí. Detrás de unas nubes, el sol empezaba a ponerse.

Se trazó un círculo en el vientre. El plan era ir convenciéndose poco a poco de interrumpir el embarazo. Entonces se preguntó si era posible que una parte de Christian reapareciese en su hijo. ¿Había alguna posibilidad de dar a luz a un bebé rubio y de piel oscura, un niño cuyos rasgos latentes debían de correr ya por su propia sangre? Imaginó a su hermano titilando como una corriente eléctrica en la escala de sus cromosomas. Las partes de él que eran ella, la sangre que compartían. Imaginó una explosión de estrellas; la vida dentro de su cuerpo, una pequeña galaxia girando y girando hasta llegar a existir. Esa idea le provocó una sensación cálida en el vientre. La bandada de pájaros voló arriba y abajo, se dispersó y desapareció entre la maleza.

III

Amy había visto a Kara por última vez cuando se presentó en su casa para reclamar un juego de maletas para preparar su mudanza a San Francisco. Su padre acababa de irse de casa, y el único comentario de Kara sobre el divorcio fue: «Debería haber ocurrido hace mucho tiempo. Tú también te irás —le había dicho a Amy, apretándole la mano como si con esa afirmación pretendiese transmitirle alguna esperanza—. Ya lo verás.»

Pero ella no quería irse a ninguna parte. Tampoco entendía por qué los demás sí. Aquél era su hogar, ¿qué más iba a encontrar por ahí?

Aparcó el coche de su madre bajo la encina del jardín. Las luces de la casa estaban apagadas. El interior conservaba el familiar y rancio olor a popurrí. Las fotos del pasillo. Sobre la moqueta de color gris verdoso del salón, dos sofás grises formaban una ele en una esquina. Sombras densas, luz azul. Una lámpara apagada, un ventilador de techo, dos crucifijos, estatuas de porcelana de la Virgen María contemplando serenas el Sagrado Corazón de Jesús. La luz del contestador parpadeaba deprisa, señal de que había varios mensajes. Amy respiró en mitad del silencio. Sintió que la historia de la casa la desgarraba, era como un peso que se negaba a aceptarla. No encendió ni una sola luz.

La cocina. Se acordó de un día en que Christian preparó huevos revueltos; tendría entonces unos diez años. Había echado mermelada en la sartén y después de hacérselos probar, los había tirado a la basura y los dos se habían puesto a reír. Como le costaba recordar la sonrisa de su hermano, se alegró de haber recuperado ese pedacito de memoria.

Y de Kara paseándose por la cocina con una camiseta blanca y larga que le llegaba por debajo de las bragas. Al sentarse a desayunar, solía apoyar sus piernas doradas en el regazo de Christian. Él seguía comiendo sus cereales, pero se le notaba en el habla y en los gestos torpes que se estaba poniendo nervioso. A Kara le parecía divertido. En la casa se comportaba con majestuosidad felina; se estiraba a menudo y holgazaneaba con la expresión aburrida de un gato doméstico. A veces se enredaba el pelo de Christian en el dedo.

Sobre la encimera había una hilera de tarros altos llenos de pimientos en aceite de oliva, un azucarero de porcelana con forma de oca, saleros de color rojo y blanco. En medio de aquel silencio, sonó el teléfono. Amy se acercó a la encimera y contestó la llamada.

—¿Amy?

Era la voz de North. Sonaba grave y arrepentida.

—Eh, hola.

—¿Estás bien?

—No lo sé.

—¿Quieres venir a casa? ¿Te voy a buscar?

Amy se llevó la palma de la mano al vientre. Se imaginaba los sonidos extinguidos de la familia. Cosas que permanecen en el tiempo, voces que se acumulan en las esquinas.

Le dijo que no la fuese a recoger. Él se disculpó por lo del funeral y ella respondió que no pasaba nada. Pensó que tal vez fuese así, que podrían quedar y verse más tarde, pero entonces él rompió el silencio y quedó en evidencia.

—Cuando has dicho... ¿Qué has...? Has dicho que me engañó. ¿Sabes...?

—Se la pegaba a todos los chicos con los que salía, North.

—Pero no sabes, o sea, no sabes con quién ni nada de eso. Siempre he pensado que había hecho algo con Matt Clark, pero no tenía pruebas.

Amy se sentó en el suelo; la sombra la cubrió como una manta y el fuerte resplandor de la cocina en silencio se hizo más intenso.

—Creo que no deberíamos seguir viéndonos, North.

Él protestó tartamudeando. Argumentó que había sido un mal día, nada más.

Amy pensó en lo que debía decir. Debía contarle lo del bebé, debía hacerle entender que a él ni siquiera le gustaba ella, que estaba cegado por algo que ya pasó. Debía decirle

50

todo eso porque él no era tan listo como para darse cuenta sin ayuda. Tampoco es que fuera el hombre más penoso que conocía. Pero le había dado un bebé. Le había dado un bebé y no pensaba volver a verlo.

Sin embargo, no quería ocuparse de eso en ese momento. Le dijo que lo llamaría al día siguiente. Él protestó, pero ella lo tranquilizó.

—Ya hablaremos.

Colgó y se apoyó en un mueble de la cocina. Sabía que lo iba a tener, y reconoció que lo había sabido desde el principio. Porque se merecía tener algo suyo, un cometido en la vida, una familia. Se dijo que el nacimiento podría dar por fin inicio a su propia historia, que podría señalar la llegada de su verdadera vida. Le dio la sensación de que podía recuperar el terreno perdido de su familia. Ya no tenía por qué contentarse con esperar como una de esas novias de la guerra que guardaban ausencias junto a la ventana. Esa espera pasaría, igual que todo lo demás en aquel lugar.

Amy se levantó y se acercó al contestador. Pulsó el botón que había justo debajo de la luz roja intermitente y los mensajes se reprodujeron en la oscuridad. Amigos de la familia, el monseñor de la parroquia ofreciendo sus servicios a la mujer que llevaba cuarenta años asistiendo a sus misas. Y entonces, una voz desconocida de mujer pronunció una única palabra a modo de saludo: «Mamá.»

Era de Kara, desgarrada y desgastada por la vieja cinta del contestador. Se disculpó varias veces. Saludó a Amy y también le pidió perdón. Decía que la tenían que llamar, que por favor le telefoneasen, y les recitaba las instrucciones para hacer llamadas internacionales. El mensaje era breve, directo, y después sonaba el pitido grave que anunciaba el final de las grabaciones más recientes.

Lo reprodujo dos veces más tratando de reconocer la voz. Le habría gustado llamar a su hermana y escuchar sus motivos para no ir al funeral. Le habría gustado hablarle del legado de hombres obsesionados con ella que había dejado a su paso. «¿Qué ocurrió? —le habría gustado preguntar—. Cuéntame todo lo que ocurrió.» Se sentó en el sofá con las luces apagadas y las manos en el vientre. Cuando se graduase en mayo, pensó, podría hacer más horas en la farmacia. Su madre podría cuidar del bebé mientras ella trabajaba. Se puso a hacer planes y se repitió, esa vez con más seguridad, que sí, que sabía desde el principio que lo iba a tener; desde que vio el punto azul en el primer test.

Amy se levantó y fue hasta el salón. Encendió la luz. Recorrió todas las habitaciones de la casa encendiendo las luces.

El bebé dependería de ella, se aferraría a sus dedos con una manita minúscula. Se le quedaría dormido sobre el pecho y balbucearía suavemente al oír su voz mientras ella le contaba cómo había pasado el día. Cuando fuese madre, pensó, desaparecerían ciertas vanidades. Imaginó sus caderas ensanchándose, sus pechos creciendo y cayendo.

Se imaginó con el pelo corto, como la mayoría de las madres que conocía. El ansia de belleza ya empezaba a abandonarla. No volvería a permitirse cultivar su propia hermosura. Amy sabía que no podía ceder a esa clase de preocupaciones si de verdad pretendía recuperar lo que le correspondía.

1987, EN LAS CARRERAS

Oaklawn los empequeñecía: blanco y arrogante como una plantación, con sus cuatro pisos de altura y las banderas que ondeaban en la fachada. La policía dirigía el tráfico alrededor del edificio haciendo sonar los silbatos bajo su sombra. Su padre conducía el coche completamente rojo que tenía desde hacía once años. El chico, Andru, lo sabía porque su padre había comprado el Continental el año de su nacimiento. Un puñado de moscas negras revoloteaba sobre las alfombrillas del suelo del enorme Lincoln, donde bailaban algunas patatas fritas y los pedacitos de porquería acumulados en las rendijas. Andru solía ver a su padre dos fines de semana al mes y desde febrero hasta mediados de abril lo habitual era que lo llevase a Oaklawn. El complejo era para él una especie de cápsula del tiempo, porque asociaba el hipódromo sobre todo con los gánsteres que lo controlaban en los años cuarenta y cincuenta. Le gustaban las historias que contaba su padre sobre aquellos mafiosos: Lucky, Meyer, Bugsy... Cómo se citaban en Hot Springs para celebrar sus reuniones y repartirse las fortunas mientras se daban baños de agua mineral o comían rosbif poco hecho en uno de los restaurantes de Oaklawn. Imaginaba hombres con fedora y abrigos largos abriéndose paso entre la muchedumbre con ademán furtivo y una funda de violín bajo el brazo. Era casi la una y acababan de aparcar a unas manzanas del hipódromo. No prestaba atención a lo que le decía su padre, aunque más adelante se daría cuenta de que había oído hasta la última palabra.

—El hándicap se basa en el principio de que el futuro repetirá el pasado. ¿Entiendes, hijo? Por eso todos los números... Tienes que usar las matemáticas, ¿vale?

El padre, David, apagó el motor y sostuvo el cigarrillo junto a la parte superior de la ventanilla, por donde entraba una ligera brisa. Quemaduras redondas de color negro moteaban la tapicería roja alrededor del cristal. De vez en cuando, si el chico se concentraba, una de ellas se convertía en una mosca negra y les sobrevolaba la cabeza antes de regresar al mismo lugar.

—¿Lo entiendes?

El padre hablaba con voz algo ronca. Empujó el cigarrillo por la rendija de la ventanilla y un revuelo de chispas de color naranja entró en el coche.

—Vale —respondió el chico, y entornó los ojos mientras las chispas caían hacia él y morían por el camino.

David se sacudió la ceniza del traje gris y fue quitando de una en una las hebras de tabaco de su camisa blanca, cuyas costuras amarilleaban. Los codos de la chaqueta estaban desgastados, pero el conjunto se veía bien planchado y despedía un fuerte olor a Polo for Men. Había un frasco del mismo perfume tirado en el asiento de atrás junto a unas prendas de ropa. Se alisó el pelo. En una mano, ancha y peluda, llevaba un anillo grueso de oro con sus iniciales escritas en diamantes sobre uno de los nudillos: DS.

—Oye, Dru, ¿no querías venir o qué?

El crío se irguió en el asiento, lo miró y después se volvió hacia la pared de ladrillos que había al otro lado del parabrisas. Una larga grieta cruzaba el cristal.

—Claro que sí. Bueno, me da igual. No me importa.

—Ya querrían muchos venir a Hot Springs dos veces al mes.

—Ya.

La voz de su padre le provocó un sofoco en la cara.

—Nos vamos a divertir. Somos los mejores, ¿no? —lo animó, y le alborotó el pelo de punta.

El niño sonrió de oreja a oreja.

Era una sonrisa tan forzada que enfureció al padre. El chico lo notó porque apretó la mandíbula y al salir del coche dio un portazo. Era una rabia fruto del pánico que afloraba en momentos como aquél, en los que se hacía evidente que Andru sólo aguantaba aquellas visitas a base de paciencia. El niño detectó el temor además del enfado y quiso aliviar la presión, pero no se sentía capaz de pronunciar ni una palabra para apaciguarlo. Habría de pasar más de una década antes de que se diera cuenta de que el miedo formaba parte de su padre; era algo que gozaba de vida propia, que crecía en su interior y no necesitaba que nada lo engendrase.

La gente se aglomeraba en torno al hipódromo como los indios alrededor de un fuerte en cualquiera de las películas de John Wayne que su padre alquilaba para ver mientras comían un cubo de pollo frito o una pizza. Ancianos, familias, hombres solteros y chicas, las debutantes de Little Rock en su presentación en sociedad con sus vestidos caros, sus melenas relucientes al sol, el brillo del sol en sus dentaduras. Andru las miró, como siempre.

Su padre ya no parecía enfadado. Se alisó el traje y se pasó la mano por la cabellera negra, espesa y peinada hacia atrás con gomina.

—Bueno, colega, un día en las carreras.

Le dio un suave puñetazo en el hombro.

—Sí —respondió el niño.

Miró a su padre, la energía que siempre acumulaba en su interior a medida que se acercaban a la entrada. Ese día parecía aún más intensa. No paraba de dar tironcitos a las mangas de la camisa y toquetear los botones de los puños, ni de abrir y cerrar los dedos como si fuese a tocar el piano. Hasta le guiñó el ojo a un policía.

El interior era un hervidero de gente con papeles blancos en la mano y la vista clavada en el programa de carre-

55

ras, mientras una voz eléctrica hablaba por encima del incomprensible barullo. Muchos de los asistentes alzaban la cabeza para leer las estadísticas en docenas de monitores. Su padre compró un impreso y le echó un vistazo mientras descansaban apoyados en una pared. La luz en el interior de Oaklawn era tenue y artificial, poblada de humo y voces.

—Qué bien, ¿no? Mira cuánta gente.

Antes de que su hijo pudiese contestar, David estiró el cuello y se puso a mirar a su alrededor con cara de estar buscando a alguien entre la muchedumbre.

—Oye, vamos a dar una vuelta.

Se dirigieron al otro extremo de la primera planta atravesando el alboroto de cuerpos; pero al llegar al final, cerca de la tienda de recuerdos, David dio media vuelta y llevó a Andru de regreso por el mismo camino.

—Venga, vamos.

Caminaba deprisa, con una mano en la espalda de su hijo y el programa arrugado en un puño. Fueron al *paddock* superior, donde la gente se juntaba a ver los caballos. Estiró el cuello de nuevo e inspeccionó la multitud poco a poco mientras se mordía el labio inferior.

—¿Buscas a alguien? —preguntó el chico.

—No, no. A nadie.

Entonces David apoyó la mano en la chaqueta de su hijo y lo miró de arriba abajo. Un chico tranquilo, aún preadolescente, de piel suave bajo la mata de pelo espantada.

—Oye, jefe, escucha una cosa. ¿Qué te parecería si yo empezase a salir con una mujer?

—Bien. Genial.

—¿No te importaría?

—No, para nada. De verdad, papá.

El padre respondió con tono más forzado.

—Claro, claro. O sea, ¿por qué te iba a importar?

—Ya.

—Tu madre está con Frank, ¿verdad? Yo también tengo derecho a salir con alguien, ¿no crees?

—Sí, claro.

Andru lo miró. Su padre parecía estar rozando el límite de aquella energía tan difícil de la que se nutría, pero de pronto ésta se desvaneció y David sonrió.

Le dio un complicado apretón de manos y se dirigió a él utilizando pura jerga urbana.

—Cómo te enrollas, colega. Qué movida.

Salieron del *paddock* y subieron a la *mezzanine*. «*Mezzanine*» era una de las palabras que Andru había aprendido en el hipódromo. Le gustaba. Le sonaba como si insinuase algo oculto.

Su padre lo guió entre la multitud, primero por toda la planta y después por las tribunas inferior y superior. Media hora más tarde, cuando se acercaba el momento de la primera carrera en directo, le dijo que lo mejor sería comer algo y lo condujo a la planta baja, donde había una ostrería entre el restaurante y las taquillas de apuestas. Al llegar, su padre sonrió con alivio. Therese estaba de pie delante de la barra sorbiendo una valva de ostra.

Ella aún estaba a cierta distancia cuando se detuvieron. David se volvió hacia Andru emanando un júbilo febril.

—Te acuerdas de la señorita Therese, ¿verdad? Un día estuvimos con ella.

El chico se acordaba de la mujer que se había sentado a tomar algo con su padre en el restaurante de la tribuna superior hacía dos meses, aunque sólo estuvo con ellos un par de horas antes de salir por la puerta con paso inseguro. Ahora ella tenía un plato de ostras delante y hablaba con un hombre grueso que llevaba un traje color beis y tenía la piel enrojecida. Según parecía, estaban con un pequeño grupo de personas muy bien vestidas.

David se arregló el traje y se alisó el pelo hacia atrás.

—Antes era modelo, ¿te lo había dicho? En Nueva York. Y también ha hecho teatro. ¿Qué te parece, eh?

—Bien.

Se quedaron parados un segundo mirando a la gente mientras Therese se reía de algo que había dicho el tipo del traje beis.

—Ése es Bill Hays. Creo que antes salían juntos.

—¿Y ahora no?

—No. Están con un grupo, nada más. —Como si el chico se lo hubiera discutido, David lo miró y explicó—: Se puede seguir siendo amigos, Dru. Como tu madre y yo. Nosotros aún nos llevamos bien, ¿no?

—Sí.

Esperaron un poco más sin decir ni una palabra. El chico empezó a ponerse tenso, se preguntaba qué iba a tener que hacer. Bill Hays se tapó la boca con la mano para eructar, se limpió con una servilleta que después dejó caer al suelo y le tocó el hombro a Therese antes de ir a una taquilla de apuestas. David dio un toque en el brazo a su hijo.

—Vamos.

Ella era una mujer alta y esbelta, con un vestido verde que le llegaba por debajo de las rodillas, de labios finos y fruncidos, y una media melena de corte perfecto. Había algo en su sonrisa que le arruinaba la prestancia, igual que la teatralidad de las cejas y la boca, que siempre parecía a punto de soltar una gracia. Pero en general daba la sensación de que le hubiesen drenado todo el fluido, con ese pelo rubio de un tono intenso pero sin el menor brillo, como polvo de tiza. Encendió un cigarrillo y sopló el humo hacia la luz blanquecina, con aire distante, incluso después de haber visto a David acercarse a ella con su hijo.

—Hola, Therese.

El padre sonrió.

—Hola —respondió ella, y enarcó la ceja.

—¿Te acuerdas de Andru? Es mi chaval. Te ha reconocido desde lejos.

Ella bajó la mirada hacia el chico y alzó la comisura de los labios.

—Hola, Dru. ¿Eras tan alto la última vez que te vi?

Volvió la cabeza y dio una calada al cigarrillo. Miró a David, pero siguió vuelta hacia el otro lado mientras soltaba el humo. Sus pestañas formaban pegotes negros.

—Íbamos a comer algo —anunció su padre.

—Yo estaba pensando que me apetece algo de fruta. Me gustarían unos caquis.

—¿Quieres caquis?

La situación parecía divertirla. Llevaba un perfume tan fuerte que al chico le escocían los ojos. Andru estaba observando a la mujer y a su padre, midiendo el espacio vacío que había entre ellos y el pequeño grupo de gente que los rodeaba, consciente de que tanto él como su padre quedaban excluidos. Entendió que, en cierta medida, lo que hacía su padre exigía fingir que no se daba cuenta de que su hijo era consciente de que ambos estaban fuera de lugar.

—Es mi fruta favorita. Aquí nunca hay de los buenos. Cuando era pequeña, me encantaban. —Sonrió al chico y se le escapó el humo entre los dientes—. ¿Qué te parece? ¿No te crees que yo también fui niña?

Andru se sonrojó.

Therese le guiñó un ojo y él miró a su padre, que la contemplaba con una especie de devoción ciega.

Justo entonces apareció Bill Hays, robusto y radiante en su traje beis. Era el más alto de los cuatro, y tanto su piel quemada por el sol como las botas de vaquero irradiaban un brillo de cuero fino y lustroso.

—Hombre, Dave. Qué sorpresa.

David parecía encogerse e hincharse a un tiempo, agachando y ladeando la cabeza mientras echaba los hombros atrás y sacaba pecho.

—He traído a mi chico. He pensado que estaría bien comer algo y ver unas carreras.

Bill Hays miró a Andru con sus ojos verdes y amables. El chico llevaba una camiseta negra de Iron Maiden bajo la chaqueta de cuero, pantalones vaqueros y un casco de pelo pincho en la cabeza.

—¿Te gustan las carreras?

El niño se encogió de hombros.

—Bueno, sí.

Bill Hays sonrió y apoyó la mano en la parte baja de la espalda de Therese.

—Vaya, menudo fan de los caballos te ha salido.

David se quedó con el semblante inexpresivo, dándose golpecitos en la pierna con el programa.

El grupo echó a andar.

—Será mejor que subamos —avisó Bill a Therese.

Ella asintió y apagó el cigarrillo, cogió el bolso y le guiñó un ojo a Andru por segunda vez.

—No le dejes meterse en ningún lío, ¿vale?

—Eh, eh, cuidado con lo que dices —bromeó David, y se rió.

La risa de su padre tenía una cualidad que enervaba al chico; un matiz forzado y excesivo que lo inquietaba.

Cuando Therese y Bill se dieron media vuelta, David echó a andar con ellos.

—¿Dónde vais a estar?

Bill sonrió.

—En el Triple Crown Room, todo el día.

—Ah.

Bill alzó la mano como un guardia de tráfico.

—Cuídate, Dave.

Andru y su padre se quedaron allí plantados mientras la gente los esquivaba, y contemplaron al hombre del traje beis y a la mujer esbelta dirigirse al ascensor con sus amigos.

Como no quería mirar a su padre, cuya desilusión parecía sofocante, Andru fijó la vista más allá de la entrada, en la luz de la calle y los coches, en las personas que caminaban juntas al otro lado del cristal transparente.

—¡Ajá!

David chasqueó los dedos como un loco, sonriendo como si acabase de descubrir una gran verdad.

—Espera un momento, no te muevas de aquí.

Fue hasta una taquilla y se puso a pasar las páginas del programa y a hacer apuestas. Tardó un rato y el chico pudo apreciar lo rápido que su padre pasaba las páginas con la mano, cómo daba golpecitos en el suelo con la puntera del zapato, cómo se acercaba a la cajera y le sonreía. Al volver, mientras se metía los resguardos en un bolsillo, le dijo:

—Venga, vámonos.

—¿Adónde?

—De compras.

—¿Y la comida?

Su padre lo llevó hacia la salida.

—Ya pillaremos algo por ahí.

Salieron a la calle justo cuando la bocina anunciaba una carrera.

Arrancaron en dirección a la ciudad y su padre encendió un cigarrillo. Hacía una tarde despejada y fría, radiante bajo un cielo sin nubes de un azul celestial. Entraron por Grand Avenue y se detuvieron en la primera tienda de alimentación.

—Venga, vamos —lo apremió su padre, y empezó a trotar hacia la entrada por delante de él, con la chaqueta ondeando bajo los brazos como si fueran un par de alas oscuras.

En el interior, las lámparas fluorescentes lacaban todas las superficies con una luz blanca mortecina y difusa. Su padre se acercó a los pasillos de comida, le dio a su hijo un billete de diez dólares y lo mandó a la cafetería por un sándwich. El chico sujetaba el dinero detrás de la espalda y miraba los expositores de fruta, donde un tubito pulverizaba un leve rocío sobre los productos.

Andru había comprado un sándwich de terrina de ternera y estaba sentado a una mesa pequeña cuando llegó su padre con paso rápido y tenso. Tenía los puños apretados y unos cuantos mechones de pelo sueltos le colgaban hasta la nariz.

—Eh, venga, tenemos que irnos. Ya comerás en el coche.

Otro paseo. Su padre entró en tres supermercados más mientras él se quedaba en el Lincoln con el motor encendido. Andru masticaba el sándwich poco a poco, aprendiéndose la escena de memoria: las puertas automáticas se abrían para su padre y un minuto después lo veía salir y detenerse un instante para echarse el pelo hacia atrás. Era uno de sus gestos más característicos; la mano subía y alisaba la mata engominada de forma casi mecánica. Andru sabía que él mismo tenía la costumbre de llevarse la mano a la cabeza. Cuando su padre se atusó el pelo delante de la tienda, el anillo centelleó.

—Bueno, aún hay una posibilidad —dijo al mover la palanca de cambio—. El tipo de ahí me ha dicho que los sábados hay un mercado de agricultores. Dice que suelen cerrar sobre las tres, pero a lo mejor llegamos a tiempo. No me puedo creer que nadie tenga caquis en esta ciudad de los cojones.

El chico inclinó la cabeza y dejó caer el envoltorio de plástico entre las piernas hasta el suelo, adonde las moscas volaron de inmediato para inspeccionarlo.

—¿Qué tal el sándwich?

—Bien.

Su padre subió el volumen de la radio y bajaron una cuesta antes de torcer hacia Central Avenue.

Cuando encontraron el mercado ya eran casi las cuatro y estaba desierto. Quedaba algún puesto, pero con la persiana bajada y el candado echado. Aparte de un hombre que cargaba cajas en una furgoneta, el inmenso aparcamiento estaba vacío. El hormigón liso y agrietado se extendía a su alrededor; el chico hundió las manos en los bolsillos de la chaqueta. Su padre se acercó al tipo, habló un momento con él y después se quedó mirando cómo se iba la furgoneta. Una corriente de aire le agitó el traje, le levantó el pelo y se lo despeinó mientras él se daba poco a poco la vuelta para escrutar todo el aparcamiento. Había algo claro y definitivo en aquel momento; ambos en medio de aquella superficie yerma bajo el sol. Sin embargo, Andru no sabía cómo lo hacía sentir. Su padre achinaba los ojos con expresión algo confusa, como si estuviera perdido en aquella luz cegadora, inseguro.

—Mierda —farfulló, arrastrando los pies hasta el coche con la cabeza gacha, mientras con la mano se alisaba el cabello en un gesto automático.

Antes de regresar a Oaklawn, hicieron otra parada en una de las tiendas donde ya habían probado suerte. Al cabo de unos diez minutos, David salió con una bolsa de papel llena. Se la pasó a su hijo para entrar en el coche: estaba a rebosar de naranjas, melocotones, manzanas, ciruelas y un racimo de uva blanca.

—El otro tipo me ha dicho que los de antes de la primera helada no valen nada. El del aparcamiento, ¿sabes? Le he contestado que no me fastidie, que en alguna parte del mundo estarán cultivando caquis y exportándolos, ¿no? Así que, ¿qué coño pasa?

Encendió un cigarrillo y de camino al hipódromo no volvió a pronunciar palabra.

El Triple Crown Room estaba en la tribuna superior, la parte más alta del hipódromo. Quedaba al lado de un salón caro que se llamaba The Arkansas Room y sólo podía acceder a él quien tuviera una reserva especial o un buen enchufe. Delante de la entrada había dos hombres altos con pantalón de color caqui y americana azul con el escudo de Oaklawn en la pechera izquierda. La puerta era de madera oscura pulida, tan reluciente que el chico veía a su padre reflejado en ella mientras hablaba con los hombres de la americana, con la bolsa debajo del brazo izquierdo.

Les estaba diciendo que sólo necesitaba entrar cinco minutos.

—Tengo que entregar algo. Venga, Jerry —instó a uno de los dos.

Dejó la bolsa en el suelo y le dio un billete de veinte dólares.

—Sin chorradas, Dave —le dijo uno de ellos cuando le abrieron la puerta, como si fuera una orden.

—Sí —respondió David, y levantó la bolsa—. Vamos, Dru.

Con una inclinación de cabeza apremió a su hijo para que lo siguiera.

El Triple Crown Room olía a carne apetitosa y allí dentro la luz era más cálida, más amarillenta. Entre las paredes de madera pulida con acabados de latón había una serie de mesas con manteles blancos y una barra de caoba y mármol cerca de la entrada. Alrededor de las mesas charlaban y reían grupos de gente con traje o vestido, y el humo de los puros y los cigarrillos ascendía formando volutas. Una gran pantalla mostraba las carreras y los resultados mientras los camareros, vestidos con camisa blanca y chaleco, sorteaban las mesas. Su padre vio a Therese sentada con Bill Hays y otras nueve personas a una mesa, casi al otro extremo de la barra. Señaló un taburete y, antes de ir hacia allí, ordenó a su hijo que se sentase.

Andru pidió un vaso de agua y se acercó unas servilletas de papel para pasar el rato. Se puso a doblar una mientras observaba a su padre.

Lo vio agacharse al lado de Therese. Toda la mesa lo miró con una sonrisita burlona cuando él le enseñó la bolsa.

Ella soltó una carcajada.

—¡Madre mía! —Miró a David como si él estuviera gastándole una broma, pero enseguida se transformó en una mirada de lástima—. Venga ya, Dave.

Su padre se puso de pie.

—Creía que te gustaría. Ya está. No hay un puto caqui en toda la ciudad.

Therese miró a Bill Hays; él se levantó con elegancia y dejó el puro en un cenicero. Pasó junto a ella y apoyó una mano en el hombro de David. Los demás contemplaron la escena con seriedad.

—¿Eh? ¿Qué...? Toma —dijo Dave, y le ofreció la bolsa a Therese al tiempo que Bill Hays, con cuidado, le hacía darse media vuelta.

Ella se quedó de pie y cogió la fruta sin dejar de sonreír.

—Dave, quiero hablar contigo, ¿de acuerdo?

Bill Hays le rodeó los hombros con un brazo y lo llevó hacia el otro extremo de la barra.

—Enseguida vuelvo, Dru —lo tranquilizó su padre.

Los dos tipos de la americana azul estaban mirando y negaban con la cabeza como si incidentes como ése estuviesen a la orden del día. Se hicieron a un lado para que Bill Hays y su padre salieran del salón.

El chico bebió un trago de agua. Therese dejó la bolsa de papel en la barra y parte del contenido salió rodando; las naranjas en la red verde y algunas piezas de fruta separadas en bolsitas de plástico. Se sentó en el taburete que había a la derecha de Andru, encendió un cigarrillo, apoyó la barbilla en la mano y lo miró.

—¿Dónde has aprendido a hacer eso? —le preguntó.

Andru casi había terminado de hacer un cisne con la servilleta.

—En libros.

—¿Te gusta leer?

—Sí, supongo.

—Muy bien.

Therese sopló el humo sobre la barra, y después estiró la mano y le dio unas palmaditas en la cabeza. Un calor abrasador le recorrió el cuello y la espalda.

—Cómo pincha, ¿eh? Podrías matar a alguien con ese peinado.

Él soltó una risita tensa y siguió plegando la servilleta. Las naranjas y las cerezas estaban fuera de la bolsa papel.

—¿Tu padre te da la lata con el pelo?

—No. Dice que puedo ir como quiera.

Era cierto, y en ese momento sintió una oleada de lealtad y amor por él.

—Hace bien. ¿Te gustan las carreras?

—Sí.

—¿De verdad?

Su perfume se le colaba por las fosas nasales. Therese acercó el taburete un poquito más y lo señaló con la barbilla sin dejar de apoyarla en la mano.

—¿Qué sabes de las carreras de caballos?

Él continuó plegando la servilleta con la cabeza gacha y recitó:

—El hándicap se basa en el principio de que el futuro repetirá el pasado.

—Ya, pero ¿sabes qué significa eso?

Dejó de plegar y se volvió hacia ella. Therese tenía aquella sonrisa divertida en la cara, una chispa en los ojos que no era del todo benévola. Andru se fijó en el maquillaje que cubría las grietas por encima de los labios.

—Significa que puedes saber cómo va a ir una carrera por cómo han corrido los caballos en otras carreras.

—Eso es. —La mujer dio una calada y esperó un momento—. Pero no sólo por las anteriores carreras. También puedes saber cosas de un caballo por cómo lo hacían sus padres y los padres de sus padres.

Estaba dibujando una especie de ocho en la barra como para ilustrar su teoría.

—Ya.

Con una uña pintada de rojo Therese enganchó el cisne de papel y se lo acercó.

—¿Sabes qué? Me parece que hoy tu padre no tiene muy buen día. Deberías hacer algo bueno por él.

Al oír eso, Andru se enfureció. Quería gritarle, decirle que ella no conocía a su padre, ni siquiera un poco. ¿Quién se creía que era? Sintió una explosión tan fuerte de orgullo y esperanza por su padre que estuvo a punto de escupirle en la cara. Quería coger el saco de naranjas y darle una paliza con ellas, como había leído en una novela negra que tenía su padre.

En cambio, se puso a plegar otra servilleta y, mientras la ira lo corroía, se acordó de la cara de su padre yendo hacia la salida con Bill Hays. La mirada desesperada, la sonrisa insegura. El chico suspiró con tristeza; sabía que a partir de ese momento la más mínima decepción sumiría a su padre en una de las depresiones silenciosas que a veces se veía obligado a capear. Y sabía que lo que él necesitaba entonces era un aliado, un amigo, un recordatorio de que era importante y alguien lo quería.

Sin embargo, justo en ese momento pasó algo más. El chico echó un vistazo a la fruta que estaba tirada y se atusó el pelo con unas palmaditas mientras se miraba en el espejo de la barra. Cuando se vio, lo atenazó un miedo desconocido.

Empezó a plegar la servilleta para hacer una flor, pero la dejó a medias y preguntó a Therese si le prestaba dos dólares.

—Necesito cambio para la cabina de teléfonos. Mi padre te los devolverá.

—Por eso no te preocupes, cariño.

Ella cogió el bolso y sacó ocho monedas de veinticinco centavos de una cartera larga. Le señaló la cabina que había al otro extremo de la barra.

Cuando volvió de hacer la llamada, Andru le pidió que le dijera a su padre que lo esperaba fuera, en las gradas, desde donde podía ver las carreras.

En las gradas no había mucha gente. El aire frío hacía que la mayoría se quedase dentro, pero aun así algunos se acercaban a la barandilla; fumaban y leían el programa. Había tres chicas apoyadas en el pasamanos con sus abrigos de piel que hablaban animadamente mientras miraban a los caballos en los cajones de salida. Andru se sentó casi arriba del todo, lejos de los demás, y se puso a mirar hacia la pista y a escuchar las voces indistinguibles. Estaba identificando los silencios de los diálogos, como si tratase de limitar su espectro auditivo a esos silencios e instalarse en ellos.

Cuando apenas llevaba allí diez minutos, apareció su padre. Estuvo un ratito de pie, con su traje, escrutando la tribuna con la misma expresión inquisitiva que le había visto todo el día. Dejó que continuase buscando hasta que lo encontró.

Subió los escalones metálicos y sus pasos resonaron por los asientos.

—Hola. Oye, tenemos que irnos.

Empezó a sacar del bolsillo resguardos de las apuestas y a dejarlos caer. Había más incrustados en la tribuna, sucios e ilegibles. Andru siguió mirando la pista.

—Eh, venga, Dru. Tenemos que irnos.

—Yo no puedo.

—¿Y eso?

—He llamado a mamá. Viene a recogerme.

Su padre se quedó boquiabierto, asustado, con los ojos como platos.

—¿Cómo? ¿Por qué? Ve a llamarla otra vez. Dru, llámala. Si quieres irte a casa, ya... Ya te llevo yo, ¿vale? Llama otra vez.

Era la voz aguda y fina del pánico.

Su hijo no apartaba la mirada de la pista.

—No puedo. Ya ha salido. Me ha dicho que salía de inmediato.

—¿Qué? ¿Por...? ¿Frank también viene?

Con las manos en la cabeza, David empezó a girar a uno y otro lado. Una voz alegre y grave sonó entonces por megafonía, recitó unos números y nombró algunos caballos. *El ancla de Merlín*, *Porcelana azul Desiré*, *Príncipe Holmes el Rápido*. Su padre tartamudeó y dejó caer un resguardo.

—No... No lo...

Su aliento se convirtió en pequeñas nubes blancas contra un cielo azul perfecto.

—No entiendo por qué has hecho eso, Dru. —Se agachó junto a su hijo con expresión angustiada y confundida—. No lo entiendo. ¿Por qué?

El chico no respondió ni lo miró. Siguió contemplando los caballos. David se levantó y bajó hasta la barandilla.

Las vallas de los cajones se abrieron tras el disparo y los caballos echaron a galopar. Cuando habían dado una vuelta completa, su padre subió abatido los escalones metálicos. Se quedó de pie a su lado un momento y después se sentó.

—Mierda —musitó.

Se pasó ambas manos por el pelo y allí las dejó, apoyadas en la cabeza gacha.

El chico no lo miró. Todavía estaba pensando en ese instante en el bar. En lo fácil y rápido que le había resultado, al sentirse atrapado, abandonar a su padre. Dio vueltas a esa idea y siguió las carreras con él encorvado a su lado. Le gustaba el gran estruendo que de pronto creaban los caballos al pasar, aquel trueno que vibraba en las gradas para enseguida ceder el paso de nuevo a un estado de silencio, sereno y seguro.

DOS ORILLAS

Una ráfaga de viento cálido entró en el coche de Joanne. Iban dejando atrás espadañas y flores silvestres del pantano; las orquídeas, cabizbajas, formaban un manto en las orillas embarradas como de leche derramada sobre la hierba. Algo más allá, las raíces descubiertas del ciprés de los pantanos se extendían sobre el terreno llano y húmedo. Sam se fijó en una garza azulada que estuvo un rato volando junto al coche; su larga sombra se extendía a lo ancho de la calzada y aleteaba a su lado. También observó a Joanne mientras ésta conducía. La cara redonda y lisa, minúscula, sin los pómulos angulosos de Lana ni su mandíbula prominente. Tenía los ojos esféricos, oscuros, perspicaces. Debajo, media luna de piel ligeramente hinchada que le aportaba un extraño atractivo. Había sido gimnasta en la Universidad Estatal de Luisiana y ahora daba clases de educación física en una escuela de primaria en Port Salvador. Al hablar, a menudo componía listas sin darse cuenta. Cosas que hacer, cosas que evitar, cosas que recordar, cosas que comprar. Cuando se sentía juguetona, le gustaba dejar que la melena castaña le cubriese medio rostro. Y una vez, tumbada en la cama, había reprendido a Sam por llevar dos años viviendo allí y no conocer la ruta Creole Nature Trail de Luisiana. Estaba en la lista de cosas por hacer.

La ruta era una carretera que trazaba el límite de una costa al borde del hundimiento. A lo largo del camino habían visto nutrias y caimanes sumergirse en las aguas, flora salvaje y enormes pájaros blancos bajo un cielo encendido. Iban en el Acura de Joanne, con el techo solar abierto. Un fular de lunares le recogía el pelo y sus brazos cincelados relucían con aquella camiseta azul de tirantes. Sus manos menudas reposaban al volante. Bajó el volumen de la radio y le preguntó:

—¿Lana te habló alguna vez de su padre?

Tenía la costumbre de romper largos silencios por sorpresa con algún *non sequitur*, como si no pudiera soportar el silencio durante mucho tiempo, como si por alguna razón la pusiera nerviosa. Él respondió que no, que Lana nunca le había hablado de su padre.

—Murieron los dos —explicó Joanne—. Primero la madre, cuando ella era muy pequeña. A partir de entonces vivió con su padre. Él nunca tenía trabajo, y muchas veces la llevaba por toda la ciudad.

—¿Para qué?

A unos cincuenta metros de distancia, un ciervo marrón cruzó la carretera dando brincos. Sam esperó a que Joanne contestase, pero ella se quedó un rato mirando al frente.

—No estaba emparentado con nosotras. La madre de Lana sí; era hermana de la mía. Lana decía que él la llevaba a toda clase de sitios; a oficinas y, de vez en cuando, a algún bar. Me contó que una vez fue a un concesionario de coches. Su padre siempre tenía algún nombre escrito en una ficha, alguien a quien conocía de antes. Le daba la cartulina y le explicaba qué aspecto tenía la persona, cómo se llamaba; luego la enviaba a cualquier lugar en busca de esa persona. Lana tenía que entregarle una nota que decía que era la hija de Burt Slaton. El mensaje era para pedirles dinero.

—¿En serio? —preguntó Sam.

Franjas de sol y sombra se alternaban con rapidez en el techo del vehículo. El viento los obligaba a levantar un poco la voz.

—¿Lo hacía muy a menudo?

—Cada dos por tres —respondió ella—. Es lo que hacía. Vivían así. Cobraba algún tipo de ayuda del Gobierno y llevaba a su hija a visitar a toda esa gente que había conocido en el pasado para pedirles dinero.

—Pero en algún momento debió de trabajar en algo, ¿no?

—Creo que fue ingeniero durante un tiempo, antes de que muriese mi tía Alice. Bebía mucho y puede que también tomase alguna pastilla. No lo sé. Recuerdo que decía que tenía problemas de espalda.

Sam vio una cosa: algo de una violencia salvaje que no pudo verificar. Por la ventana observó un gran revuelo en el centro de un campo de hierbas altas. En medio de esa calma verde, una zona oscura y hundida se sacudía con furia, como presa de un ataque. Algo que luchaba por no ser vencido. Mientras hablaba, siguió mirando en esa dirección, intentando adivinar de qué animales se trataba, pero no alcanzó a ver más que tallos verdes dando bandazos y manojos de hierba que salían despedidos.

—¿Y cómo murió? —prosiguió Joanne—. Te lo voy a contar. Cuando Lana tenía once años, su padre la hizo subir a un rascacielos de oficinas en Baton Rouge. Tuvo que coger un ascensor que, según me dijo, era de cristal. Desde dentro, podía ver un pabellón que había delante y a él ahí plantado, en la calle, con las manos en los bolsillos. No nos lo contó hasta que ya llevaba una temporada viviendo con nosotros.

Joanne alargó el brazo y le cogió la mano. En cuanto llegaron a una zona anegada y salpicada de pequeñas islas al sol, Sam perdió de vista el alboroto en la hierba.

—Así que ella subió a la oficina de no sé qué tipo, que estaba en uno de los pisos más altos. Entró y pidió a la recepcionista que avisara al señor de que lo quería ver la hija de Burt Slaton. Él salió a recibirla, entonces Lana entró en la oficina y le entregó la nota en la que le pedía el dinero. «Tu padre no debería hacer esto», dijo el tipo, y se levan-

73

tó, porque quería saber dónde estaba Burt. Lana explicó que la estaba esperando fuera, así que él se acercó a mirar por la ventana y al momento se volvió con cara de susto. Ella fue hasta allí, miró abajo y vio un grupo de gente alrededor de su padre. Estaba tendido en la acera, así, sin más. Muerto. Y ella mirándolo todo desde lo alto del edificio.

—Hostia —dijo Sam.

De pronto sintió una oleada inexplicable y corrosiva de culpa. Se había pasado casi dos años sin hablar con Lana. Y ahora ella llevaba tres semanas muerta.

—Entonces se vino a vivir con nosotros —explicó Joanne—. Enseguida daremos media vuelta y, de regreso, pararemos a comer unas costillas en un sitio que conozco.

A medida que se adentraban en las llanuras hundidas de aquel pantanal cubierto de maleza, Sam pensaba en qué pasaría si el océano se hiciese con todo, si cubriera todo ser vivo y lo hiciese desaparecer. En las dos semanas que llevaba saliendo con Joanne, había aprendido mucho sobre Luisiana. A ella le gustaba explicar cosas.

La costa de Luisiana es una franja de islas y marismas el doble de grande que los Everglades. Más de doce mil kilómetros de canales cruzan esas tierras pantanosas, las fragmentan y permiten que la mortífera agua del mar penetre en los pantanos de agua dulce y salobre, y favorezca la erosión. Los simuladores que predicen la pérdida de terreno durante los próximos cincuenta años muestran una costa en retroceso, y lugares como Shell Beach, Lacroix y Grand Isle desaparecen bajo el agua. Cuando Joanne le explicó todo eso —que aquel terreno estaría un día bajo el mar—, Sam reflexionó sobre la belleza de un lugar subtropical y tan hostil como aquél. Tal vez su fugacidad le confiriese una clase distinta de hermosura. Él venía de la Costa Este y ahora enseñaba escritura en un colegio universitario de Luisiana.

A raíz de la historia que le había contado Joanne, le dio vueltas a la pregunta que le había hecho Lana la primera noche que pasaron juntos, cuando ella estaba delante del espejo mirándose la cara. En su memoria parecía una mujer más compleja, dotada de un subtexto y toda una serie de implicaciones.

El coche frenó para dar media vuelta en un círculo de arcilla roja hendido en el arcén de la carretera.

—Eh —dijo Joanne mientras giraba el volante—, ¿en qué estás pensando?

—En nada —respondió Sam—. En lo bonito que es todo.

Pasaron junto a una bandada de pelícanos posados en las raíces descubiertas de un grupo de cipreses.

—Y trágico.

—¿Trágico?

—Está desapareciendo, ¿no?

—Ah.

Sam Galt nunca habría conocido a Joanne Reaver de no haber encontrado la carta en el buzón. Otros dos hombres habían recibido una igual. Llevaba el último año compadeciéndose de sí mismo y dejando que el miedo se lo comiera por dentro, y la carta no mejoró las cosas. Se le pedía que estuviera en el Crescent Moon Café a las tres de la tarde del día 12, y ese día había llegado. No era un local que frecuentara, pero allí había conocido a Lana Slaton. En aquella época, Sam acababa de llegar a un pueblo de la costa del golfo llamado Port Salvador en un estado de desconcierto absoluto: a sus veintinueve años, con obra publicada y especializado en el Romanticismo, estaba arruinado por el préstamo estudiantil y abandonado en un colegio universitario en el fin del mundo. La gente que veía por el pueblo le daba algo de miedo. Hombres corpulentos de frente inclinada y brazos gruesos, mujeres culonas con pantalones de licra, camisetas anchas y pelo cardado, enjoyadas con símbolos religiosos de tamaño considerable. Durante su segunda semana en aquel lugar, cuando se sen-

mucho más solo de lo que podía haber esperado, algo asustado y se tomaba seis cervezas cada tarde, Sam había entrado en el Crescent Moon con un libro de Keats y un paquete de Camel. El café estaba a kilómetro y medio del pueblo, en un puerto llamado Lacroix. Allí lo había atendido Lana.

Casi dieciocho meses después, acababa de recibir una carta en la que ella le pedía que se viesen.

Sam: es posible que ya no me recuerdes, aunque espero que sí. Nos conocimos hace un año y medio, más o menos, y salimos un par de veces. Antes que nada, déjame decir que no te escribo porque quiera pedirte dinero ni ninguna otra clase de ayuda. Sólo te escribo porque ha habido cambios en mi vida: ya no soy la persona que conociste, y creo que la verdad y decir la verdad son cosas muy importantes, y sé que, como mínimo, debería ser capaz de contarle la verdad a mi hijo. He escrito una carta como ésta a dos hombres más. Por favor, créeme si te digo que no pretendo conseguir nada de ti.

Se había acostado con ella tres veces, ni una más ni una menos, y al principio se lo había tomado como señal de que en Port Salvador un hombre joven podía mantener encuentros sexuales a menudo y sin demasiado esfuerzo. No obstante, cuando recibió la carta, ella seguía siendo la única mujer con la que había estado desde su llegada.

El restaurante era un edificio de ladrillo y madera algo apartado de la carretera, cerca del borde de un barranco. Junto a la puerta había una enorme luna de contrachapado claveteada con tachuelas y con la pintura, del color de la nata, ya desconchada. Entre el edificio y el pequeño aparcamiento de grava de concha de ostras, donde había algunos coches y furgonetas, crecían unos cuantos pinos. Sam aparcó su Honda junto a la carretera y se fumó un cigarrillo antes de entrar. El día era una montaña de luz que volcaba todo su peso sobre el pueblo, y el tejado del local ardía: dos láminas de puro sol. Hacia el oeste, las lentas barcazas se deslizaban sin llamar la atención por los canales navegables, más allá del dique. Repasó de carrerilla la lista de sus quejas habituales: el calor, la humedad, la contaminación, los lugareños de salud y educación increíblemente deficientes, la riqueza de las iglesias. Se tensó al recuperar una sensación de amenaza que lo perseguía desde hacía un año: la paranoia de que iba a sufrir daños inminentes e irreparables si no se largaba de Port Salvador. Ese miedo lo había empujado a intentar escribir una novela; si lograba publicarla, tal vez obtuviera el prestigio necesario para largarse de allí. El trabajo lo obligaba a quedarse en casa, con su tabaco y el aire acondicionado.

Un Mercury granate giró desde la carretera y aparcó junto a la entrada del café. De él salió un hombre algo mayor que Sam, con traje gris, y caminó hasta el local. No tenía pinta de vivir en Lacroix. Sam dedujo que era abogado: en esa parte del país los había a patadas; cabezas de chorlito corruptibles que se graduaban en Tulane o en la Estatal de Luisiana y se dispersaban por la costa para nutrirse de tragedias ajenas y divorcios. Todos ponían anuncios en las radios locales y en las vallas publicitarias hasta en las carreteras menos transitadas. Se preguntó si acabaría tratando con alguno de ellos en un futuro cercano.

Lo que quiero decir es que tengo un hijo. Tiene nueve meses y se llama Aidan. Hay tres posibles padres y uno de ellos eres tú. Repito que NO quiero nada de ti, ni siquiera si resultara que eres el padre. Lo único que quiero es poder decirle de quién es hijo, si algún día me lo pregunta. Quiero que nos veamos para discutir los métodos de que disponemos para averiguarlo, nada más. Cuando nos conocimos estaba pasando por una mala época; por favor, no pienses que estoy tratando de en-

gañarte. Muchas cosas han cambiado en mi vida desde entonces y ahora soy una persona centrada en la honestidad y en vivir de forma limpia.

Aún no tenía claro cómo se sentía. No podía evitar sentirse acorralado ante la idea de tener, quizá, una criatura con esa chica, a quien en realidad ni siquiera conocía y con quien había compartido apenas unos cuantos malos hábitos. Después del tercer encuentro, ella no lo había vuelto a llamar y él nunca había sentido la necesidad imperiosa de hacerlo. Al fin y al cabo, la historia le había resultado algo confusa, aunque de una transparencia y falta de dramatismo excepcionales. Por eso había decidido esperar a ver qué resultados arrojaban las pruebas, antes de dejarse llevar por las emociones. Tampoco le había escrito diciendo que tal vez le hubiera transmitido algún virus letal, un fantasma en la sangre.

«Basta ya —pensó—. Entra en el café de una puta vez.»

El cencerro que colgaba por encima de la mosquitera sonó y la puerta se cerró a su espalda con un golpe seco. El comedor estaba distribuido como una uve doble hecha de ángulos rectos, cuyo centro había sido sustituido por la barra y la cocina. Un olor denso a fritanga cargaba el ambiente. La mayoría de las mesas estaban vacías, pero en algunas unos cuantos hombres de piel curtida con uniforme de trabajo masticaban sin hablar. El café vivía de los estibadores, pescadores y trabajadores de la refinería que pasaban por allí a la hora de comer con docenas de pedidos para llevar. Una mujer mayor de hombros fornidos y cuello ancho y arrugado se dirigió a Sam desde detrás de la barra.

Llevaba un delantal blanco largo encima de la camiseta.

—¿Sólo uno? —le preguntó.

Él se acercó.

—He quedado con alguien. De hecho, igual la conoce. Trabajaba aquí. Se llama Lana.

78

La mujer lo escrutó con su cara chata y de pocos amigos. Asintió con la cabeza y le señaló la barra.

—Siéntate.

Sam se dio cuenta de que el tipo del traje gris, el que había visto en el aparcamiento, también estaba sentado en un taburete.

Ocupó un asiento a su lado y pidió café. La mujer se lo sirvió sin decir ni palabra. Sam sopló en la taza, resuelto a no mirar a su vecino, que podría ser otro candidato a padre. Pero ¿era posible que Lana hubiese hecho eso? ¿Los había citado a los tres al mismo tiempo? ¿Por qué? Siguió con la cabeza gacha mientras se ponía azúcar en el café y miraba el remolino oscuro.

Sam no oyó el teléfono ni vio a la señora salir de la barra para contestar.

—Bueno —le dijo alguien en voz baja.

Sam se volvió hacia el hombre que tenía a la derecha. Le brillaba la cara como el cuero pulido.

—Así que conoces a Lana.

Aturdido, Sam empezó a contestar cuando la mujer regresó a la barra y se puso a revolver algunas cosas debajo del mostrador. Se movía deprisa, casi con desesperación, y enseguida se levantó con el bolso en la mano. Fruncía los labios y movía la mandíbula de lado a lado, como si rechinase los dientes. Cuando habló, le temblaron las mejillas arrugadas.

—Bueno, chicos, ¡todo el mundo fuera! Llevaos la comida. Tengo que cerrar. Ya haremos cuentas.

Hasta el último cliente paró de comer y se volvió hacia la barra. La mujer intentó sostenerles la mirada por un segundo. Luego su cara se deshizo como un castillo de arena bajo la lluvia.

—¿Qué ha pasado? —preguntó Sam—. ¿Está bien?

—Era el sheriff. Ha habido un accidente. —Se llevó las manos a la cara—. Lana no viene.

Se colgó el bolso del hombro, rodeó la barra y salió con el repiqueteo de la puerta, tapándose la cara, para dirigirse a la parte de atrás. Todos la oyeron arrancar el coche y vieron la nube de polvo que levantó al pasar, que se posó sobre la pátina de color marrón rojizo que ya cubría las ventanas del café.

Sam y el otro hombre se miraron con la misma expresión atónita y después se volvieron hacia los demás. Los bronceados trabajadores los contemplaban con miradas acusadoras. Uno de ellos, un estibador larguirucho que aún llevaba puesto el chaleco naranja del puerto, parecía tener más curiosidad que intención de condenarlos. Cruzó la mirada con Sam y éste apartó la vista.

De pronto, el tipo del traje se bajó del taburete, se alisó la chaqueta y salió por la puerta. Sonó el cencerro y la mosquitera se cerró de golpe.

Como estaba escribiendo una novela sobre el amor y la gente joven, Sam había planeado incluir un funeral en alguna parte del libro. En el de Lana se dio cuenta de que estaba prestando atención a los detalles de la ceremonia, las expresiones de los dolientes, la colocación de las flores. Material. Que su cabeza funcionase de aquella manera lo avergonzaba un poco, pero allí no conocía a nadie y era un buen método para evitar el intercambio de miradas con los demás. Había sentido el mismo distanciamiento en el entierro de su madre y, apenas un año después, en el de su padre.

Un frente bajo de nubes grises se cernía sobre el cementerio. La mujer del café estaba junto a una mujer más joven que la sostuvo del brazo durante toda la ceremonia. Tenía el pelo moreno y una figura menuda enfundada en negro.

Había un par de mujeres más, todas mayores, pero el resto de los asistentes eran hombres; clientes del local, supuso Sam. En total eran unos treinta, pero no había nadie que él reconociese, lo que significaba que no había nadie del departamento de Lenguas del Colegio Universitario de Port Salvador. El cura colocó las manos sobre el ataúd y la mujer ahogó un sollozo. El coche de Lana había atravesado el quitamiedos del puente de la interestatal 210. La iban a enterrar junto a su bebé, en tumbas adyacentes. Cuando bajaban el ataúd, la mujer tiró un puñado de tierra. El cura hizo la señal de la cruz y los hombres se fueron marchando sin prisa.

En un intento de personalizar sus percepciones, Sam trató de recordar el sexo con Lana, pero las veces que se habían acostado estaba borracho y las imágenes que le venían a la cabeza eran imprecisas y distorsionadas. Nada que lo conmoviese. Sólo observaciones clínicas, o palabras de otros hombres que escribían sobre otros sentimientos.

Mientras el pequeño grupo de gente se desperdigaba, Sam vio a un hombre con una americana azul marino, camisa negra y la sombra de una barba rala en el mentón. El tipo lo miró a los ojos y empezó a caminar en su dirección.

Sam echó un vistazo a su alrededor hasta que le quedó claro que el estibador se dirigía hacia él. Parecía más joven, aunque ya tenía el rostro curtido por el sol y hendiduras alrededor de los pómulos. Lo contemplaba sin reparos con sus ojos hundidos.

—Hola —saludó, y le tendió la mano—. Me llamo Lee Robicheaux.

Sam se la estrechó.

—Sam Galt.

Una brisa húmeda se escurrió entre ambos.

Lee hablaba con un agudo timbre nasal, una voz nacida para arrear ganado.

—Te vi en el Crescent Moon. ¿Conocías a Lana?

—Sí. Un poco.

—Vaya —respondió, y asintió con la cabeza—. Yo también.

Eran los únicos que quedaban junto a la tumba, aunque la mujer del café y su amiga acababan de irse y aún estaban a pocos metros.

Lee echó una mirada fugaz a ambos lados y se pellizcó la nariz antes de acercarse tanto a Sam que éste olió el salitre y el petróleo.

—Tú también recibiste una carta, ¿verdad? —le preguntó en un susurro ronco.

Sam lo miró.

—Así es.

Lee asintió y se encorvó, como insinuando que era inofensivo. Se volvió hacia las tumbas, donde había dos hombres con monos azules echando paladas de tierra.

—Yo también, hermano.

Sacó un cigarrillo de un paquete que llevaba en la chaqueta y ofreció otro a Sam. El apelativo le había erizado el vello, pero aceptó el tabaco.

—¿Te acuerdas del tipo que estaba sentado a tu lado en el Crescent Moon el otro día? —preguntó Lee—. El del traje.

—Sí.

Lee encendió los cigarrillos de ambos.

—Creo que él también la recibió.

—Sí, lo pensé mientras esperábamos.

Sam se dio cuenta de que estaba cabeceando, reproduciendo el lenguaje corporal de su interlocutor. Lee era la clase de hombre que le hacía avergonzarse de su educación y sentirse obligado a ser simple, agradable. Sin quererlo, su ademán se volvía amistoso y mimético, y después se odiaba a sí mismo por comportarse de esa manera.

Mientras observaba a los sepultureros, Lee bizqueó como si estuviera sopesando algo. Frunció los labios alrededor del cigarrillo.

—Cuando la señorita Claire te soltó lo del accidente y ese tipo se levantó y se fue, no me gustó nada. Fue como si no le importase una mierda.

Sam asintió con la cabeza.

Filamentos de humo escaparon entre los dientes del estibador. Delante de ellos, un puñado de hojas mojadas se revolvió entre las piedrecitas. La mujer mayor —ahora

Sam sabía que se trataba de la señorita Claire— seguía en el cementerio; se había detenido a medio camino hacia el aparcamiento. Ella y la joven hablaban sin dejar de mirar a los trabajadores, que continuaban con el entierro. Sam clavó la mirada en el rostro de la joven, franco y de rasgos menudos. El pelo le revoloteaba en los hombros mientras consolaba a la señorita Claire.

—Oye —dijo Lee, y esperó a que Sam lo mirase. Se acercó aún más y de nuevo bajó el tono de voz para demostrar que hablaba en serio—. ¿Has pensado en solicitar la prueba?

—¿Qué?

—Pedírselo a la policía o algo. Por el bebé. Una prueba de ADN.

—Ah... No creo... Se me pasó por la cabeza, pero creo que no. ¿De qué iba a servir? A lo mejor vale más no saberlo.

—Ya, claro.

Lee tiró el cigarrillo al suelo y lo pisó.

—Yo he pensado más o menos lo mismo.

Miró a los dos hombres que cogían tierra con la pala, la tiraban y repetían la acción.

—De todos modos, no me gustó que el tipo ese se levantara y se marchara. Tú te quedaste, hiciste una llamada y te enteraste de lo que había ocurrido. Pero lo del otro me parece sospechoso.

—¿«Sospechoso»?

—No sé, tío. Me pareció mal. —Miró la hora; llevaba un reloj digital de plástico—. Nos vemos. Tengo que ir tirando.

Echó a andar hacia el aparcamiento, que estaba al otro lado de la tumba.

—Sí, claro —contestó Sam.

Miró la silueta flaca de Lee yendo hacia los enterradores con paso cansino. El aire le alborotaba el pelo y le agitaba la chaqueta. Bien pensado, era la clase de hombre que uno podría considerar la pareja natural de Lana: un lugareño, alguien que conocía las costumbres y predilecciones de los nativos de aquella tierra desde su nacimiento. Y ahora entre Sam y él se había establecido un vínculo único, aunque no tuviera el menor deseo de volver a verlo. De hecho, esperaba no cruzarse más con él. Los unía algo demasiado sórdido, una intimidad negativa. En cierto modo, se sentía violado por la curiosidad de Lee y su trato fraternal.

Sam regresó al coche intentando poner en orden sus pensamientos sobre la lápida y los dos ataúdes. No era capaz de hallar un solo sentimiento sincero; ni siquiera de alivio, aunque había temido que ése sería el único que iba a experimentar. Llegó al aparcamiento al mismo tiempo que la chica morena que había estado todo el día junto a la señorita Claire. Se miraron y se sonrieron con educación. Pensó que ella, con el vestido negro y los ojos redondos bañados en una pena intensa, le resultaba guapa. Sus pasos los iban acercando por momentos, y él no podía evitar mirarla con el rabillo del ojo.

De pronto la chica tropezó y clavó una rodilla en el suelo. Se quedó de rodillas en el pavimento, se volvió hacia atrás y levantó la pierna; el gesto parecía una contorsión dolorosa, un movimiento de bailarina. Con pose grácil y elegante se quitó el zapato, y Sam pensó que en alguna parte debía de haber una escultura en la misma postura.

—¿Estás bien? —le preguntó.

—Me he roto un tacón.

Se quedó en cuclillas y suspiró. El aire de angustia la hizo más real para Sam; no podía apartar la vista de su rostro y de la mano que sostenía el zapato negro. Con el flequillo alborotado por el viento parecía atormentada pero fuerte.

—Yo sé cómo arreglarlo —mintió.

Ella lo miró y él se quedó en blanco. Sam sonrió, tendió la mano y le cogió el zapato con una alegría que en aquel entorno resultaba inapropiada. Sonreía como si ya supiese que en apenas un par de semanas describiría a aquella mujer, Joanne Reaver, como el objeto de su amor.

. . .

Fue durante su tercer fin de semana juntos cuando Joanne lo llevó a la Creole Nature Trail y le habló sobre el padre de Lana. Cuando llegaron a casa, Sam, que todavía estaba dándole vueltas a la historia, vio que la policía le había dejado un mensaje.

Al parecer, hasta entonces no se habían enterado de que, el día de su muerte, Lana Slaton iba de camino a hablar con tres hombres a quienes había enviado sendas cartas. Tampoco estaban al tanto del contenido de las mismas. Esa información no era secreta, pero no habían preguntado. Fue la señorita Claire quien se lo había mencionado un día de pasada a dos ayudantes del sheriff que habían ido al café a desayunar. Entonces habían echado otro vistazo al coche y habían descubierto que alguien había manipulado los cables de freno.

Así que querían hablar con Sam en persona. Después de contestar a dos horas de preguntas, lo dejaron marchar; no porque tuviese alguna coartada —que no la tenía, pues en aquella época estaba recluido, aún con la fantasía de escribir una novela—, sino porque los agentes se convencieron de que no tendría ni idea de cómo manipular frenos, cosa que era cierta.

Después de eso, Joanne estuvo varias semanas sin fiarse de él, aunque fingía que no pasaba nada.

De repente le preguntaba cosas como: «¿Qué estás haciendo?», con suspicacia, aunque en realidad no pretendía que sonara así. Ocurría cuando lo encontraba haciendo algo que, por algún motivo poco claro, la molestaba. Como mirar la pared.

Habían empezado a hablar de irse a vivir juntos, pero eso se acabó. Aun así, ella demandaba su presencia, por lo general en su casa, y su vida sexual no se vio afectada. Por su parte, Sam agradecía el silencio, los largos espacios para la reflexión que cada vez más a menudo llenaba con pensamientos sobre Lana. Pensaba en lo que Joanne le había contado e imaginaba a aquella niña recorriendo lugares extraños, obligada a entregar notas vergonzosas a desconocidos. Sola. Y también pensaba en el bebé.

Ese mismo mes, Lee Robicheaux fue arrestado por el asesinato de Lana Slaton y su hijo, Aidan Jefferson Slaton. La fecha del juicio aún no se había anunciado. El olor a petróleo y agua salada del estibador perseguía a Sam, y que lo hubiera llamado «hermano» le daba escalofríos y lo hacía odiarse a sí mismo. Y todos esos pensamientos se yuxtaponían a lo que Joanne le había contado sobre la infancia de Lana. Le vino a la mente el poema *Lucy Gray*, de Wordsworth.

Lucy erró por el camino
y enfiló varias colinas
sin llegar a su destino.

Sam releyó la carta que ella había escrito y percibió la voz del texto, la esperanza que contenía. «Soy una persona centrada en la honestidad y en vivir de forma limpia.» Cuanto más leía sus palabras, más se convencía de haber cometido alguna transgresión, de haber fracasado en lo más básico.

Después de que anunciasen el arresto de Lee, Joanne parecía más relajada y trataba de volver a conversar, aunque su voz siempre denotaba el alivio y el sentimiento de culpa que le causaba ese alivio por haber sospechado que Sam podría hacer semejante cosa. Pero cuando intentaba acercarse a él, lo notaba retraído, distraído, siempre prestando atención a cualquier otra cosa.

Se sentaban en el sofá uno al lado del otro y daba la sensación de que ambos tenían miedo de lo que pudiera hacer el otro. Así que miraban al frente, con la vista clavada en el televisor. De vez en cuando, él se quedaba a dormir en el salón.

• • •

Un día Sam le preguntó a qué hospital había acudido Lana para dar a luz. Joanne le contestó que no se acordaba, pero él insistió y mientras ella preparaba la cena aún estaban hablando del tema.

Joanne agitaba la sartén sobre la suave llama azul del fogón y se apartaba el pelo de la cara. Al final, se hizo una coleta deshilachada por el vapor de la cocina.

—Y no lo entiendo, de verdad que no entiendo por qué querrías traer este asunto a nuestra vida. ¿Para qué averiguarlo?

Cogió unos cuantos dientes de ajo de una ristra que tenía colgada y se puso a pelarlos y a picarlos con un cuchillo resplandeciente, mientras los trozos de bagre chisporroteaban al fuego.

—Es que siento que debo averiguarlo, nada más.

—Pues no entiendo por qué tiene que ser ahora.

Dejó el cuchillo en la mesa y habló con una desesperación histriónica, los ojos muy abiertos y tristes.

—Quiero decir que ahora nos va tan bien... El otro día le decía a mi madre, bueno, que yo... Intentaba explicarle lo que siento por ti. O sea, que me digo que esto parece, que lo que tenemos es como, ¿sabes, no? Algo bueno. Y no comprendo para qué quieres saber si eres el padre. No sé por qué quieres hacer eso.

Desde un extremo de la pequeña mesa de la cocina, Sam miró el salero y el pimentero, posados encima de unos sobres. Facturas.

Joanne apagó el fuego y movió el pescado con la espátula. Bajó el tono.

—Diría que estás obsesionado con ella. No paras de preguntarme cómo era de pequeña. ¿Para qué querrías saber todo eso?

—No lo sé —respondió él—. Tiene que ver con la verdad.

Hablaba con claridad y concisión, cosa que la asustó.

—Pero es que esa verdad no va a servirte de nada —alegó ella casi en tono de súplica.

87

—Eso ya lo sé. Pero no es importante por eso.

—Entonces, ¿por qué lo es?

Sam se volvió hacia ella con el rostro inexpresivo, pero apretando las mandíbulas, y ella lo interpretó como desdén.

—Porque es la verdad.

Cuando se echó a llorar y él se mantuvo indiferente, Joanne repitió una y otra vez que no entendía por qué le estaba haciendo eso. ¿Acaso no habían hablado de ir a vivir juntos? En cambio, ahora ya casi ni conversaban y a él no parecía importarle.

Continuó hablándole durante la cena y la disputa no acabó hasta que acordaron una fecha para que Sam se mudase a su casa. Después de eso, Joanne le dio el nombre del hospital. Era una clínica para mujeres llamada Humana. Estaba en Lake Charles, una ciudad fluvial dos horas al oeste de Port Salvador.

Casi dos años antes, cuando acababa de llegar a Port Salvador, Sam había ido al Crescent Moon con un ejemplar de *Endimión*. Estaba algo borracho y quería un café. El local estaba vacío, a excepción de una camarera sentada a la barra, que hablaba con la señora mayor que estaba detrás. La camarera, una chica esbelta de huesos largos, le sirvió el café y un poco de agua. La chapa del uniforme decía «Lana».

Ella señaló el libro cerrado encima de la mesa.

—¿Es bueno?

Sam echó azúcar al café y se encogió de hombros.

—Es poesía. —Dejó la cucharilla en la mesa y volvió a mirarle la cara—. Sí, bastante bueno.

—A mí me gusta. De pequeña leía los libros de Silverstein.

Tenía los pómulos altos y un matiz inquisitivo en la mirada.

—Ah, sí. *El árbol generoso*, ¿no?

Ella se mostró un tanto avergonzada.

—Creo que era algo de un desván...

Le ofreció una sonrisa breve y simpática, como para dar la conversación por terminada, y se dio media vuelta.

Él se revolvió en el asiento, pensando en qué más preguntarle, y sin querer le dio un codazo a la taza y se derramó el café en el regazo. Soltó un gañido, dio un brinco, cogió el vaso de agua con hielo y se lo echó encima.

Lana apareció a su lado con cara de preocupación. Le ofreció un paño grueso de cocina.

—Eso ha sido muy inteligente —le dijo—. Qué bien que se te haya ocurrido lo del agua tan rápido.

—Ya había pensado en una situación como ésta —contestó Sam, que de pronto estaba sobrio—. Para saber qué hacer.

No sabía por qué había confesado eso, pero era la verdad.

Lana se quedó a su lado mientras se secaba con el trapo y le preguntó con cautela:

—¿Quieres otro café, o se te ha estropeado la noche?

—No, gracias. Ya me he espabilado. —Se sonrieron mientras él se frotaba con el paño—. ¿Qué me dices de la tuya? ¿A qué hora sales de aquí?

Ella ladeó la cabeza como si le hubiera planteado un acertijo.

—Dentro de una hora.

Sam le devolvió el trapo y le rozó la muñeca con la yema de los dedos.

—¿Qué tal si voy a casa, me cambio y vuelvo a buscarte para ir a tomar algo?

No acostumbraba ser tan atrevido. La combinación de soledad, la repentina sobriedad y el susto del café caliente lo había llevado por un momento más allá de la influencia del orgullo o del miedo.

Lana meneó la cabeza.

—Estás hecho un desastre.

Más tarde fueron a una de las tabernas de mejor ambiente de Port Salvador, un bar deportivo que estaba al lado de una marisquería. Ambos edificios parecían cobertizos grandes. Lana pidió un whisky doble para cada uno. En la máquina de discos estaba sonando la clase de country-pop que Sam odiaba, pero con ella riéndose a su lado la música le parecía perfecta para el lugar, como todo lo demás que había en el local: desde los nombres grabados con llave en los taburetes, hasta el caimán disecado y envuelto en lucecitas de Navidad que estaba sobre la difunta máquina de *pinball*. Lana se había criado en Nueva Orleans, pero se había mudado a Lacroix con unos parientes cuando era joven. Quería saber de dónde venía él.

—El año pasado estuve estudiando en Misuri —le explicó—, pero soy de Connecticut.

—¿Tus padres viven allí?

Él negó con la cabeza.

—Los dos han muerto en el último par de años. Cáncer.

Ella se disculpó, pero él le quitó importancia encogiéndose de hombros. Lana le contó que sus padres también habían fallecido. Sam alzó la copa y encendió un cigarrillo. Cuando volvió a hablar, le explicó que había ido allí a dar clase. No tenía muchas opciones en el mercado laboral porque no había acabado el doctorado, pero había creído erróneamente que sus publicaciones le servirían de algo. Ella le preguntó por las clases, y, a pesar de que daba cinco cursos de escritura, él prefirió hablar de Wordsworth y Keats, de Coleridge y Blake, Byron, Shelley. Pidieron otra ronda. Sam estuvo citando fragmentos al azar de *Endimión* mientras le acariciaba los dedos.

—«Aún muerta, me aferraba a su cintura.»

—¿Quiere decir que no podía dejarla marchar? ¿Como en esa película?

Sam estaba borracho, se rió.

A la una, compraron una botella de Jameson y salieron del bar. A él todavía le hacía gracia que la normativa de Luisiana sobre el alcohol fuera tan permisiva: bares donde te servían daiquiris en el coche, antros que no cerraban, alcohol a la venta en todo tipo de tiendas. Si acababa viviendo allí con su esposa y sus hijos, la influencia de esas bebidas desempeñaría un papel fundamental en su estabilidad, pero en aquel momento todavía estaba en una fase en la que consideraba Port Salvador una mera aventura, una excursión temporal.

Lana vivía en un apartamento de una habitación cercano al colegio universitario, en uno de los complejos más nuevos, donde se alojaban sobre todo estudiantes y solteros de mediana edad. El salón sólo estaba iluminado por una bombilla de luz ultravioleta colocada sobre el mueble donde tenía el televisor y el equipo de música. Sam estaba mareado y medio enamorado de su culo —respingón, firme y estrecho—, de la cintura baja dc los vaqueros; encantado de comprobar que no se había arruinado el sacro con uno de esos ridículos tatuajes que tantas chicas se hacían ahí. Recordaba que la voz grave y áspera de Leonard Cohen parecía arañar los oscuros rincones de la estancia, como un gato que se frota contra la pared. Lana se sentó en el sofá con un espejo y preparó unas rayas mientras él servía el whisky.

Una serie de collages abigarrados decoraban las paredes, imágenes construidas a base de fotografías de revistas que ella misma había cortado en tiras y vuelto a disponer.

—Son mis fotos —le explicó mirándolo por encima del hombro.

Las rayas del espejo eran incandescentes. La estancia era un mundo eclipsado, un lugar bajo un sol negro donde resonaban los cantos de los monjes lamentándose en las montañas.

Del sexo en sí no recordaba mucho, salvo el habitual enredo de brazos y piernas, los momentos de indecisión, las señales que interpretaba en su mirada. Siempre se acordaría de que más tarde, después de hacerlo, ella se había quedado mirándose un buen rato en el espejo de la habitación, desnuda. Tenía el culo redondo y sin hoyuelos. Se palpó las mejillas con los dedos, se recogió el pelo y frunció el ceño. Hizo una mueca. Después otra. Sacó mandíbula y contorsionó las facciones. Y después se quedó mirándose, sin más, con la vista fija en el reflejo.

—¿Tú crees...? —preguntó con voz áspera y baja—. ¿Tú crees que hay lugares a los que sólo podemos ir si los imaginamos primero? ¿O es que todo tiene que ser una sorpresa? —Se volvió hacia él—. ¿Me entiendes? Si yo imagino un sitio, ¿significa eso que nunca lo pisaré?

Sam no llegó a contestar. Pensó que se estaba haciendo la interesante.

Un viernes por la mañana Sam fue en coche hasta Lake Charles, sin avisar a Joanne. Tenía cita con el jefe de obstetricia de la maternidad de Humana.

El hospital era una serie de losas rojizas dispuestas sin ton ni son, desde cuyo centro salían diferentes calles. Mujeres en sillas de ruedas con bebés en brazos, hombres perplejos de aquí para allá. Siguió las instrucciones que le dio una enfermera de la recepción y finalmente lo sentaron en un gran despacho de techos altos y una enorme ventana con vistas al bucólico jardín que había al este del hospital. El jefe de obstetricia era un hombre de aspecto sano y rosáceo cuya placa decía «Dr. Alan Richert». Conservaba una mata de pelo blanco muy corto, y su rostro, grande y cuadrado, tenía cierto aire limpio y fresco. Bajo la bata de médico llevaba camisa y corbata, y estaba sentado frente a un voluminoso escritorio cubierto por varios montones de papeles. Sam se hundió en una de las dos mullidas sillas de cuero que tenía frente a la mesa. La pared opuesta a la ventana estaba llena de diplomas; en la otra, un reloj de pared con péndulo marcaba los segundos como un metrónomo.

El caso es que el doctor Richert se acordaba de Lana. Recordaba su actitud, que le había causado admiración. Un día que ella estaba esperando para hacerse una revisión, la vio con un vientre considerable, leyendo un libro sobre crianza. Le preguntó por el título y ella respondió con una larga explicación acerca de la necesidad de inculcar la idea de autoestima a los niños.

—Me acuerdo de Lana —le contó el médico—. Ya no tengo trato directo con muchas pacientes, y cuando me enteré de lo suyo, me dio pena.

Se subió las gafas y juntó las manos sobre la mesa. El despacho tenía un ligero olor a detergente y a pino.

—Mi secretaria, Maggie, me ha contado el motivo de su visita. No obstante, debo decirle...

—Sólo quiero saber si tienen una muestra de sangre del niño. Supongo que sí, ¿verdad?

El doctor asintió.

—Tenemos resultados que muestran, entre otras cosas, el ADN del bebé.

—Gracias. Eso es lo que quería.

Sam se inclinó hacia delante y apoyó los codos en las rodillas. Tenía los ojos secos y enrojecidos; la mirada temblorosa por encima de la barba.

—Comprendo, señor Galt. Nuestra política no suele contemplar estas situaciones, pero...

—Pero están muertos —interrumpió Sam—. Están muertos, ¿me entiende? A ellos no les importa.

—Iba a decir que se trata de un caso de circunstancias especiales.

—Así es. Gracias. ¿Cuándo podemos hacerlo?

El médico se echó hacia delante con la silla y se quitó las gafas. A Sam le pareció afable e inofensivo, alguien sometido a la esclavitud de las tareas más tristes.

—Señor Galt, me gustaría que reflexionase un momento... —Levantó la mano como para evitar que Sam se pusiera en pie—. Piense si de verdad esto es lo que quiere. Maggie me ha dicho que no se trata de un asunto religioso.

—Para nada. No tiene que ver con la religión. Pero es lo que deseo.

El médico frunció el ceño.

—En teoría, necesita una orden judicial. Si está decidido a ir adelante, se la puede conseguir un abogado. Pero tendrá que pasar por todo eso. Pregúntese de qué le va a servir. ¿Qué sentirá si averigua que el niño era suyo?

—Yo no... Verá, doctor, la cuestión es que... Creo que, no sé... No sé por qué nadie quiere que me entere de si el bebé era mío o no.

—Tal vez —caviló el médico— se pregunten por qué, si tanto le importa el asunto, no estaba aquí con Lana cuando nació la criatura.

—¿Qué? ¿Qué significa eso? Usted no tiene ni idea. O sea, ¿qué motivos hay para no saberlo? ¿Por qué debería... y encima tener que justificarme? ¿Tengo que justificarme ante usted cuando ella me lo anunció por carta?

El médico lo vio sacar un pedazo de papel arrugado del bolsillo y blandirlo delante de él. Era la carta de Lana, que Sam había empezado a llevar consigo hacía unos días.

—Hablé con el tipo. El tipo que la mató. Vino a... ¿Por qué tendría...? ¿Es que no me puede importar? ¿Es eso lo que me está diciendo?

La expresión del médico no lo invitaba precisamente a explayarse. Le deslizó una caja de pañuelos por encima del escritorio, y Sam no supo para qué hasta que se dio cuenta de que tenía los ojos bañados en lágrimas.

—Lo siento —se disculpó mientras se secaba las mejillas—. Esto es ridículo. Lo siento. No...

—No pasa nada. Intente tranquilizarse.

—Es que nunca me comporto así. No sé...

El médico desvió la mirada, y Sam sacó más pañuelos de la caja.

—No veo por... —Sam calló y respiró hondo—. A lo mejor es... Mis padres fallecieron, ¿sabe? No hace mucho. Y no llegué a... ni... Y luego me mudé aquí. Lo siento.

El médico se levantó.

—¿Quiere que le recete algo? ¿Un poco de Xanax o Valium?

—No, no. Estoy bien. Es sólo que... ¿Le importa que me quede un segundo?

La sinceridad de la súplica sorprendió al médico.

—Necesito pensar un momento. No puedo...

Entonces Sam se percató del tictac del reloj. Tardó unos instantes en poder volver a hablar.

—No sé decirle... Uno cree que comprende sus propios sentimientos, las motivaciones. Pero las cosas cambian muy rápido, ¿verdad? Esas cosas cambian de repente y se hace... Se hace difícil de controlar.

—Vaya... —dijo el médico.

No había entendido qué quería decir Sam, pero pensó que al principio se había equivocado con él. Finalmente, le parecía que el joven había querido a la chica muerta. Se reclinó en la silla y contestó:

—Por supuesto, señor Galt. No pretendía echarle. Tómese el tiempo que necesite y piense en lo que le he dicho. Si vuelve a verme, si vuelve y lo que quiere es realizar la prueba, lo ayudaré a conseguirla. Pero tal como está ahora no puede tomar decisiones.

—No —convino Sam—, no puedo.

—Eso es. Quiero que se relaje, señor Galt. Hable con algún amigo o alguna amiga.

Sam negó con la cabeza y se rió.

—Lo siento —respondió. Hizo una bola de pañuelos amarillos sin dejar de negar con la cabeza—. Es que no sé.

El médico asintió, se levantó para ofrecerle la papelera y le puso la mano en el hombro. Le dio unas palmaditas.

—No se preocupe. Respire hondo.

Estuvieron así, sin moverse, hasta que el tictac del reloj volvió a sumir el despacho en su orden natural y tranquilo.

Cuando Sam llegó a casa esa noche, seguía confundido. Aun así, no le ocultó a Joanne dónde había estado.

—¿Has ido? ¿Por qué no me has avisado? ¿Qué te han dicho?

—Que me lo piense.

—¿Lo ves? —respondió ella con voz cada vez más alta—. Así que lo vas a hacer... No me puedo creer que hayas ido sin decirme nada. —Joanne esperó una respuesta y, al ver que no llegaba, se echó a llorar—. Ya ni te reconozco.

Sam no dijo ni una palabra mientras ella continuaba aireando sus protestas y le suplicaba que lo hablasen. Estuvo llorando y diciendo cosas durante casi una hora, y él no abrió la boca. Cuando Sam se fue a la cama, ella seguía sin callar.

Joanne encendió la lámpara.

—No has dejado de pensar en ella. La quieres, ¿verdad? Admítelo.

Sam se incorporó, estiró el brazo por delante de su cara y apagó la luz.

Las emociones que le había provocado la visita al hospital se estaban disipando con rapidez y empezaba a avergonzarse de su comportamiento ante el médico. Lo único que quedaba tras las lágrimas era la percepción clara de que no sentía nada; la comprensión de hasta dónde podía llegar. Pensó en humo negro dispersándose en la sangre, en diferentes sangres mezclándose. Tiempo después, Sam perdió la carta que Lana le había escrito.

No regresó al hospital ni siguió adelante con la prueba, pero el silencio persistió entre él y Joanne. Ella interpretaba su retraimiento como una señal de que no pensaba en ella, y Sam no se molestó en corregir esa opinión. Pero cuanto más se encerraba en sí mismo, más se empeñaba ella en asegurar un futuro entre ambos. Él era pasivo, estoico; nunca tomaba decisiones llevado por alguna emoción fuerte.

Se casaron a principios del verano siguiente.

LA PROFUNDIDAD DEL MAR AMARILLO

La interestatal 10 después de la medianoche, en dirección al oeste. Estamos en El Paso. El entrenador Duprene dice que puede seguir conduciendo hasta que se haga de día. Por delante se despliega una larga alfombra de asfalto vacío, pero yo veo a Amanda. Me la imagino tal como era en el instituto: pecho pequeño, uniforme de animadora, pelo caoba, ojos verdes, pecas. Los pastos se convierten en un desierto de tonos violeta y naranja apenas visibles, colores inimaginables. Y después, la inmensidad de la noche sobre una tierra llana y diáfana. No me extraña que ciertas personas teman los espacios abiertos.

—¿Ves eso? —me pregunta el entrenador.

—¿El qué?

Usa una botella de José Cuervo para trazar un arco en el parabrisas.

—No queda ni una sola estrella. Está negro como el carbón.

Saco la cabeza por la ventanilla y me recibe una explosión de aire, pero tiene razón: a nuestro alrededor no hay nada más que oscuridad y, aunque el cielo es invisible, sé que se acerca una tormenta.

—Va a llover.

Me pasa el tequila.

—¿Cómo lo sabes?

Me toco la cicatriz de la barbilla.

—Me partí la mandíbula.

El metal de la mandíbula inferior me da tirones, cosa que ocurre cuando el aire se carga de electromagnetismo. Tengo una puntada de acero en forma de equis en la quijada porque con catorce años, muy convencido de mis posibilidades, hice las pruebas para entrar en el equipo de fútbol americano. De eso hace siete años y entonces Duprene aún entrenaba a los Toreadors de Port Arthur. No las pasé, pero asistí a muchos partidos. Era el chaval que se sentaba en silencio y se asomaba entre los padres gritones de la primera fila para ver a las animadoras de rojo y azul hacer cabriolas y dar palmadas. Mi favorita era la hija del entrenador, Amanda. Piel dorada como la miel; cuando sonreía, se le cerraban los ojos. La clase de animadora que prestaba atención al resultado y hasta le concedía importancia de verdad. Seguía el partido mientras el resto de sus compañeras se toqueteaban la melena o hablaban sobre qué se iban a poner en la fiesta pospartido.

—¡Dicho y hecho! —exclama el entrenador, y me pregunto si habré estado pensando en voz alta.

Duprene hace un gesto con la barbilla para señalar el parabrisas, salpicado de gotas de lluvia. Estoy acostumbrado a pensar en voz alta, sobre todo cuando voy por ahí con la furgoneta. En este momento aún trabajo para la planta de tratamiento de aguas residuales Alamo, en Port Arthur, y paso los días conduciendo por carreteras secundarias con una tablilla donde anoto los niveles de fósforo y amoníaco de los acuíferos para comprobar que los granjeros no estén echando gallinaza en los campos. Por la noche puede que me encuentres en el Petro Bowl o en Chili's intentando invitar a unas copas a las maestras de primaria y a las secretarias; pero cuando trabajo, paso entre cinco y siete horas solo en la furgoneta, y esos días suelo narrar mis pensamientos y convertir mis observaciones en historias. Rilke escribe: «Ama tu soledad, pues la soledad es difícil.» Me recuerdo a mí mismo que es mejor no pensar en voz alta.

Cada vez llueve más y cuando llegamos a Las Cruces se desata un torrente que esconde la carretera bajo una cortina de agua. Me hormiguea el metal en el maxilar. Los limpiaparabrisas no sirven de mucho, y el entrenador se acerca al cristal y entrecierra los ojos. Saca una pastilla de un bote de plástico marrón.

—Ya es una hora prudente —dice, y se la traga.

Aparcamos en el arcén y la lluvia azota el vehículo. Él se acomoda contra el cristal de la ventanilla y se tapa los ojos con la gorra. Ya no entrena, pero recibe un estipendio generoso del instituto de Port Arthur y tiene el título honorario de coordinador deportivo. Eso es lo que consigues en la división este de Texas después de ocho campeonatos del distrito y otros dos estatales. Lo observo; respira con las facciones ablandadas, mientras la lluvia hace que las ventanas parezcan riachuelos. Trato de relacionar al hombre que duerme con esa calma con el malhumorado comandante de rostro de granito que yo veía en los pasillos o al borde del campo en los partidos. Intento comprender cómo ha pasado de aquello a esto. Y lo hago porque ahora, con mis años, uno de mis hábitos más básicos es buscar vínculos casuales, desenterrar historias, y paso gran parte del tiempo peinando el pasado como si las respuestas estuvieran allí. Estoy en una edad en la que uno va describiendo círculos, y me tomo las palabras de los poetas y de los famosos al pie de la letra. Salí del instituto hace cuatro años, vivo en la casa que me legó mi abuela y no dejaré de buscar respuestas hasta un tiempo después de que el entrenador y yo lleguemos a Los Ángeles.

Apoyo la mejilla contra el cristal porque está frío y me calma las palpitaciones de la mandíbula. El entrenador se pone a roncar.

Yo estaba el día en que ella se marchó. En aquella época trabajaba cortando el césped en varios sitios y ese domingo me tocó el jardín de los vecinos del entrenador Duprene. Un Chevy Blazer rojo aparcó delante de su casa. Dentro del todoterreno había cuatro chicos que conocía del instituto, y la parte de atrás estaba medio hundida por el peso de cajas, mochilas y una tabla de surf. Habían acabado el último curso del instituto y se mudaban todos juntos a California. El entrenador los vigilaba desde el porche y, cuando el coche se alejó, ni siquiera les dijo adiós con la mano. Alguien, ahora podemos decirlo, debería haber parado ese Chevy. No es ningún secreto: ella hace películas con el seudónimo de Mandy LeRock. Sólo he visto una.

Un relámpago descarga sobre la llanura, ilumina mi reflejo en el cristal mojado y me doy cuenta de que no estoy contando toda la verdad. Porque aquí hay dos historias: en la primera estoy en la furgoneta del entrenador Duprene. Vamos de camino a Los Ángeles para secuestrar a su hija.

En la segunda —el reflejo del cristal—, soy un adolescente llamado Bobby que vive con dos generaciones de mujeres —su madre y la madre de ésta— en un amplio terreno donde no hay más que pasto. Ese chico duerme en una habitación sin aire acondicionado y se gana la paga cortando el césped. Es estudiante y atleta, pero sólo compite en carreras en pista. Saca buenas notas y en los cuadernos dibuja lo mismo una y otra vez, desde todos los ángulos posibles: un buque destructor recibiendo un contraataque en la costa de Vietnam del Sur.

Y lo que une ambas historias, el vínculo fortuito, es Amanda Duprene. Somos compañeros de laboratorio en primero y la clase de biología es después de la hora de comer. Yo no puedo con las disecciones, así que ella se ocupa del bisturí. Me refugio del amoníaco y del formaldehído en el aroma de su melena y de su cuello: champú, crema, sudor. Los viernes lleva puesto el uniforme de animadora. Muchos de esos días tan largos se me hacen más llevaderos contemplando el avance del sol de otoño, entre la una y las dos de la tarde, en la parte de atrás de las piernas de Amanda. Ésta es la chica que estoy buscando.

Más adelante tendrá lugar una segunda búsqueda.

Tendrá lugar al regresar a casa, y la llevará a cabo una compañía de investigadores de Houston especializada en localizar personas. Se llaman Reunions, Inc., me cobran trescientos dólares y tardan dos meses en conseguir resultados. Me envían el informe en un sobre grande de color blanco con el logo de la empresa: dos palmas abiertas que acunan a tres personas que se dan las manos bajo un sol amarillo. No obstante, de momento, parece que hayamos aparcado bajo una catarata en las afueras de Las Cruces. Duprene está dormido y cada respiración es un suplicio. Debería haber traído algo para leer. Es la misma sensación tan familiar de confortable aislamiento que experimento en el trabajo; cuando como en la furgoneta y leo, por ejemplo, un libro de Saint-Exupéry sobre pilotos del desierto. Luego conduzco la furgoneta de la empresa por caminos de tierra sin ver una casa en kilómetros y kilómetros, sólo campos dorados y desdibujados de espartina y cereales que bostezan hasta el horizonte. Entonces busco picos de amoníaco y afloramientos de algas en las aguas subterráneas, o me vuelvo hacia el asiento del copiloto a contar mis historias.

En los campos se ven ondulaciones por culpa de los colores recalentados. Es como si alguien hubiera usado explosivos para despejar las superficies. Nos hemos aseado en un área de servicio para camiones de Tucson, y estoy identificando cosas con los folletos que he cogido allí. Cactus choya y chaparrales. Artemisa, plantas de sal. Todas las nubes se amontonan alrededor de un pico de las montañas Maricopa, como si fuera el retrato de un volcán. Cerca de Theba decidimos pescar la cena. Última hora de la tarde, un pequeño afluente del río Gila divide una pradera de hierba alta y verde.

El entrenador revuelve entre la lona y las herramientas que lleva en el suelo de la furgoneta.

—¿Sabes tirar con carrete abierto? —me pregunta.

—No, no sé nada de pesca.

—¿De verdad?

—Sí.

—¿Y de qué sabes?

—De nada.

—Creo que por aquí tengo una caña con carrete cerrado. ¿Cómo puedes haber crecido en Port Arthur sin aprender a pescar?

Me encojo de hombros y dejo que niegue con la cabeza en señal de protesta mientras busca la caña. ¿Qué le podría contestar? ¿Le digo que crecí escuchando a tipos contar anécdotas de pesca? Términos que para mí son como contraseñas secretas: «final de línea», «moscas», «carretes», «plomos», «gatillos». La hierba está alta y suave. En el riachuelo suena el agua y se concentra la luz.

Duprene encuentra una caña y me dice:

—Te voy a montar el sedal.

Me muestra cómo poner el plomo. La mejor manera de clavar una salamandra de goma fluorescente en el anzuelo. Tirar la caña con carrete cerrado es fácil. Muevo la muñeca y la salamandra sale volando con una estela de filamento brillante. Así que aquí estamos, el entrenador Andre Duprene y Robert Corresi, pescando —supongo que de forma ilegal— entre árboles de Josué y piedras pintadas. Le miro las muñecas, cómo empieza a recoger el sedal con la mano tan pronto como lanza el anzuelo, e imito sus movimientos.

Cualquier entrenador te dirá que la imitación y la repetición son las herramientas fundamentales del aprendizaje. Pero ¿qué puedes imitar si, imaginemos, eres un chaval y durante diecisiete años te has despertado en habitaciones con el ambiente cargado de perfume y polvos de maquillaje? ¿Si tu ropa siempre se ha secado rodeada de sujetadores y bragas que ondean al viento: las de tu madre, pequeñas y de encaje; y las de la abuela, amplias y grandes como las velas de un barco? ¿Si hay ciertas cosas que siempre rondan

102

tus sentidos: el olor a medias mojadas, el rojo de los pintalabios, el envoltorio de los tampones? ¿Si te has quemado infinidad de veces con las planchas del pelo que alguien ha dejado desatendidas? A menudo estás nervioso sin saber por qué. La clase de biología es lo mejor de la jornada. El rato en que esperas el autobús después del instituto mientras las animadoras admiran a los atletas, esas elegantes moles de movimiento en los campos quemados por el sol.

En la primavera de tu decimocuarto año, dos semanas después de leer *En nuestro tiempo*, haces las pruebas para el equipo de fútbol americano y Eric Dempsey te parte la mandíbula. El otoño siguiente muere la madre de Amanda.

Estoy tan absorto en mis pensamientos que la caña casi me salta de las manos.

—¡Ahí va! —grito, y el entrenador me da instrucciones para que la levante, dé un tirón y recoja el sedal.

El hilo de nailon refleja la luz, se revuelve en el agua y al final se queda quieto. De pronto se destensa, y la salamandra sale a la superficie hecha jirones. El entrenador sujeta el anzuelo en el aire.

—Te ha ganado. Cuando sientas que muerde, pega un tirón para que el anzuelo se enganche. Después dale algo de faena: deja que luche un poco y se le clave el anzuelo todavía más.

Me prepara otra salamandra y vuelve a su sitio, unos quince metros más allá. Cuando el sedal se tensa, me lleno de júbilo y paso el resto de la tarde con la caña en las manos, sonriendo como un bobo. Él pesca dos truchas y yo pierdo otras dos.

Las cocinamos en un fuego que el entrenador enciende en un claro. Debajo de un montón de ropa de la furgoneta, ha encontrado un bote de salsa picante. El sol ya se pone. Son las nueve. La paleta de azules completa.

—Huelen bien —digo.

—No están mal.

103

Tiene otra botella pequeña de José Cuervo. El pescado chisporrotea.

—Bueno —empieza—, supongo que será mejor que decidamos cómo lo vamos a hacer.

Le digo que sí con una inclinación de cabeza. El fuego nos tiñe de naranja, nos bailan las sombras en la cara. El plan que se nos ocurre es localizar la dirección que sale en una cinta de vídeo que tengo. Es de American XXXtacy, la empresa que hace las películas de Amanda. Empezamos con eso. Y la buscamos. Duprene ha robado cloroformo del laboratorio de química. Después, dice, contratará a un desprogramador. Al parecer, en los setenta hubo que desprogramar a mucha gente y tiene mucha fe en esa idea.

Estamos sentados alrededor de un fuego que se va apagando poco a poco. Compartimos la segunda botella de José Cuervo, pero yo no estoy acostumbrado a tomar cosas tan fuertes. En el Petro Bowl, cuando intento entablar conversación con alguna secretaria en medio del golpeteo embarullado de los bolos, suelo beber Lone Star.

—¿De dónde salen todas estas botellas?

—Hice la compra antes de irnos.

Enciende un cigarrillo. Lleva botas de vaquero de buena calidad, piel de anguila de color granate, y una camisa vaquera de cuando estaba más delgado. No ha perdido la mata de pelo rubio y canoso, y lo lleva cortado al estilo militar. Me pasa la botella.

—Me dijiste que tu padre estuvo en el ejército, ¿verdad?

—En la marina.

Le doy un trago al tequila.

—¿Sabías que yo pilotaba aviones de reacción?

—Sí.

Da una larga calada al cigarrillo antes de preguntar:

—¿Qué le pasó?

—Pues, el USS *Mullinnix*. Cuando estaban recuperando Quang Tri, recibieron fuego de la batería antiaérea. Mi padre era sargento. No lo llegué a conocer. —Es la versión que he creído a lo largo de casi toda mi vida y a día de hoy todavía la cuento con suficiente comodidad—. Travis Corresi fue una de las cinco bajas.

—Joder —responde Duprene con nostalgia, y empina la botella.

Hace tan sólo cinco meses, cuando estaba muriendo de cáncer de páncreas, mi abuela me explicó que Travis Corresi no estuvo destacado en el *USS Mullinnix*. No era más que un marino mercante que en 1973, cuando mi madre tenía quince años, pasó una semana en Port Arthur. Sólo tuvieron una cita.

El entrenador tira la ceniza al fuego. Le brillan los ojos en mitad de una red de arrugas, y yo imagino que cada línea traza un acontecimiento: pilotar en Vietnam; entrenar a los Toreadors de Port Arthur durante quince años; perder a su esposa, Marguerite, a causa de una encefalitis; perder a su única hija en el estado de California. La piel que le rodea los ojos es un catálogo de decepciones talladas en la carne. Toma Vicodina cada dos horas. Creo que las cosas le irían mejor de haber tenido un hijo.

Al final acabamos hablando sobre el día que me rompí la mandíbula.

—Me acuerdo —me dice sonriendo de oreja a oreja—. ¿Eras tú? Madre mía, no veas cómo te tumbó Dempsey.

Yo dirijo la conversación hacia Amanda. Cada vez bebemos más rápido.

Le tiembla el cigarrillo en la boca.

—¿Sabes? Tenía muchísima alegría dentro. Maggie solía decir... —Da una larga calada y suelta el humo—: «Mira qué niña más feliz.»

Yo asiento.

—Siempre estaba de buen humor. Aunque... —continúa arrugando el gesto—, la verdad es que tenía mucho genio. Las cosas tenían que ser justo como ella decía.

Hace un movimiento afectado con las manos. El fuego se ha convertido en brasas y el resplandor rojizo se está apagando como la luz de pilas de mi analizador de minerales. Nos quedamos en silencio hasta que tira la colilla y, con un poco de ahogo, se esfuerza por decir en tono lúgubre:

—Ningún juzgado nos condenaría.

—Para nada.

Recuerdo haber dicho lo mismo hace dos noches, durante la conversación que dio comienzo a todo esto. Estábamos los dos tomando algo en el Petro Bowl, cada uno por su lado. Vi cómo un chico alto con una cazadora de no sé qué equipo se apartaba de un grupo de adolescentes para acercarse al entrenador, que estaba al final de la barra. Sus amiguitos observaban entre risas la escena mientras el chico le hacía una pregunta. Duprene cogió al chaval por el cuello y lo tiró encima de una mesa. Los separé enseguida y el viejo se me desplomó en los brazos. Hasta que le dije al oído: «Entrenador. Entrenador, yo también la quería.» Al final, compramos una botella y nos la bebimos en su furgoneta mientras la recordábamos a voz en grito.

Ahora agacha la cabeza a la luz del fuego. Descansa los nudillos en el regazo y suspira.

—¿Cuándo dices que fuisteis novios?

—No, no salimos. Sólo éramos amigos.

Cabecea. Se apoya en una rueda para levantarse, abre la puerta trasera y se mete en la furgoneta. Se oye el metal rechinar, ruido de trastos.

—Oye —grita desde dentro—, si no pides un rescate, ¿sigue siendo secuestro?

—Sí.

Más ruido y, enseguida, el murmullo áspero y rítmico de sus ronquidos. Remuevo las brasas con un palo. Quiero creer que estamos haciendo lo correcto: que la chica que está en el oeste es la misma que yo conocía en el instituto, y que tan sólo necesita que le recuerden quién es. Rilke recomienda «recuperar las sensaciones sumergidas en el vasto pasado», pero más adelante comprenderé que se trata de un consejo escurridizo, pues la memoria puede interpretar las cosas. Me daré cuenta de que los campos sinápticos que habita son los mismos donde residen la añoranza y el deseo, y a veces la memoria no es más que un vehículo para ambas.

Sin embargo, en este momento, junto a las cenizas frías de la hoguera, no me fío de mis propios motivos. Es uno de mis rasgos más fundamentales, y se lo debo sobre todo a una mandíbula partida: la pequeña equis de metal de la barbilla que me recuerda que aquello que quiero y aquello a lo que tengo derecho siempre han sido cosas diferentes. Para comprender lo que digo hay que imaginarme a los catorce años: metro setenta y cincuenta y nueve kilos, dentro de unas hombreras descomunales y un casco que me puedo quitar sin desatar las correas.

El sol de abril abrasa el campo. Las animadoras están sentadas en las gradas; arreglan el mundo y esconden el tabaco. Muerdo la protección dental con compulsión. He estado leyendo las historias sobre Nick Adams, sobre ir a la guerra y recibir un disparo. Aguanto las miradas de desdén sabiendo que tengo valores propios e imagino teorías sobre el dolor y el honor. Cuando pasamos a los placajes en carrera, soy el primero en presentarme voluntario.

El entrenador Duprene me empareja con Eric Dempsey, un estudiante de último curso de tamaño monstruoso que juega como defensa y está en el mejor equipo del distrito. Por un lado, se podría considerar un acto cruel. Sin embargo, en ese momento me hace pensar: «Me está tomando en serio. Me está dando una oportunidad.»

Cuando suena el silbato, lanza la pelota a Eric. No dudo; bajo el centro de gravedad y estiro la columna vertebral hundiendo la cabeza entre los hombros y mirando hacia arriba. No me aparto ni voy a por las rodillas.

Un empujón, y oigo que me rompo. Un dolor impensable, rojo. Ruedo por el suelo con la luz del sol apuñalándome los ojos, hierba en la boca, un sabor cálido de cobre en el paladar, tierra. Antes de perder el conocimiento alcanzo a ver las chicas de las gradas, puntitos de color colocados en fila.

Así que a los veintiuno me hago a la idea de que la principal lección de la vida es que uno debe poner límites a sus deseos, porque de lo contrario se te pueden infectar y hacer que acabes, por ejemplo, con la mandíbula rota. Esa cruz de metal que se estremece trunca mis expectativas a base de miedo. Echo un rápido vistazo a mi alrededor, en la oscuridad. Un árbol caído, una luna, el sonido del viento sobre las rocas. El serrucho de los ronquidos de Duprene. Oigo el eco de sonidos imaginados: el repiqueteo de los bolos al caer, artillería detonando en la cubierta de proa de un destructor. La mandíbula me da un descanso. No habrá lluvia.

Los postes de teléfono parecen cruces al sol. En un cartel enorme se lee «BIENVENIDOS A CALIFORNIA». Al entrenador se le cae la cabeza y la vuelve a levantar, creo que está tomando más Vicodina.

—Nunca me había alejado tanto hacia el oeste —confieso.

Duprene mira la carretera en silencio con los ojos nublados. Toquetea los mandos de la radio y topa con Merle Haggard cantando *Mama Tried*. El día que murió la madre de Amanda, la llamaron por megafonía para que saliese de clase. Por su manera de quitarse las gafas de seguridad y desabrocharse la bata, supe que lo estaba esperando. Desde la ventana, la vi marcharse y, mientras ella recorría el camino de cemento, quise atravesar el cristal para acariciar su tristeza.

En San Diego tomamos la interestatal 15 hacia el norte. Más tarde llegamos a un espacio elevado lleno de carteles: eslóganes en colores primarios y chillones. Estamos rodeados de vehículos. Me pregunto si mi madre llegaría hasta aquí. Las primeras postales que envió salieron todas desde Nevada. Tengo cinco en total y las guardo en una caja de zapatos en el suelo del armario. Imagínate que el día de final de curso de tu último año de instituto regresas a casa y tu madre no está. Tu abuela te explica que va a estar fuera una temporada. Te ha dejado una nota muy críptica que empieza con las palabras «Ahora que tienes diecisiete años» y dice que cada uno debe «hacer caso de lo que le pide el corazón». Durante los siguientes dos meses estuvo llamando una vez a la semana. Ya no miro las postales; la caja permanece cerrada.

Los coches tiran de nosotros y nuestras rutas confluyen mientras subimos la cuesta de hormigón. Debajo de nosotros hay aparcamientos por todas partes, como si sobrevoláramos una ciudad de aparcamientos. El aire se convierte en una penumbra radiante, una neblina encalada. Algunos edificios enormes desaparecen en esa bruma. Algo se quema, un olor rancio a descomposición.

Duprene arruga el rostro.

—Huele fatal.

Arrastra las palabras. Un Volvo nos pita cuando invadimos otro carril sin querer. En febrero de mi último año, alguien contó una historia en el vestuario de atletismo. Decían que Amanda se había descarriado. Volviendo en el autocar del equipo después de un partido había pasado algo raro. Risas, alaridos. Me vestí deprisa, intentando no dar crédito a nada.

La furgoneta se abalanza sobre el arcén con un chirrido. Duprene frena de golpe y pone la palanca del cambio automático en la posición de estacionamiento.

—Tenemos que averiguar dónde coño estamos —dice con las pupilas flotando en una tiniebla sanguinolenta—. Conduce tú.

Me hundo en el asiento del conductor. El motor ruge, y él se apoya en la ventanilla. Con las manos en el volante me siento nuevo, valioso. Esto es lo que vemos: embalses de cemento sin agua, asfalto por todas partes, las ondas del aire caliente. Mexicanos. Personas con gafas de sol que los hacen parecer insectos. Supermercados abiertos a todas horas y vallas publicitarias: imágenes de escotes de bronce y carne musculada. Me veo reflejado en el cristal, bíceps pálidos.

Una vez vi a Amanda cruzar un campo de fútbol americano que estaba inundado. Iba levantando agua con los pies descalzos, y yo concebí un plan para ganar músculo con un año de esfuerzo. Mi casa todavía está decorada con mis notas de autosuperación: «Una pequeña obligación sagrada te libra de un miedo mayor.» «Todo dolor es resultado del deseo.» «En general, las personas son tan felices como escogen ser.» Pero un tiempo después de estar en Los Ángeles las despego. El papel cruje cuando hago una bola con ellas, y mis pisadas retumban en la madera de los suelos de toda la casa.

En una gasolinera, Duprene espera en la furgoneta mientras un iraní me echa una mano con el mapa. Dice que el código postal 91411 está «en el valle». Hay que ir más hacia el oeste. El entrenador se toma dos pastillas. Las calles y las aceras son sartenes que irradian calor.

American XXXtacy está en un pequeño parque comercial en un lugar conocido como San Fernando Valley. El cartel es sencillo: letras rojas en una puerta de cristal ahumado, tintado para que no se vea el interior. Hay unos cuantos coches en el aparcamiento y se está haciendo de noche. Al otro lado del centro comercial hay un montículo y en la cima, un restaurante TGI Friday. Duprene lleva un rato mirando desde la ventanilla de la furgoneta. Golpetea la puerta con las uñas y frota la botella marrón de cloroformo. No ha dicho nada desde que me han explicado cómo llegar hasta aquí.

—¿Qué tal si te quedas en la furgoneta? —le pregunto—. Deja que vaya a ver qué averiguo.

Sale del vehículo a trompicones y con la cabeza gacha.

—Yo también voy.

—Escucha, es mejor que hable yo con ellos. Me inventaré algo. Confía en mí, tengo un plan medio pensado.

Le pido el carnet de conducir y le repito que confíe en mí. Lo dejo apoyado en la furgoneta.

La oficina tiene una moqueta pisoteada de color verde lima con quemaduras de colillas. El olor recuerda a vaselina y alcohol etílico. La puerta que hay detrás del mostrador está cerrada y las paredes, decoradas con pósteres: *La madrina II*, *Regreso de culo al futuro*, y uno de Mandy LeRock debajo de un paraguas con un chubasquero transparente: *Rainwoman 5, el ojo de la tormenta*. Ésos no son sus pechos. Me recibe una recepcionista, una mujer de mediana edad de piel naranja y apergaminada; demasiado rato en la parrilla. Lleva unas gafas de ojo de gato.

—¿Puedo ayudarlo en algo?

Sin dejar de sonreír, le muestro nuestros carnets de conducir.

—Somos de Port Arthur. Hemos hecho un viaje muy muy largo.

—Pero ¿qué quiere?

—¿Ve a ese hombre de ahí fuera?

Al otro lado del cristal, Duprene está apoyado en la puerta trasera, soltando nubes de humo.

—Su hija es actriz —respondo, señalando el póster de *Rainwoman*—. Su nombre verdadero es Amanda Duprene y es de Texas. La estamos buscando.

—Lo siento. No se nos permite...

—Señora, no queremos meterla en un lío. Pero la cuestión es que... se está muriendo. Se muere y quiere ver a su única hija antes de irse, nada más.

Ella mira detrás de mí, por el cristal. En el aparcamiento, el entrenador parece derrotado. Está encorvado y se tapa la boca para toser, envuelto en una nube de humo que se disuelve en la penumbra del atardecer. Lo cierto es que pasaría por enfermo.

—Estamos intentando encontrarla. Eso es todo. No queremos causar ningún problema.

Por algún motivo, ella susurra.

—¿Qué es?

—¿El qué?

—Lo que tiene.

—Cáncer de páncreas.

—¡Dios mío! —exclama, y se tapa la boca con la mano—. Un momentito, ¿vale? Enseguida vuelvo.

Se lleva los carnets y entra en la trastienda, pero abre la puerta lo justo para pasar. Reaparece un momento después.

—Caballero, ya puede entrar.

Me da un vuelco el corazón, aunque al otro lado de la puerta no hay más que un escritorio y un hombre joven y delgado con una bolsa de papel de McDonald's de donde salen las patatas que están esparcidas por la mesa.

Tiene la cara marcada por el acné y está mirando los permisos.

—¿Esto va en serio? —me pregunta chupándose los dedos.

La recepcionista está en el umbral, con las manos entrelazadas.

Le cuento la historia del cáncer del entrenador mientras echo un vistazo a las pilas de cintas de vídeo que hay en la mesa, le explico lo que me ha costado traer al viejo desde Port Arthur. Mientras hablo, el tipo mastica patatas. Al final me pide un número de contacto y dice que lo único que puede hacer es darle el mensaje a Amanda. Lo siente mucho, pero no pueden facilitar las direcciones así como así, y menos a los familiares.

Cuando estoy en la puerta de fuera, me alcanza la señora. Me entrega una nota escrita en papel amarillo.

—No sabe de dónde ha salido esto, ¿de acuerdo?

Me da una palmadita en el brazo. Es una dirección.

El entrenador asiente con la cabeza y se deja caer en su asiento. Cuando volvemos a la autovía, clava la mirada en la botella de cloroformo y dice:

—No sé. Ya no lo tengo claro.

Tardamos dos horas más en encontrar el sitio.

• • •

Una casa de una sola planta en Van Nuys. Palmitos y helechos, palmeras de corteza llena de surcos pero sin una sola hoja. A la entrada hay un Corvette amarillo. Las ventanas salientes proyectan tres rectángulos vacilantes de pálida luz alimonada sobre un césped bien cuidado. Hay otras casas parecidas alrededor, el aire es cálido. Aparcamos al otro lado de la calle y apagamos las luces.

—Bueno, ¿qué quieres hacer?

Tiene la cabeza apoyada en el reposacabezas, la vuelve poco a poco hacia mí.

—Regresar a casa.

—Venga, ¿llamamos a la puerta o esperamos a ver si sale?

Sus ojos son un par de puntos lacados, absorbidos por arrugas y pliegues.

—¿Entrenador?

Los cierra. Respira con dificultad.

—Ve a ver.

—¿Yo?

—Ve a ver.

Blande la botella de cloroformo en un gesto que pretende darme confianza.

La luz del porche está apagada y del timbre sale un tenue resplandor color melocotón. Camino hacia allí por el espacio oscuro entre una ventana y la siguiente; el brillo del timbre es como el final de un túnel.

Antes contemplaba sus ojos verdes, aquella manera de cerrarlos al sonreír. Me acuerdo de cosas como su cara iluminada por la llama temblorosa de un mechero Bunsen, carcajadas que salían de ella como confeti. Una vez la vi apartar la mano de Junior Wendell de su falda de un bofetón, y sentí la represión de una adolescente. Sentí los deseos que desbordaban su mente: una maraña de emociones que no dejaban de salir a la superficie, como una sorrasca rodando colina abajo; una sorrasca que la arrastraba por un campo suburbano de tierra removida, por delante del centro comercial y a lo largo de hectáreas de gramíneas de tallo azul, para llevarla al asiento trasero de algunos coches, de ciertas furgonetas.

Llamo a la puerta con los nudillos. Otra vez.

—¿Quién es? —se oye desde el otro lado de la gruesa madera.

—¿Amanda Duprene?

—¿Quién es? —repite la voz.

—Eh... Robert Corresi. De Port Arthur.

Se enciende la luz del porche y el resplandor me ciega. La puerta se abre apenas la longitud que concede la cadena de seguridad, y el hocico de un perro negro husmea el hueco. Un par de ojos de mujer, marrones e inyectados en sangre, me miran de arriba abajo. La puerta se cierra y suena el metal al deslizarse.

En el segundo que tarda la puerta en abrirse, me entra de pronto una tímida conciencia de mi aspecto, hasta que recuerdo que ya no tengo acné y llevo un corte de pelo mejor que el del instituto. Ella tiene la piel morena y el pelo rojizo y recogido. Sujeta un enorme rottweiler por el collar. La luz de dentro la enmarca y casi convierte el azul de la bata en transparente. La voz me resulta familiar, pero es más áspera y grave.

—Te conozco.

Se materializa desde la luz, se vuelve sólida como si saliese del lugar donde la guardo en el recuerdo.

Tiene las cejas depiladas, dos ondas precisas; le brillan el pecho y las mejillas. Me mira con los ojos cubiertos de fisuras rojas y ladea la cabeza.

—Te conozco.

—Robert, del instituto. Éramos compañeros de laboratorio.

El perro gime y ella se agacha a rascarle detrás de las orejas.

—Calla, *Pete*. —Levanta la mirada—. ¿Bobby? ¿Bobby Corresi?

—Robert. Ya nadie me llama Bobby.

—¿Qué haces aquí?

—Quería verte. Hemos venido en la furgoneta.

Mira por encima de mi hombro.

—¿Quiénes?

—Tu padre y yo. Está aquí. Hemos venido a verte...

—¿Qué?

Amanda pasa por mi lado, y veo al entrenador de pie en la oscuridad, detrás de la furgoneta; su silueta apenas se percibe. Lo señala con furia.

—¿Para qué lo has traído? ¿Qué queréis? ¡Llévatelo de aquí ahora mismo!

Sin darme tiempo a contestar, sale un hombre al recibidor. Es más o menos igual de alto que yo, pero más musculoso y con la piel tostada. Lleva una camiseta blanca de tirantes, pantalón de chándal y muchos pendientes. El pelo corto de punta, brillante. Rodea la cintura de Amanda con un brazo y me mira.

—¿Qué pasa, cielo?

Ella apenas lo mira.

—Nada. ¿Para qué lo has traído? —me pregunta—. ¡No te muevas de ahí! —le grita por encima de mi hombro—. ¡Ni te acerques!

El perro no para de dar brincos; salta, se ahoga con el collar y ladra en respuesta a la desesperación que transmite el tono de Amanda. La mirada del hombre que está a su lado va de mí al entrenador y luego vuelve a mí. Mientras tanto, con una claridad deprimente, me doy cuenta de lo bien que huele Amanda.

Ella me lanza una mirada acusatoria.

—¿Qué?

—Amanda, ¿podemos hablar? Por favor, sólo un momento. Hemos venido desde muy lejos, de verdad. Y sólo quiero hablar.

Entorna los ojos con suspicacia, y el perro me olisquea la entrepierna.

—Por favor.

Ella resopla.

—Espera.

Cierra la puerta y me deja plantado en un cono de luz en mitad del porche. Desde el interior llegan murmullos. Al otro lado de la furgoneta, del cigarrillo de Duprene brota una columna de humo como un tulipán fantasmagórico.

Cuando la puerta se abre de nuevo, Amanda señala detrás de mí.

—Él no puede entrar. Que se quede fuera.

Sale el hombre y, al pasar junto a mí, choca contra mi hombro.

—Tony también va a esperar aquí fuera.

Se pone a mi espalda con los brazos cruzados.

Amanda y el perro se hacen a un lado y entro en un recibidor donde hay un jarrón con flores secas sobre una bonita mesa de mármol. De ahí paso a una iluminación difusa, al olor de incienso, tal vez jazmín. Un televisor emite luz azul en un salón de mobiliario mullido y marrón. Paredes de color granate y fotografías de paisajes, un aroma persistente que viene de la cocina. No me puedo creer que lo hayamos conseguido, que esté aquí.

Quita el volumen de la tele. Me indica que me siente en el sofá; recoge las piernas y se las tapa con la bata. *Pete*, el perro, está entre los dos, en un cojín. Siento una presión en el pecho. Parece que le haya picado una abeja en los labios; supongo que es colágeno o algo así. Debajo de la bata, los pechos se le notan demasiado redondos y firmes. Tiene los ojos marrones.

—Bueno —dice—: te doy cinco minutos.

—Nosotros... O sea, he venido a ayudarte, supongo. Queremos llevarte a casa.

Me mira afectando incredulidad y se echa a reír.

—Ah, muy bien. Lo que tú digas. Perfecto.

—Escucha...

—No, escucha tú. ¿Qué te has creído? ¿Me estás juzgando o qué? Traes a mi padre hasta aquí y... y ¿qué? —Se frota la nariz y habla deprisa. A pesar de que allí dentro no hace calor, tiene perlas de sudor en la frente—. O sea, ¿qué

116

sabrás tú? ¿Te crees que me conoces porque en primero éramos compañeros de laboratorio?

Su risa es amarga, muy diferente de como solía ser. Tiene lunas grises debajo de los ojos. No me puedo creer lo de los ojos.

—¿Te has puesto lentillas?

—No. —La pregunta la deja atónita—. Mira —me ordena, y hace un gesto con la mano que abarca toda la habitación—. ¿Te parece que necesito ayuda? —Rasca al perro—. O sea, hace casi un año que no toco las drogas. —Se mira las uñas de los pies, que lleva pintadas de color violeta. En el tobillo tiene un pequeño tatuaje cuneiforme—. Llevo cuatro meses sin hacer ninguna película. Vamos, creo que no voy a hacer ninguna más. Seguramente. Me han hecho ofertas para televisión y otras cosas.

Se toca el pelo y retira algo de un cojín con la mano. Me acuerdo de cómo se tocaba el pelo; siempre lo hacía. Pero aparte de eso hay muy poco que reconocer.

—Pero no eres feliz. Sería mejor...

Levanta las manos en el aire.

—¿Lo ves? A esto me refiero. Vienes aquí y... ¿por qué? ¿Porque no te gusta mi vida?

—Venga, Amanda.

—No, venga tú. En serio, Bobby, te voy a dar una noticia: el mundo es grande. Va mucho más allá de Port Arthur, Texas, ¿te enteras? Mucho más grande. Lo que yo haga para ganarme la vida no es asunto tuyo. Y mucho menos del gilipollas ese que está ahí fuera, joder.

—¿Tony?

Frunce el ceño con sarcasmo.

—No, mi padre. —Se frota la nariz—. Es mi vida. Mía. Tú tienes que preocuparte de la tuya, ¿vale? ¿Acaso te digo yo qué hacer? Por cierto, ¿a qué te dedicas?

Un instante de vacilación.

—Trabajo para Alamo, la planta de tratamiento de aguas. Seguimiento de acuíferos.

Me aplaude.

—Vaya, genial. Nunca has salido del pueblo, ¿a que no? No has ido a la universidad.

—No sé, todavía no, pero...

Apoya la cabeza en una mano y se echa a reír.

—No me puedo creer que hayas venido hasta aquí. Y encima con mi padre. —Me clava una mirada dura—. Menudo par de huevos tienes.

Miro las imágenes de las paredes, fotografías en blanco y negro de paisajes vacíos y costas solitarias, y lo único que se me ocurre es intentar convencerla de algo que aún sé, una charla que llevo ensayando desde que entramos en California.

—Te vi una vez. En segundo, a principios de curso. Supongo que entonces no tenías la última clase. Acababa de llover y yo estaba esperando a que sonase el timbre, ya sabes. Estaba aburrido, el cielo tenía ese gris tan raro de cuando hay sol pero no se ve azul, y yo sólo quería irme a casa.

Se limpia por debajo de las uñas.

Mientras hablo, fijo la mirada en los paisajes.

—Y entonces miré por la ventana y te vi. Estabas cruzando el campo de fútbol, con el uniforme puesto, pero te habías quitado las zapatillas. Ibas sin prisa, dando patadas al agua. Yo veía las salpicaduras y de vez en cuando hacías una pirueta y mirabas al cielo. Cuando te daba el sol te perdía a través del cristal; luego volvías a la sombra, chapoteando con tu falda y tu cara de distraída. Y no era por lo guapa que estabas, que lo estabas, pero no fue eso.

—Algo que llevo años almacenando adquiere la forma del lenguaje y me convenzo de que aún puedo recuperarla—. Recuerdo que pensé que sabía qué era lo que te distraía tanto. ¿Sabes? A pesar de que no podía nombrarlo ni decirlo con palabras, tenía esa sensación, una sensación de calma, y supongo que yo era muy nervioso, pero esa sensación... Como si el mundo fuese un buen lugar porque podía verlo a través de tu mirada.

El perro me busca la pierna y suelta un gemido entrecortado. En la tele un presentador da una noticia en silencio. Ella se cierra la bata un poco y me toca la mejilla.

—Bobby, mira, eres un amor. En serio. —Se seca los ojos con una risita que podría ser un eco de la que conozco—. Pero estoy segura de que estaba ciega de algo. En esa época tomaba mucho ácido. —Me acaricia la mandíbula con los dedos y los detiene debajo de la barbilla—. Eres un amor. Pero tienes que irte.

Como no hay donde mirar si no es a ella, cierro los ojos.

Aquí es donde convergen todas mis historias. Todos los instantes perdidos entre la experiencia y la memoria se encuentran en un cruce de caminos: en la equis metálica que llevo en la mandíbula, donde ella ha posado los dedos como si fueran el cañón de una escopeta.

—¿Puedo quedarme cinco minutos más?

—No.

Se oye un grito y abro los ojos.

Salimos a la calle, de donde venía la voz. A poca distancia, justo fuera del límite de la luz del porche, el entrenador está sentado en el césped con las manos en la cara. Tony se alza sobre él con los puños apretados.

Saca mandíbula.

—Quería entrar. Le he dicho que no.

Se me hace difícil no sentir lástima por el entrenador, tirado en el césped de esa manera, intentando incorporarse mientras se tapa un ojo con la palma de la mano, pero lo consigo. Me acerco y Tony me impide el paso.

—¿Tú también quieres recibir?

—¡Tony! —lo llama Amanda a mi espalda—. Venga, no pasa nada. Vamos dentro.

El entrenador está tirado a mis pies, agarrado al cloroformo como si fuese una ofrenda impotente. La puerta de la casa se cierra y nos quedamos solos en el jardín.

Le digo que suba a la furgoneta.

Desde el asiento del conductor, lanzo el cloroformo por la ventanilla. Él se desploma contra la puerta con el ojo izquierdo hinchado y amoratado.

—Ha salido todo de maravilla —dice en tono brusco.

Lo observo, sigo las líneas de su rostro con la mirada y, cuando me la devuelve, no la aparto. Se vuelve hacia la ventanilla y lo contemplo un momento antes de girar la llave en el contacto.

El motor empieza a dar vueltas, falla un instante, y nos ponemos en marcha.

Más adelante tendrá lugar una segunda búsqueda. De vuelta en Port Arthur, veo el anuncio de una compañía de Houston que se llama Reunions, Inc. Como aún queda una cuestión por resolver, una incógnita con la que no puedo vivir, me pongo en contacto con ellos. Luego siguen dos meses en los que continúo trabajando para Alamo. Dejo que los campos yermos y los amplios cielos vacíos pasen como fotogramas de una película sobreexpuesta. No cuento historias, me limito a tomar muestras de tierra y buscar señales de contaminación en el aire con la nariz como única herramienta. Durante ese período, sólo reflexiono sobre el entrenador Duprene de vez en cuando.

Hicimos el camino de regreso en silencio. Yo conducía y él iba con la cara pegada a la ventana. Mesas de arcilla roja y horizontes de color violeta. Montañas a medio concebir en una neblina distante. Su sentimiento de culpa era tan palpable como la carretera que pisábamos.

No volveré a verlo.

Reunion, Inc., me entrega un informe que me cuesta trescientos dólares. El sobre se pasa un día entero en la mesa de la cocina. Me da la sensación de que el logo de la empresa me está desafiando, pero después de cinco cervezas lo abro y saco las dos hojas que contiene. Esto es lo que dicen:

«Travis Corresi está desaparecido. Su último paradero conocido fue el *Leslie Charles*, un carguero que zarpó de Shanghái y se perdió en el mar Amarillo en 1989.» Pero eso lo he sabido siempre. Toda mi vida, mi padre había muerto en el mar.

Arranqué hasta la última perla de filosofía, todas las máximas de la casa, arrugué las notas en una bola y decidí que sólo había una historia. Todo lo que ha ocurrido hasta aquí es una única historia, una muy larga; y si no termina, la próxima década podría ser como la pasada: un período de quietud ansiosa que te vigila agazapado en una esquina, nervioso como un ratón, y te deja lamentando la pérdida de una vida que en realidad nunca tuviste. Esa vida se fragmenta en escenas que apenas recuerdas y que deben su significado a la falta de competencia. Hasta que esos instantes, esa vida, se convierten en un par de ojos verdes que estás convencido de haber visto algún día parpadeando desde el cielo de una larga noche sin rumbo en la que te preguntabas qué hacías conduciendo a esas horas y cómo ibas a llegar a casa. Años que no recuerdas porque estabas demasiado ocupado fingiendo que la verdadera tristeza no era más que nostalgia inventada.

Así que la casa está en venta. Anoche decidiste no empaquetar nada y pasaste el día mirando la vasta pradera vallada que hay al otro lado de la calle.

Ahora puedes imaginar la próxima historia, tu segunda historia. Pero sin demasiados detalles; no compongas una visión a la que te vayas a aferrar, ni crees una idea en la que te puedas perder. No mires un mapa para calibrar la profundidad del mar Amarillo, no imagines la forma de sus olas. No te entretengas con la idea de los padres que has perdido, la chica que perdiste. Resiste el impulso de explicar sus historias porque en algún momento tendrás que comprender que una respuesta y una solución no son la misma cosa, y a veces una historia no es más que una excusa.

Si no te queda más remedio, permítete imaginar la atmósfera de esta historia, los lugares en los que podría ocu-

121

rrir, el tiempo que hará. Cuéntate que, al menos, en ese mundo te sentirás menos abandonado y te sustentarás con algo más que una mera ilusión. Eso si no te queda más remedio.

Pero márchate antes de cambiar de opinión.

EL GREMIO DE LADRONES, MUJERES EXTRAVIADAS Y SUNRISE PALMS

El poblado consistía tan sólo en seis caravanas que rodeaban un montículo cubierto de hierba. En la cima, unos viejos cimientos de hormigón emergían del pasto como dientes rotos. Hoyt tenía las gafas empañadas del esfuerzo y la espalda empapada en sudor. Apoyó la bicicleta en la Airstream plateada de C. B., se tapó la barriga con la camisa sintiendo una punzada de odio hacia sí mismo, subió los dos escalones y se detuvo al oír voces al otro lado de la fina puerta. C. B. nunca recibía visitas y pensó que podía ser la policía.

La noche anterior, C. B. había usado la mano buena para extender el botín de casa de los Tronke: muchos anillos, un Rolex de plata y un Tag Heuer de oro, una gargantilla forrada de diamantes, un collar de perlas y demás artículos de valor. La trastienda de la casa de empeños de C. B. olía a polvo y matarratas. Al lado de las joyas tenía colocados un reproductor de DVD, un cambiador de CD con capacidad para cincuenta discos y dos escopetas, todo de la misma casa. No se cansaba de decirles que, siempre que pudiesen, cogieran armas. Eran más fáciles de colocar que las joyas. Eran lo más fácil de vender.

C. B. le había contado a Hoyt que al principio C. B. quería decir Charles Bailey, pero luego pasó a significar Cuerpo Bombardeado. Había sido un tipo enorme y durante un tiempo había ostentado el récord estatal de lanzamiento de peso. Tenía una prótesis de plástico reforzado en la cadera y un justificante para saltarse los detectores de metales. Siempre se había negado a contarle historias sobre Irak. Su piel era morena y dura como la madera; tenía la cara ancha, la nariz chata y los ojos negros. Era choctaw de pura sangre. Unas enormes cicatrices rosáceas le envolvían el brazo izquierdo: un miembro de piel nudosa y sembrado de metralla, siempre retorcido de tal manera que a Hoyt le recordaba las inútiles garras de un tiranosaurio rex. Se habían conocido dos años antes, al acudir Hoyt a empeñar el botín de su primer robo: la reluciente Magnum 45 de un vecino.

En el poblado de caravanas, Hoyt decidió que las voces que había oído no hacían suficiente ruido para ser de la poli, así que llamó con los nudillos. C.B. dijo «hola» desde el interior como si fuera una pregunta.

Hoyt abrió la puerta y lo encontró de rodillas en el suelo con la pierna mala estirada. La espesa cabellera negra enmarcaba un rostro grande. Le cubría la cicatriz en forma de arco que el chico sabía que tenía encima de la oreja izquierda. Había una mujer tendida en el sofá. C.B. lo saludó con la cabeza y siguió con lo que estaba haciendo.

Tenía un bol pequeño con agua apoyado entre la rodilla y el brazo tonto. Estaba lavándole los pies a la mujer con una esponja de color violeta; ella miró a Hoyt un momento y acto seguido hizo como si no estuviera allí. Tenía el pelo corto y pelirrojo, y la piel pálida como la luna. Era delgada, llevaba un vestido verde manchado de barro y le colgaban las piernas del brazo del sofá. Tenía aspecto de haber estado corriendo por el bosque, además del labio superior y el ojo derecho amoratados, hinchados. Los pies goteaban sangre en el cuenco. En el agua se movían unas agujas de pino y alguna piedrecita.

C.B. levantó la mirada. Le temblaban los párpados.

—Dame diez minutos, ¿vale?

Entonces perdió el equilibrio un instante, el recipiente se volcó y el agua rosa se derramó sobre la recia moqueta. La chica se levantó del sofá para ayudarlo a recoger. Antes de salir, Hoyt los vio a ambos arrodillados, uno frente al otro. Delante de la Airstream había una caravana más grande, de color marrón. En uno de los laterales se apoyaba un cartel de madera: una mano rosa abierta con un ojo azul en la palma, que flotaba sobre las palabras «MOTHER DIVINE: QUIROMANCIA TAROT GUÍA ESPIRITUAL TU FUTURO.» Las letras estaban dibujadas con un rojo descamado y debajo de la pintura desconchada de cada una había una sombra desleída ya por el sol.

Dos años antes, después de venderle la Magnum 45, Hoyt había empezado a pasar por casa de C. B. y a pedirle historias sobre la guerra. Pero el indio no fue más allá de un «Cuando fui tenía diecinueve años, tardé sólo cuatro semanas en saltar por los aires y volví.» Le enseñó a colocar tiras cruzadas de cinta americana en las ventanas, para que no saltara el cristal al romperse y se pudiera sacar entero tirando de la cinta. Le enseñó a usar una manta fina para amortiguar el golpe de un martillo de bola. Le puso muchas normas: no pierdas el tiempo con ventanas dobles ni cerrojos de seguridad. La puerta de atrás está bien, pero lo ideal es la puerta del garaje. Actuar con un compañero divide el tiempo de búsqueda y la persecución policial. Si tienes que hacer ruido, hazlo de una vez y con decisión. C. B. le había dicho: «No he conocido a nadie capaz de desarmar una buena alarma electrónica.» Él ponía todo su empeño en buscar una entrada franca. La mayoría de la gente se olvidaba de esa clase de entradas, las trampillas para leña, el hueco de debajo de la casa, una ventana en el desván. Un lugar por donde entrar con seguridad. Los componentes de una cerradura normal son, entre otros, el ojo, el palastro, el perno, el resorte, el tambor y las guardas. C. B. le enseñó a usar freón para congelar el bombín y romperlo de un golpe. Pero luego le dijo que se olvidase de todo eso y buscara la entrada franca.

Le explicó que lo había aprendido todo de dos tíos que tenía en el gremio de ladrones. También le advirtió: «Si te pillan, nadie va a ayudarte» y «Digas lo que digas, no digas nada».

Cuando por fin salió, ya al atardecer, los pinos que rodeaban el poblado irradiaban un tono verde ardiente. Arrastró la pierna izquierda por los escalones y encendió un cigarrillo. Señaló la caravana con un pulgar descomunal.

—Está dormida; si no, te dejaría entrar.

Se había puesto unos vaqueros, unas zapatillas de deporte y una camisa de rodeo negra con llamas bordadas en tonos amarillos y naranja, con la manga izquierda abrochada para cubrirle el brazo. Una vez le contó que los médicos habían intentado amputárselo, pero él no se lo había permitido.

—¿Qué pasa? —preguntó Hoyt—. ¿Cómo has encontrado a una chica que quiera hablar contigo?

C.B. estaba un poco inquieto.

Una nube de humo se escapó del rostro pétreo del indio.

—Es Robin. La conozco de hace mucho tiempo. Ha aparecido esta mañana.

Hoyt se secó el sudor de las gafas.

—¿Y por eso la mueles a palos?

—Calla, tío. Estaba así cuando ha llegado. Creía que no la volvería a ver.

—¿Cómo se ha hecho eso?

C.B. se puso tenso. Parecía molesto.

—Se casó con un delincuente de Westlake.

Era una ciudad vecina, un lugar cenagoso donde sólo había refinerías y laboratorios de meta.

—Además, ¿a ti qué más te da? Vete a merendar, gordito.

—Mejor voy a que me revienten medio cuerpo —respondió Hoyt mientras pateaba las piedras—. Necesito eso que te pedí. Para el viernes.

—¿La farla?

Hoyt asintió con la cabeza. C.B. le había dicho que la tendría el jueves. De vez en cuando le daba drogas para vender como adelanto por uno de sus golpes. A lo largo de ese año, el último curso del instituto, Hoyt había intercambiado drogas por trabajos académicos varias veces. Una brisa suave barrió la melena de C.B. y se la echó a la cara. Justo donde el aire le levantaba el pelo, se veía la calva redondeada de la cicatriz.

—Entonces, ¿qué tienes con la chica, tío? ¿Quién le ha hecho eso?

El indio respondió con una pedrada y le gruñó que no era asunto de nadie. Justo cuando se marchaba con la bici, Hoyt le gritó:

—¡Oye! ¿No tendrá algo que ver con la guerra?

A la mañana siguiente, un estrépito de gritos alegres despertó a Hoyt. La pared estaba temblando. Su padre llevaba unas semanas acostándose con una mujer que se llamaba señorita Tilly y bailaba en el T-Back, en Westlake. Una semana antes estaban comiendo tortitas y ella se había abierto la bata para enseñarle un pecho a Hoyt y le había guiñado un ojo. Se acordó de eso cuando por fin se levantó de la cama. No obstante, esperó a sentir el ruido de su Jeep antes de salir del cuarto. Oyó a su padre gruñir durante las series matutinas de flexiones, se sirvió un bol de copos de maíz y desayunó. Su padre apareció unos minutos después vestido con un chándal azul. Mientras que Hoyt tenía el cuerpo fofo, caído y redondeado, el suyo era turgente, musculoso. Le dio los buenos días, se bebió el zumo de naranja que quedaba y salió a correr.

Desde hacía unos días, en la casa estaban ocurriendo cosas extrañas. Había oído conversaciones a altas horas de la noche y a su padre alzando la voz con rabia. Se lo encontraba a mediodía bebiendo whisky y fumando en silencio. Había empezado a traer cajas del trabajo, algo que no había hecho nunca. Llevaban una etiqueta que decía: «SUNRISE PALMS.» Una semana antes, Hoyt le había encontrado tres rollos gruesos de billetes de cien dólares en el cajón de los calcetines.

Después de dos allanamientos de morada en el vecindario, el padre había instalado un sistema de alarmas American Security 9000. Tenía detectores de movimiento. Si cruzabas una barrera invisible, desencadenabas un agudo lamento electrónico. Hoyt sabía que en las ondas de radiofrecuencia que enjaulaban la vivienda había vacíos, aunque no había averiguado dónde. No acertaba a encontrar la entrada franca de su propia casa.

El interior no estaba decorado con cuadros. Las paredes estaban desnudas y las estanterías, vacías. Antes había muchas fotos de su madre, pero habían ido desapareciendo poco a poco, hasta que por fin un día su padre le había anunciado que ya era hora de dejar atrás el pasado. Y las descolgó todas. Hoyt recordaba un par de sucesos con su madre que de niño lo habían aterrorizado. Le indicaban que ella había sido un peligro para sí misma y para los demás; que su intención no había sido hacerle daño, no de verdad, pero que aun así podría habérselo hecho.

Cuando él tenía seis años, se la habían llevado a un edificio blanco rodeado por una valla; el único en mitad de un campo verde. Desde entonces, Hoyt sentía que la casa se había quedado anclada en esa época. Poco después de retirar los retratos, su padre había empezado a hacer ejercicio sin tregua y a dedicar largas jornadas de trabajo a su agencia inmobiliaria. Estaba moreno. Se blanqueó los dientes.

Su padre no había mencionado la alfombra nueva del comedor. Hoyt la contempló: azul y blanca con un discreto estampado de pájaros, extendida en una columna de luz solar. Se le había aparecido en Wal-Mart y él había sentido el reconocible impulso de poseer un objeto. Era un impulso constante, y su particularidad, impredecible. Las cosas que robaba en las tiendas a menudo parecían aleatorias e inútiles. Cuando estaba más tranquilo, era consciente de que mil deseos indefinidos reclamaban su atención, a pesar de que los objetos de esas necesidades cambiaban continuamente. Podía poseer ciertas cosas, pero a menudo perdía el interés por ellas una vez que las había conseguido. Ahora era incapaz de identificar qué le había atraído de la alfombra, pero en su momento quizá creyó que le recordaba a su madre. Era tan grande que salió de la tienda con ella enrollada al hombro, sin más. No era la clase de mercancía que el personal esperaba que robasen.

Antes de conocer a C. B., Hoyt ya había experimentado la emoción de robar en casas, pero lo que le gustaba era la atmósfera de un hogar ajeno, sus muebles y fotografías, los olores. No había dos con el mismo aroma. Mientras la recorría con pies ligeros y silenciosos, el haz de luz de la linterna podía dar con un par de zapatos, una lata de refresco a medio beber o un retrato de familia. Cientos de cosas le desvelaban la esencia humana que llenaba la vivienda.

Aburrido y solo, Hoyt se acercó a la ciénaga que había cerca de casa y se fumó un cigarrillo. Fumaba True mentolado, igual que C. B. En la orilla había tantas garcetas posadas que no dejaban ver los árboles. Al otro lado había una casa de tres plantas sobre unos pilones que descansaban en el agua. C. B. y él habían hablado sobre la posibilidad de entrar allí, pero no habían llegado a diseñar un plan. Aguantó el humo en la boca y se le ocurrió que podría entrar desde el agua, a través del cobertizo de los botes. Si seguía encontrando oportunidades para los dos, el futuro estaba asegurado y las cosas no tenían por qué cambiar.

Unos días más tarde, uno de los jugadores de fútbol americano que querían la cocaína le dio doscientos cincuenta dólares. Se llamaba Lucas George. Tenía el pelo largo y rubio, y alguien debía de considerarlo un héroe por su aspecto. Iba a organizar una fiesta en casa de sus padres a finales de semana y, en realidad, no lo había invitado cuando le pidió la coca. Sólo le había indicado que «pasase a dejarla». La novia se toqueteaba el labio mientras esperaba a que Lucas contase el dinero. Tenía la cintura larga y unos pechos coquetos. Viendo aquel cuerpo, a Hoyt le venían ganas de ir a robar algo.

Cuando llevó el dinero en bicicleta a casa de C.B., estaba entusiasmado. Contaba con que le ofreciese algo de beber; tal vez viesen la tele un rato o le dejara disparar con su 38 como ya había hecho otras veces. O quizá le contara algo sobre aquella chica que había visto allí unos días atrás. ¿Cómo era posible que después de tantas historias sobre mujeres no le hubiese hablado de una con el pelo rojo y la piel como una estatua griega? Al llegar al poblado, encontró a un C.B. distinto en la puerta de la caravana.

Se había cortado la melena negra a trasquilones; la hoz cicatrizada le ocupaba el lado izquierdo de la cabeza. Llevaba una camisa de cuadros con una manga remangada y la otra abrochada para esconder el brazo malo.

—Eh, tío —lo saludó.

La enorme cabeza siempre ladeada hacia el hombro derecho.

—Hola.

Hoyt estiró el cuello para ver detrás de él. Por la puerta se colaba un aroma a carne.

—Traigo el dinero para eso.

—Ah, claro, sí. Guay. —C.B. se apartó y la puerta se abrió de par en par—. Voy a buscarlo.

Fue hacia el estrecho espacio diáfano de la parte de atrás, pero no indicó si Hoyt debía acompañarlo o no. Así que el joven entró en la caravana.

Las cosas estaban colocadas en las estanterías. Aunque tapado por el olor de la comida, en el aire aún se notaba el rastro penetrante del detergente. Las revistas de coches estaban en una pila ordenada, junto a una hilera de discos que antes estaban esparcidos alrededor del equipo de música. Miró a la mujer en la cocina. Delante tenía una sartén con carne picada y macarrones. Cuando la removía, la carne chisporroteaba y salpicaba aceite. Tenía la frente perlada de sudor, se había echado el pelo caoba hacia atrás y las magulladuras habían empezado a desaparecer. Le pareció casi guapa. Cruzaron una mirada, pero Hoyt apartó la vista de inmediato.

Cuando C. B. regresó, le estrechó la mano para pasarle la bolsita. La pierna tiesa ya apuntaba hacia la puerta.

—Todavía me debes dos mil por la nueve —le recordó.

—Ya.

Dos semanas antes, Hoyt le había comprado a cuenta una semiautomática de nueve milímetros. De camino a la puerta, se detuvo y preguntó:

—¿Qué hay para cenar?

La chica, Robin, contestó desde la cocina.

—Uy, es sólo pasta precocinada.

—Me encanta.

Se acercó al sofá y se sentó.

—Creo que ya he resuelto lo de la casa del pantano. Deberíamos hablarlo; ya sabes, organizar algo.

—Sí, pero ahora no.

C. B. se frotó la nuca rapada.

—¿Para qué te has cortado la melena? Te queda como el culo.

—Bah, hace demasiado calor.

—No hay mucha comida —interrumpió Robin. Apagó el fuego y llevó la sartén hasta el par de cuencos que tenía en la encimera—. Hay poco a repartir.

La encimera estaba limpia y reluciente.

Hoyt se sintió malvado de pronto, como ofendido.

—Oye, no me acuerdo de cómo te llamas.

Ella sirvió la pasta.

—Robin.

—Pues, Robin, ¿sabes qué significa C. B.? Seguro que piensas que es Charles Bailey, ¿a que sí?

131

La joven metió una cuchara en cada plato y miró a C.B. con impaciencia.

El indio le puso la mano en el hombro y le dijo con aire serio:

—Oye, tío, ¿qué haces?

—Dile lo de Cuerpo Bombardeado. Cuéntaselo, para que lo sepa.

—Vamos fuera. Quiero enseñarte una cosa.

Se lo llevó del sofá y lo sacó de la caravana. El sol se reflejaba en las esquirlas de cristal del suelo.

—Se me ha ocurrido que podríamos entrar remando por el cobertizo para los botes, desde el agua.

El pie tonto de C.B. iba arrastrando pedazos de hierba y piedrecitas.

—Mira, el tema es que va a tener un crío, ¿me sigues?

—¿Está embarazada?

El gigante indicó que sí. Un atisbo de felicidad en su expresión alarmó a Hoyt.

—¿Y qué? ¿Dónde está el marido?

—Da igual, ahora está conmigo.

—¿De qué la conoces?

—De hace mucho. Conmigo la cosa va así.

Hoyt extendió las manos.

—¿No crees que alguien la estará buscando?

—Tío, lárgate ya —espetó C.B., y dio media vuelta con su andar agarrotado—. Eres peor que una vieja, por si no te lo han dicho nunca.

Entró y cerró la puerta. Hoyt se fijó en el cartel de enfrente: «QUIROMANCIA TAROT GUÍA ESPIRITUAL TU FUTURO.» Veía tres opciones para ese futuro. En una de ellas acababa dedicándose a tiempo completo al oficio de traficante y perista. En otra, aunque era poco probable, conseguía un trabajo y una familia con la que se sentaba a cenar a diario. En el tercer escenario, se imaginaba volviéndose loco, igual que su madre. Lo metían en una habitación blanca donde él mismo se cantaba canciones.

Cuando llegó a casa, en el cuarto de su padre se oía un acordeón. La puerta estaba cerrada y tenía música zydeco a todo volumen. Era la música criolla que tanto había oído en su infancia en Morgan City, un puerto del golfo donde se filmó la primera película de Tarzán. Hoyt llamó con los nudillos sin hacer apenas ruido, y nadie contestó. Un momento después, alguien subió el volumen.

Al día siguiente por la tarde, su padre le dijo que quería hablar con él. Esa misma mañana lo había visto doblar ropa y meterla en una maleta grande de color gris. Entró en el salón con ella y con una bolsa de lona. Se sentó junto a él y apagó el televisor.

—¿Qué tal te va?

Le hablaba con la misma expresión afable que usaba cuando enseñaba una propiedad a un cliente. Apoyó las manos en las rodillas y dijo:

—Oye, si tuviera que irme una temporada de viaje, unas semanas nada más, tú te las arreglarías, ¿verdad? Lo digo porque se ha acabado el curso y todo eso.

—Sí —respondió Hoyt encogiéndose de hombros. Sintió calor en la nuca—. ¿Adónde vas?

Con el ejercicio, las pocas arrugas que tenía su padre se habían convertido en pliegues sólidos.

—Bueno, aún no lo tengo claro. Ahora mismo podrían ser unos cuantos sitios diferentes. Depende de varias cosas.

—Su mirada azul se posó un instante en Hoyt, pero enseguida la apartó—. Pero tú no te preocupes. Lo mejor es que te llame desde allí cuando llegue. Eso será lo más fácil.

—¿Y por qué?

El padre se rascó la frente y sonrió.

—Oye, a lo mejor no me voy a ninguna parte. Igual no hace falta. Si al fi... Bueno, ya se verá. Pero te voy a dejar algo de dinero.

—Ya tengo dinero.

—Ah, ¿sí? —Se levantó, tenía los muslos tensos y musculosos—. Bueno, da igual.

Metió la mano en la bolsa de lona y sacó veinte billetes de cien dólares.

—Por si acaso, ¿vale?

Se los entregó y por un momento, un breve instante, a Hoyt le dio la sensación de que se le quebraba la voz y delataba algo más.

—Ten cuidado, igual te tiene que durar una temporada. No lo gastes de golpe.

Le tocó el hombro y después cogió la maleta y la bolsa de viaje. Salió y las cargó en el maletero del coche, un Cadillac rojo de principios de los noventa que había comprado el verano anterior en una subasta.

Cuando volvió a entrar en casa, siguió:

—Ya te digo, a lo mejor no hace falta que me vaya. Es sólo por si acaso.

Fue de nuevo a la habitación y esa vez cogió las cajas de cartón y las metió en el DeVille.

Poco después, dijo que tenía hora con alguien y se marchó vestido con un traje marrón y una camisa de seda gris. Hoyt exploró su cuarto.

A excepción de alguna moneda suelta, cerillas y pedazos de papel, en los cajones no había nada. Las zapatillas de andar por casa estaban debajo de la cama, pero faltaba mucha de la ropa del armario. Estaba casi vacío, por eso Hoyt descubrió al fondo, arriba del todo a la derecha, una balda que quedaba oculta cuando había prendas colgando de las perchas. En la penumbra vio una bolsa de papel y la bajó. Los artículos que había dentro hicieron ruido. Su propio armario estaba lleno de CD sin abrir, ropa robada que nunca se ponía, libros que no llegaría a leer. Se preguntó qué cosas acumulaba su padre y por primera vez sintió que tenían una cualidad en común.

Se sentó en el suelo y abrió la bolsa. Dentro estaban todas las fotos de su madre que su padre había descolgado. Acarició los marcos.

Las devolvió a la bolsa y ésta, al armario.

Al día siguiente no lo vio. Hoyt tenía que llevar la cocaína a la fiesta de Lucas George antes del anochecer y llegó empujando la bicicleta a lo largo de una hilera de coches aparcados que empezaba a unos cincuenta metros de la casa. Era un vecindario entero de viviendas enormes y jardines preciosos. La de los George tenía dos plantas y estaba hecha de ladrillo y revestimiento de madera, con tejado a dos aguas y un porche largo. Una clásica valla de listones rodeaba la propiedad. Se había metido unas rayas de lo que le había pedido Lucas; tenía la vista clara y le zumbaba la cabeza de tanta determinación. Era consciente de que le faltaban tan sólo unos meses para cumplir diecinueve años; la misma edad que tenía C.B. cuando saltó por los aires y sobrevivió para convertirse en Cuerpo Bombardeado.

Las voces de los jóvenes se oían desde la calle. A medida que se acercaba, se le fue acelerando el pulso. Las luces de la casa estaban encendidas y se veía alguna silueta adolescente vagando por el jardín. Mientras caminaba, alcanzaba a oír algo de música. Se palpó la chaqueta: en un bolsillo tenía el gramo de cocaína y en el otro, la nueve milímetros. Estaba pensando que le gustaría mucho pegarle un tiro a alguien en el pie. A lo mejor así lo ingresaban en el edificio blanco de la valla y del extenso prado verde.

Llegaba tarde. Se puso a dar vueltas alrededor del perímetro de la fiesta. Se dio cuenta de que había muchas caras que no lo conocían y se quedó en la penumbra como haría un maleante. A través de las puertas de cristal veía a los jóvenes; chicas hablando entre risas, chicos con gorras de béisbol que llevaban latas de cerveza en la mano y gritaban demasiado. Los del jardín trasero estaban alrededor de un barril. Entonces Hoyt reconoció a la novia de Lucas, que iba por ahí con una bolsa de basura, recogiendo las latas vacías del suelo, retirando los vasos de las mesas lacadas y de las estanterías.

135

Se detuvo y se preguntó por qué él no era una de esas voces, por qué no lo había sido nunca. La respuesta le parecía obvia, pero estaba repartida a lo largo de dieciocho años. Con el pulgar rozó el seguro de la pistola que tenía en el bolsillo y de pronto una voz femenina interrumpió sus pensamientos.

—¡Eh, yo te conozco! Lucas te estaba buscando.

Tenía delante a la novia del anfitrión. Era menuda y olía bien; sujetaba una bolsa de basura llena de latas y colillas.

—¿Qué haces aquí fuera? Atrás hay cerveza.

—Ah, sí. Es que acabo de llegar.

Se apoyó una mano en la cadera y echó la cabeza atrás.

—Luke te estaba esperando. Yo casi que he bebido suficiente, pero tú entra. —Levantó la bolsa—. Todo esto es basura.

Hoyt echó un vistazo a la fiesta mientras la chica continuaba recogiendo restos sueltos del suelo y los metía en la bolsa. Derretido de deseo ante aquella manera de moverse, ante aquel olor, harto de experimentar esa sensación, palpó la pistola, tomó conciencia de lo cerca que estaba la chica... Respiró hondo. De repente tuvo un momento de lucidez, una voz que no era la suya: «Nadie va a ayudarte.» Sin ningún motivo aparente, la frase lo animó.

Se acercó a la chica.

—Te llamas Mary, ¿verdad?

—Ajá —respondió ella asintiendo con la cabeza, en su papel de anfitriona cortés.

—Mary, ¿te importaría decirle a Lucas de mi parte que se olvide del tema? Y también que no voy a devolverle el dinero. Me lo he gastado. Yo no paso a palurdos que ni siquiera me invitan a sus fiestas.

Al principio ella se rió un poco.

—¿Qué?

—En serio. Pero no se lo digas justo ahora. Dame diez minutos de ventaja.

Le guiñó un ojo, echó a andar y enseguida desapareció entre las sombras. Ella se quedó mirándolo con una ligera sonrisa. ¿Era la primera vez que le había guiñado el ojo a alguien?, pensó. Lo era.

Su padre no había vuelto. El pequeño cobertizo que había detrás de su casa contenía herramientas de jardinería oxidadas y juguetes de playa, como una barca hinchable para niños. Era de goma de color gris y le costó un rato inflarla. Se agachó en la oscuridad, soplando con fuerza. La boquilla sabía a moho y a plástico en la negrura total de la caseta. Una vez en el agua, la barca se hundía por el centro mientras que sus extremos quedaban levantados. Las piernas le colgaban por ambos lados y desaparecían en el líquido negro, que lo cubría hasta el regazo y ya había empapado la bolsa de papel que llevaba consigo. Hoyt se deslizó a remo por la ciénaga, inmerso en aquel silencio líquido, rumbo a la casa de la otra orilla. El contorno, bloques de sombras, se alzaba sobre los pilones como una promesa de futuro, una silueta esperando ser descubierta. Se frotó la nariz; le escocía. Por pura curiosidad, se dirigió hacia el cobertizo de las barcas. Las salpicaduras de los remos resonaban con eco. Una vez dentro, detectó una puerta que parecía conectada con la vivienda. Seguro que habría funcionado, se dijo.

Remó de nuevo hacia su orilla. Un puñado de nubes grises revelaron una luna como la huella reluciente que deja el talón de una bota en el barro negro. Al llegar al centro del pantano, dejó caer en el agua negra el paquete con las fotos de su madre y lo vio hundirse. Los marcos rasgaron el papel mojado. Luego la bolsa emergió, rota y vacía, y se quedó en la superficie como una costra.

• • •

137

Pasó una semana. Algunos días llovió. Su padre no volvió. Tres jugadores de fútbol americano le dieron una paliza, pero él se sentía bien.

Uno de los hombres de traje negro señaló los cardenales que tenía en el pómulo y la frente.

—¿Te lo ha hecho tu padre?

Tenía media frente hinchada y la mejilla izquierda de color violeta y granate.

—No. Me atacaron unos chavales.

Hoyt estaba sentado en el sofá. Había dos ayudantes del sheriff junto a la puerta y un tipo con traje paseándose por la casa como si nada, inspeccionando las estanterías, abriendo armarios. Habían llegado muy temprano. Había visto el par de coches patrulla entrar en la propiedad y enseguida se había dado cuenta de que lo habían pillado. Se había levantado de la cama a toda prisa, pensando que le preguntarían por una serie de allanamientos de morada o que lo arrestarían sin más preámbulo. Claro que lo iban a arrestar. No vienen a verte sólo para charlar un rato. Sus miedos lo habían previsto todo para que estuviera preparado, y llegado el día, casi le daba la sensación de que él mismo había buscado que sucediera.

Los ayudantes del sheriff llevaban uniformes marrones de manga corta y sombreros de ala ancha. Los dos con traje tenían una orden de registro. Los de uniforme se quedaron junto a la puerta mientras uno de los otros se paseaba por delante de Hoyt. El joven pensaba que lo iban a acusar en cuanto viesen el contenido de su armario; pero cuando empezaron las preguntas, sólo hablaron de su padre.

—¿Estás seguro de que no te ha pegado él? Un tipo capaz de hacer eso no parece buena gente.

El hombre siguió recorriendo la habitación y meneando la cabeza.

—No ha sido él.

El otro hombre con traje volvió del pasillo.

—Había esto en la habitación.

Enseñó un fajo de billetes.

138

—¿Qué es eso?

El del pasillo los contó uno a uno con el pulgar.

—Son dos mil dólares.

—Dos mil dólares.

Hoyt no los miró.

—Me dijo que se marchaba y que tendrían que durarme una temporada.

El tipo se sentó a su lado en el sofá y descansó las muñecas en las rodillas. Su voz era grave y apenas vocalizaba.

—¿Y no te contó adónde iba? ¿No tienes idea de dónde está?

—No quiso decírmelo. Sólo que iba a estar fuera un tiempo.

Los dos hombres de negro se miraron. El del dinero tiró el fajo al sofá.

—¿Alguna vez te comentó algo sobre un lugar llamado Sunrise Palms? —Se agachó para mirarlo a los ojos—. ¿No te habló de Florida? Vamos, chico.

—No lo sé.

—No lo sabes. ¿No te parece un poco raro que de repente tu papi te pase dos mil verdes y se largue? ¿No le preguntaste nada?

Hoyt levantó la cabeza. Tenía los ojos húmedos.

—Sí que le pregunté. Le pregunté.

—¿Y?

Agachó la cabeza de nuevo. Los dos tipos se miraron. Uno de los ayudantes se entretuvo mirándose una uña.

Entonces habló el del sofá:

—Y tu madre está en Charter House, ¿correcto?

Hoyt dijo que sí con la cabeza.

—¿La ves a menudo?

Contestó que no.

El tipo se puso en pie y se acercó a su compañero.

—¿Qué piensas hacer?

—No lo sé.

—¿Cuántos años tienes?

—Dieciocho.

Los dos hombres se quedaron quietos, comunicándose sin palabras, tan sólo ladeando la cabeza. Le dieron una tarjeta y órdenes de contactar con ellos si sabía algo de su padre. En la tarjeta decía «Comisión de Bolsa y Valores». Le advirtieron que estarían atentos. Le dijeron que no se metiera en ningún lío.

De camino a la puerta, uno de ellos dio media vuelta y le preguntó:

—¿Quieres que hagamos algo? ¿Necesitas que te ayudemos con alguna cosa?

Hoyt reflexionó un momento y volvió a entrar en la casa.

—No, no quiero nada.

Cerró la puerta.

C.B. mascaba saliva y se frotaba los ojos, medio dormido en la puerta de la caravana. Iba sin camisa. La mitad de su ancho torso era una masa hundida de cicatrices horribles que se derramaban hacia el brazo izquierdo. Tenía los ojos inyectados en sangre y la mirada nublada.

—¿Qué te ha pasado? —preguntó el indio—. ¿Tú te has visto, colega?

Hoyt se encogió de hombros.

—Me han dado una paliza.

C.B. se volvió para entrar y sujetó la puerta para que Hoyt lo siguiese. Había una caja de cereales y varias botellas de cerveza vacías esparcidas por el suelo. Cristales rotos. Desorden. Se puso una camiseta y volvió con dos botellas de Old Style. Una de las paredes de escayola tenía un agujero del tamaño de un puño.

—¿Dónde está la chica?

C.B. le pasó una botella y meneó la cabeza. Empinó la otra y se bebió casi la mitad de un trago.

—¿Se ha ido? —insistió Hoyt.

—Tío, nunca estuvo aquí.

C.B. le dio una patada a una botella con la pierna tonta. Se acercó a un montón de discos que había en el sofá, rebuscó entre ellos y encontró la cajetilla de cigarrillos.

—Menuda estupidez. No hay más que verme.

Hoyt lo miró dejarse caer en el sofá y darle una larga calada al cigarrillo.

—¿Qué haces estos días? —preguntó C.B.

—Nada.

Hoyt dejó la cerveza y se volvió hacia la puerta. Se sentó en los escalones mirando el parque, las losas de hormigón que atravesaban el suelo. Delante tenía la gran palma abierta de Mother Divine. C.B. fue hasta su lado y se apoyó en el quicio.

—¿Quieres tomar otra cosa?

Hoyt negó con la cabeza.

—¿Estás bien?

—Creo que sí.

Se quedaron así varios minutos y ninguno de los dos dijo una palabra. Las sombras de la hierba se fueron alargando, y la luz que asomaba entre los pinos se volvió naranja y rojiza. C.B. tiró el cigarrillo al suelo y carraspeó.

—He pensado en lo que me dijiste. Lo de remar hasta la casa del lago. Podría funcionar. Deberíamos meternos en el agua y echar un vistazo.

—No, da igual.

—¿No?

Miró cómo la brisa frotaba la hierba más alta contra el hormigón.

—No, déjalo.

—¿No quieres hacerlo?

—No.

C.B. se agachó y le observó los cortes y las magulladuras. Después se levantó y le dio la espalda.

—¿Sabes? Siempre me lo preguntas, pero la verdad es que no llegué a entrar en combate. Estábamos jugando a fútbol y había minas. Pero no lo sabíamos.

—Deja, no me lo cuentes —respondió Hoyt, y lanzó una piedra—. Te cargaste a quince soldados enemigos con tus propias manos antes de que te alcanzasen con una granada.

—Sí, me los tenía que quitar de encima a manotazos, como hormigas.

—Pensaban que eras un gigante.

—Eso es. —C.B. arrojó la botella entre los árboles. La calima del atardecer cubría el claro—. ¿Nos ponemos ciegos?

—No —respondió Hoyt—, no quiero nada.

Y era cierto.

Sin embargo, de camino a casa vio a dos chicas guapas andando por la calle del centro comercial, riéndose y comiendo helado, un Jeep reluciente con acabados de cromo. Pedaleó hasta un rincón escondido entre cipreses y zumaques, y vio las garcetas echar a volar como una nube blanca y la luna en el agua. Allí reconoció el tirón de los viejos lazos del deseo y la necesidad, y poco a poco comprendió que no tenía opción, que el mundo nunca lo dejaría tranquilo.

LA PLANTILLA

Adam se marchó una noche de abril y Sharon encontró una plantilla salpicada de pintura debajo de la cama. Todo lo demás estaba tal como él lo tenía: el ordenador, el televisor, los CD, casi toda su ropa, las fotos del instituto, los anuarios. Después de sacar la cartulina recortada de allí abajo, se sentó en el colchón. La examinó a fondo como si debiera encontrar alguna nota en ella; un pedazo de cartón fino del tamaño de una carpeta con la imagen de un tanque militar troquelada sobre las palabras «ESTADO POLICIAL». El contorno del espacio vacío estaba manchado de aerosol naranja. Intentó recordar si alguna vez lo había visto pintado en alguna parte de la ciudad.

Ya era septiembre y había empezado a llevar la plantilla consigo, en el bolso. Caminaba más: por las mañanas renunciaba al autobús, tomaba rutas extrañas hacia el centro. Buscaba la silueta de un tanque naranja por los callejones y en los laterales de los contenedores de basura. Sus piernas empezaban a acusar el esfuerzo y le dolía la espalda. A menudo llegaba al colegio encorvada, y antes de mediodía ya estaba demasiado cansada para controlar a los críos como era debido. Daba clases en cuarto curso en una escuela pública en la que el grueso del alumnado eran niños de familias de renta baja, casi todos negros, algún hispano. Lo que el Estado denominaba niños «en situación

143

de riesgo». Desde hacía unos días, les dejaba hacer lo que quisieran hasta la hora de comer.

La culpa era de la plantilla. De entre toda la parafernalia adolescente que su hijo había dejado atrás, ése era el único objeto que poseía aquella melancolía hipnótica. El resto de objetos encajaban; aunque abandonados y tristes, su presencia era lógica, no estaban fuera de lugar. En cambio, el misterio del cartón troquelado había ocupado por sí mismo el lugar del misterio de su hijo, de su incomprensible deserción, de su rabia. No había llegado a comprender esa rabia.

—¿Por qué pintas cosas?

Sharon bajó la vista. Eaton Slavin estaba junto a su mesa con la mirada fija en el bolso, de donde sobresalía la plantilla entre los pañuelos de papel, los devocionarios, los cosméticos y el monedero. Los demás alumnos estaban en sus respectivos pupitres, tratando de completar la tarea de colorear un dibujo.

—¿Disculpa?

La camisa, llena de manchas acartonadas, le dejaba al descubierto el pequeño vientre oscuro. Con una mano diminuta, levantó la cartulina.

—¿Pintas los postes de teléfonos?

—¿Eso? No, eso no es mío. ¿Por qué no estás en tu pupitre, Eaton?

El niño miró el dibujo de la plantilla.

—He visto tus dibujos en los postes.

Sharon le quitó la cartulina de las manos.

Eaton se sobresaltó, pero la sorpresa se desvaneció de inmediato y enseguida recobró la plácida expresión boquiabierta de curiosidad.

—¿Puedo ir al baño?

—Sí, ve.

Se sintió mal por haberle arrebatado la plantilla de esa manera, creía que lo había asustado. Sin embargo, recordaba su reacción: el susto seguido de una reconciliación instantánea. Ya había visto antes, muchas veces, la impasi-

144

bilidad de aquellos niños frente a gestos repentinos y violentos. La mayoría estaban acostumbrados a encontrarse de pronto con una mano encima. Ella nunca había pegado a Adam, ni una sola vez. Ni siquiera cuando le dio por echar pestes de la Madre de Dios y de la Sagrada Iglesia, sino que escuchó en silencio mientras pedía en sus rezos que algo le aliviase aquella rabia. Adam hablaba de la Iglesia y del Gobierno como si fuesen criaturas voraces apostadas en la calle a la espera de que saliesen para despedazarlos con sus dientes afilados. Con quince años ya medía metro ochenta. Tenía el pelo rubio y espeso, y un rostro increíblemente atractivo, delgado, anguloso. Eso acrecentaba el desconcierto de Sharon. Adam podría haber sido la clase de adolescente sin problemas que arrasa por donde va. A medida que se hacía mayor se había dejado crecer el pelo y, como seguía igual de flaco, ella lo había animado a hacer pesas para corregir su figura. El sonido de las arengas de Adam se había convertido en la prolongación del ruido de los niños en su clase.

Mo'Nique y Yolanda se estaban peleando por unas tijeras. Sharon echó un vistazo a la clase y se fijó en dos de los tres que con toda probabilidad acabarían en la cárcel en cuestión de unos años: Lester Tuttle, DeRay Fauk, Eaton Slavin. A veces, al salir del colegio, se quedaban plantados en las escaleras mirando las mochilas de sus compañeros a medida que iban saliendo, sin duda con la intención de determinar quién llevaba dinero dentro. Los había visto perseguir a un perro cojo a pedradas. En el cajón del fondo del escritorio guardaba bajo llave la pila de tebeos que les había confiscado un par de semanas antes. Se quitó los zapatos con discreción debajo de la mesa; tenía los pies hinchados de tanto caminar.

Llevaba seis años enseñando en aquella escuela, tras una excedencia de quince. Había dejado de dar clases en cuanto la clínica dental de David estuvo en marcha, pero tuvo que retomar su carrera después del divorcio. Coleman PHS fue la única escuela que le propuso una plaza, y de hecho anunciaron que tenían tres disponibles. Contaba cuarenta y seis años. A principios de octubre, Adam cumpliría diecisiete, si es que aún estaba vivo. Y por supuesto que lo estaba, ella lo sabía; de lo contrario alguien habría encontrado el cadáver. Además, no sentía en absoluto que hubiese muerto. Notaba con tanta fuerza que estaba vivo, que se preguntaba si tal vez podría salir un día con el corazón latiendo como único dispositivo de búsqueda y acabar localizándolo.

Al desaparecer Adam, Sharon había llamado a David para ver si el chico había huido a su casa, pero él había contestado que no. Le había recordado que tenía que dirigirse a él a través de su abogado. Y ella se acordó del día en que supo lo de su ayudante. De la expresión serena de su marido mientras hacía la maleta. Ése había sido un trago muy difícil: su rostro. No mostraba enfado ni arrepentimiento; sólo la estoica determinación de alejarse de ella. Ahora tenía otro hijo.

La plantilla estaba sobre la mesa y la madera rellenaba el hueco destinado a la pintura. La cogió para leerla de nuevo. Un tanque. «ESTADO POLICIAL.»

No le gustaban los acertijos. Ni ahora ni nunca. Se abrió la puerta y Eaton entró sin prisa, hurgándose la nariz de camino a su pupitre.

—Eaton —lo llamó Sharon, y dejó la plantilla en la mesa.

Él se detuvo y la miró con ojos apagados y aburridos. Los demás dejaron lo que estaban haciendo para ver qué pasaba. Mo'Nique había ganado la pelea por las tijeras.

—¿Qué?

—Nada de «qués». Ven aquí, por favor.

Los niños estaban en silencio. Observaron el paso lánguido de Eaton hacia la pizarra; iba rozando el borde de las mesas con las yemas de los dedos.

Se puso delante de ella y torció el tobillo. Sharon dio un golpecito en la cartulina.

—Eaton, ¿dices que has visto esto pintado en alguna parte?

El niño asintió y echó los brazos hacia atrás. Le sobresalía el ombligo como la yema de un pulgar marrón.

—¿Dónde?

—Lo he visto en los postes de mi casa... Y en las paredes.

Tenía los ojos húmedos y de un negro intenso, como la piedra de ónix de la colección de minerales de la clase.

—¿Dónde vives?

Señaló a su espalda.

—En Timpan'ca.

—Muy bien, gracias. Ya te puedes sentar. Acaba de colorear el dibujo.

Regresó a su silla con cierto pavoneo, pero cojeaba un poco. Las zapatillas que llevaba le iban grandes. Timpanica Gardens era un complejo de viviendas sociales cercano a la escuela, a ocho manzanas hacia el este. Muchos alumnos de Sharon vivían allí. Ella lo conocía de un día en que le había tocado hacer la ronda con el autobús de la escuela. El edificio en sí era un enorme cubo de apartamentos con un hueco en el centro. Ladrillo gris, manchas de pintura en la placa que había al final de la acera; estaba rodeado por un muro alto, si no recordaba mal. Aquel día llovía. El vecindario parecía quebrado. Todo, desde las paredes de los edificios hasta las piernas de los habitantes, parecía al borde del colapso; se estaba desmoronando poco a poco. Lo cierto era que la Aster, su calle, también había visto días mejores, y Sharon empezaba a cuestionarse el estado de su propio hogar.

No supo nada de los préstamos de David hasta el divorcio. La casa no era suya del todo porque estaba consignada como aval de varios créditos pendientes, la mitad de los cuales sí estaban ahora a su nombre. Lo había arreglado de manera que le quitasen una parte de la nómina todos los meses. Recorrió los bordes de la plantilla sin prisa, con las uñas.

La cartulina tenía una arruga en el centro, como si la hubiesen doblado alrededor de algo. Todos los niños estaban hablando; un barullo de voces y movimientos delante de su mesa. Se reían, discutían, armaban jaleo.

Sin pensar en lo que hacía, sacó un folio en blanco del escritorio. Lo colocó debajo de la cartulina, cogió un rotulador y empezó a colorear. No se dio cuenta de que, durante un momento y todos a una, los niños habían dejado de pintar para mirarla. Enseguida siguieron haciendo ruido.

Al acabar, contempló el dibujo negro y las dos palabras de debajo, y su mirada se sumió en esos espacios, se hundió en la tinta, en las siluetas sin fondo de las letras. Había algunos niños corriendo en círculos por el aula. Otro arrancó un póster de lectura de la pared.

Sharon estaba cercada por edificios grises. No se sentía a salvo en esa zona de la ciudad, aunque por las calles renqueaban otras mujeres mayores. Había una hilera de vendedores árabes que abarcaba toda la manzana y un puñado de hombres negros de pie en una esquina frente a una tienda, pero no le hicieron ningún caso. Los niños, de vuelta a casa al salir del colegio, llenaban las calles con su griterío. Para no perder la calma, rezó un rosario en silencio e incluyó en su plegaria a los moradores de aquellos edificios destartalados y mal parcheados. Tablones en las ventanas. Las enormes placas de metal de los almacenes que se alineaban junto al río. Vio el muro de Timpanica al frente y tuvo que descansar en un cruce de peatones antes de seguir el resto del camino. El aire era cálido y húmedo y le pesaba en los pulmones.

Vio uno casi de inmediato: una mancha naranja en un poste de teléfonos donde también había infinidad de anuncios grapados y hechos jirones. Arrancó algunas hojas de papel hasta que el tanque y las palabras quedaron visibles. Apoyó la mano abierta en el grafiti y la apretó contra la madera astillada. El gesto fue un reencuentro tan patético que quiso llorar por su propia estupidez, pero ya nunca lo hacía. Aunque toda la vida había sido de lágrima fácil, llevaba varios meses sin soltar ni una; ni siquiera cuando más ganas tenía. Ni cuando Adam se marchó.

Continuó hasta el siguiente poste y vio otro tanque. Estaban a la misma altura, medio palmo por encima de su cabeza. Respiró hondo y echó a andar alrededor del muro que rodeaba Timpanica.

Otro tanque, esta vez en verde, tenía cinco copias estarcidas una junto a otra en una pared de ladrillo gris. La plantilla que había encontrado no tenía residuos de ningún otro color más que naranja. Tal vez fuese el último que había usado. Puede que esas cosas las estampase otro. De ser así, tal vez alguien supiera adónde había ido. Quería ampliar la zona, examinar los laterales de los callejones y los pasos elevados, pero el sol se estaba poniendo y en la penumbra ya aparecía una vida nueva. Fue a esperar el siguiente autobús y se dio cuenta de que al otro lado de la calle, a unos veinticinco metros, había tres figuras sentadas sobre el muro del complejo.

Eran sus alumnos: Eaton, DeRay y Lester. Tenían los pies colgando de la tapia. No estaba segura de que la hubiesen reconocido, pero estaban apostados allí arriba, quietos, mirando en su dirección.

Cuando llegó el autobús, se subió deprisa y sintió una gratitud que no sabía explicar. El vehículo olía a sudor, a pasajeros apiñados. Se quedó de pie y se agarró a uno de los asideros que le quedaban a la derecha. No tenía más remedio que estirar el brazo por encima de un joven sentado que le lanzó una mirada de desdén.

Estaba casi convencida de que los chicos que pintaban con aerosoles lo hacían por la noche, a una hora en la que ella no podía recorrer las calles. Así que Sharon se dio cuenta de que apenas tenía posibilidades de pillar a alguien usando la misma plantilla. Sin embargo, aún conservaba esa sensación de reconocimiento, y al llegar a casa se asomó a la habitación de Adam y estudió la cama vacía, el ordenador inerte, el escritorio polvoriento. Por primera vez en varios años, sintió cierta autoridad sobre el cuarto.

Al día siguiente, Sharon volvió a enseñarle la plantilla a Eaton e intentó averiguar si había visto a alguien usándola. Él respondió que no, pero sabía que podía ser mentira. Le preguntó si la había visto el día anterior. El niño negó con la cabeza poco a poco, con ojos negros húmedos e impasibles.

Había intentado organizar una clase de lectura, pero en el aula había demasiados alumnos inquietos que se negaban a cooperar, y al final los había puesto a hacer animales con cartulina y pegamento. De todos modos, ya casi era la hora de comer.

Cuando los niños hubieron salido al patio, se dio cuenta de que estaba pensando en el grafiti del día anterior y quería regresar a verlo, como si en sus contornos identificase a Adam. Él tenía nueve años cuando David la dejó. Le preocupaba que se enfrentase a ella por la custodia, pero eso nunca entró en los planes de su ex marido. Adam se volvió un niño callado. Se había convertido en un lector taciturno.

Solía levantar la mirada y verlo en el sofá, después al otro lado de la habitación. Por último, desaparecía.

Mientras los críos correteaban por la hierba y se subían a los columpios, recordó lo atlético que era Adam de pequeño, lo rápido que corría y su elegancia al hacerlo. Lo de no pensar en él en presente ya no era una novedad: no se planteaba dónde podía estar en aquel momento, qué estaría haciendo. Al contrario, sus emociones mantenían un estrecho vínculo con su vida pasada y era capaz de proyectar esas emociones tan atrás como fuese necesario para recordar a un niño que no estaba lleno de rabia, que no veía injusticias en todas las empresas humanas. Ésa era su cualidad más agresiva: su idea de la justicia. Y no permitía medias tintas. Con trece o catorce años había empezado a hacer preguntas cuando iban a desayunar después de misa. Enseguida lo vio leyendo la historia del catolicismo, y más tarde del cristianismo en general. Le daba miedo sentarse a cenar con él, nerviosa por lo que pudiera tratar de compartir con ella. Una vez insistió en que no se moviese de la silla mientras le recitaba la historia de las Cruzadas. No paró hasta hacerla llorar y entonces la reprendió por las lágrimas. Le preguntó si conocía la postura de su Iglesia durante la Segunda Guerra Mundial. Cuando empezó la nueva guerra, ya no había quien lo consolase en cuestiones referidas a la Iglesia o el Estado.

La última noche, él estaba espolvoreando pimentón sobre el asado cuando dijo:

—De verdad, mamá, no puedes estar diciéndome que crees... En serio, no me digas que crees que el infierno es un lugar. O el cielo, me da igual. Como si fuesen sitios reales donde vive la gente y donde se está bien o mal dependiendo de lo bien que hayas seguido una interpretación de la Biblia.

Cortaba la comida con movimientos breves y precisos.

—Pues sí —respondió ella—. Claro que sí.

—Mira a tu alrededor, ¿quieres? —contestó él con la boca llena, masticando—. Piensa un momento en la realidad, en la vastedad de la materia, la forma del universo, y dime si de verdad crees que el folclore desarrollado por un pueblo de salvajes sin educación podría explicar todo eso. —Mascaba las palabras y fruncía el ceño para transmitir una repulsión alarmante—. Y para colmo ése es tu criterio cuando vas a votar.

Sharon no apartaba la vista de su ración de asado. ¿Por qué no hablaba de lo mismo que otros adolescentes? ¿Por qué? ¿Es que no era capaz de mirar el techo que los resguardaba, la comida que los alimentaba y admitir que en el fondo la vida era buena? El Señor sabía que ella tenía suficientes motivos para estar amargada, pero persistía. Persistía a base de fe. Nada más.

—Dime: ¿cómo justificas votar a un idiota derrochador y belicista en nombre de tu Dios pacifista y antimaterialista?

Sharon soltó el tenedor con calma.

—¿Sabes una cosa? Ya me has dejado muy claro que no compartes mis creencias. Yo opino que deberíamos apoyar a nuestros líderes y las decisiones que toman. Tú no. Pero como yo soy la que proporciona casa y comida, me gustaría que tuvieras la deferencia de no atacarme porque no estemos de acuerdo en cuestiones políticas.

Adam se abalanzó sobre la réplica como un gato sobre un ratón.

—¡Ésa es la cuestión! ¡Es que no se trata de una diferencia de opinión! —Se echó hacia delante y la melena rubia le cubrió parte de la cara—. No es que no estemos de acuerdo. Es que yo hablo de cuestiones básicas sobre el bien y el mal.

—¡Ajá! —repuso ella—. Pero si has dicho que el cielo y el infierno no existen, ¿cómo es que el bien y el mal sí?

Adam se quedó callado un momento, y Sharon pensó que era porque lo había dejado sin argumentos.

—Perdona, ¿qué quiere decir eso?

—Si según tú no hay cielo ni infierno, ¿qué son el bien y el mal? ¿De qué sirve ser bueno?

El chico parecía demasiado asombrado para contestar.

—Mamá, ¿me estás diciendo que si no hay cielo, no vale la pena ser bueno?

Ella se encogió de hombros. No se le había ocurrido que eso fuera lo que estaba expresando, pero tal vez tuviera razón. Al oírselo repetir a él le sonaba más estúpido.

—Ser bueno significa hacer el bien sin esperar una recompensa, mamá. Se supone que tú eres quien tiene que enseñarme eso a mí.

Entonces se quedó callado, con cara de satisfecho. Se comió la cena que ella le había preparado, entre el tintineo de los cubiertos chocando con el plato. De nuevo, la casa y su penumbra volvieron a la normalidad. Pero por primera vez ella albergaba una furia silenciosa. Como si Adam hubiese roto algo a lo que ella tuviese cariño por el mero placer de verlo hacerse añicos. No soportaba esa petulancia, que se divirtiese con ella mientras masticaba la carne que había cocinado para él. ¿Por qué debería tolerar ese desprecio?

—Si tan listo eres, ¿cómo es que no tienes amigos, eh? —Él dejó el cuchillo en la mesa y la miró—. Tú que lo sabes todo, señor Información, ¿por qué no vas a ningún baile? Dime por qué no tienes novia. Debes de saberlo, ya que eres mucho más listo que los demás.

Adam se levantó de la mesa. Ella vio la sombra cruzar su plato, pero no levantó la mirada. Estaba a punto de echarse a temblar, temerosa de lo que pudiese contestarle.

Él habló con la voz entrecortada del asco que sentía:

—Ni siquiera eres capaz de ver lo enferma que estás.

Y se fue.

¿Cómo podía alguien decirle eso a su madre? ¿Qué cura había para un chico al que no le faltaba de nada —a excepción tal vez de un buen padre— y que aun así insistía en tener una visión tan aciaga de todo? Pensó que en realidad Adam estaba suplicando por la luz de Cristo, y que parte de lo que lo molestaba tanto era su propia incapacidad de darse cuenta. Así que esa noche Sharon rezó para que la luz de Cristo lo alcanzase.

Dos días después, su hijo había desaparecido y una nota muy breve explicaba que no iba a volver.

En el patio, un nubarrón empezó a descargar agua y los niños corrieron entre gritos a ponerse a cubierto. La lluvia se intensificó en un momento, y entonces vio a los tres chicos —Eaton, Lester y DeRay— en mitad del chaparrón. La estaban observando.

153

El entrenador Phelps empezó a gritar a los alumnos y los mandó colocarse bajo el toldo.

Ese día Sharon no buscaría grafitis por las avenidas. Por la noche cenó sobras y se acostó pronto. Mientras se iba quedando dormida, con el Padre Nuestro en la mente, no dejaba de ver a los tres niños tal como los había visto aquella tarde en que perseguían al perrito. El animal estaba flaco, tenía calvas en el pelaje y mantenía la pata delantera derecha en alto, incapaz de apoyarla. Los niños corrían detrás de la criatura por un descampado que había frente a la escuela, entre un puñado de sillas viejas y una nevera abandonada en la hierba. El perro iba dando bandazos como un conejo, tratando de darles esquinazo. Una hilera ancha de dientes blancos resplandecía en las caras oscuras de los chavales, que sólo se detenían para tirar piedras al huidizo animal.

Ese día les había gritado. Les había ordenado parar de inmediato.

Ellos la habían mirado desde el otro lado de la calle sin decir nada, sin moverse. Parecían estar juzgando la distancia que los separaba de la escuela, calculando el peso del poder de la maestra. Casi a un tiempo, los tres se dieron media vuelta y continuaron tras el perro, que corría algo más lento, atontado por una pedrada de Lester. Sharon se quedó mirando y el chucho desapareció en la madriguera de edificios, seguido por los niños. Al día siguiente les quitó los tebeos.

Y ahora, en sueños, lo que veía con mayor claridad era la cara del perro: rendido, fatigado por la persecución, sin comprender siquiera por qué lo perseguían. ¿A quién había ofendido? En el sueño, Sharon veía su lengua colgando como una banderola rosa mientras corría, su pequeña cabeza, los ojos negros.

Habían pasado tres días. Estaba en la zona de la ciudad desde donde se veía Timpanica Gardens. Iba con la mano metida en el bolso, apenas rozando el bote metálico para acordarse de que lo tenía ahí, disponible. Caminaba pegada a las paredes, doblaba esquinas sin llamar la atención y se permitía transitar con la espalda encorvada. Creía haber visto a Eaton Slavin unas manzanas atrás, pero había preferido no decirle nada. Se estaba esforzando por desaparecer.

Había unas cuantas personas sentadas en los escalones de sus casas fumando; una madre gritaba a sus dos hijos pequeños, que jugaban en la calle. Detrás de ellos estaba el complejo de Timpanica. El edificio absorbía una manzana entera. Sharon pasó de largo el recinto y, al llegar al otro extremo, tomó un callejón que doblaba a la izquierda y se detuvo frente a un cubo de basura volcado. Se quedó mirando una pared de ladrillo rojo.

Lo que más la angustiaba de la desaparición de Adam era la impotencia. No podía emprender acción alguna, nada que ella pudiese hacer le iba a permitir recuperarlo o, al menos, averiguar adónde había ido. Hasta esa mañana. La idea que se le había ocurrido esa mañana era una comunión, una forma de compartir algo, una hermandad cordial. Si él veía en un mal momento uno de los símbolos de Sharon, quizá regresaría a casa. Ésa era la parte que le venía a la cabeza sin cesar. Se lo imaginaba como un indigente, enfermo, víctima de los ladrones; y en un momento de duda como aquél, tal vez levantase la vista por casualidad y alcanzase a ver su marca, como una señal divina, y supiese así que ella seguía allí, que aún lo quería. Y eso lo haría volver. Al fin y al cabo, tenía que hacer algo.

Miró por encima de ambos hombros y sacó la plantilla del bolso. Se acercó a los ladrillos y la colocó contra la pared aguantando los bordes con la mano. Se colocó de espaldas a la calle para ocultar lo que hacía y entonces sacó el bote metálico del bolso y puso el dedo en el botón. Había escogido el color rojo.

Apenas había necesitado mover la mano y ya estaba hecho. Separó la plantilla y el tanque y las palabras se convirtieron en suyas: su propio misterio brillando en rojo en el muro de un callejón. Había usado un cúter para troquelar la palabra «MAMÁ» en la cartulina, debajo del mensaje original. Limpió la plantilla con un pañuelo de papel, dio media vuelta para volver hacia la calle y vio al niño en la boca del callejón. Eaton Slavin estaba frente a ella, impidiéndole el paso. La camisa amarilla dejaba al descubierto una barriga diminuta.

—¡Ay, Eaton!

El niño se acercó a ella sin prisa, arrastrando la mano por una de las paredes.

Sharon resistió el impulso de marcharse. Él iba dando patadas al suelo con aquellas zapatillas de deporte que le iban tan grandes. Ella se colocó el bolso debajo del brazo y se aferró a él. Detrás de Eaton, un largo rayo de sol quedaba suspendido en el aire, más allá del callejón.

—¿Eaton?

El niño no respondió, y tampoco parecía estar mirándola. Sus ojos apuntaban con languidez hacia las esquinas, detrás de los pies de Sharon.

Cuando estaba a unos metros de distancia, se detuvo y miró la pared al tiempo que torcía un tobillo. Extendió el brazo, tocó la pintura roja y se mojó el dedo. Por último, miró a su maestra, que no sabía qué esperar de aquella confrontación.

—¿Tú vas con ésos? —quiso saber Eaton.

Hablaba con una voz tan infantil que Sharon soltó aire con alivio.

—¿Con quiénes, Eaton?

—Los de camuflaje.

—No lo sé. ¿Quieres decir que los que pintan esto llevan ropa de camuflaje?

El niño asintió con rotundidad.

Sharon se inclinó hacia él y se estremeció de dolor. Tenía la espalda como un cojín de alfileres.

—Dime Eaton, ¿sabes dónde viven?

Respondió que no con la cabeza, sin apartar la vista del suelo.

—¿Cómo se llaman?

Se encogió de hombros.

—Te puedo enseñar dónde lo hacen —ofreció y señaló el tanque de la pared—. ¿Vas con ellos o no?

—No, cariño —respondió ella—. Pero estoy buscando a uno de ellos.

Con mucho cuidado, lo hizo volverse hacia la calle y lo condujo con la mano en el hombro hasta que salieron del callejón. En comparación con los edificios, sus siluetas eran tan insignificantes como un par de insectos en un cañón de roca.

Mientras el crío la guiaba por la acera agrietada, Sharon se pegó a él. Sentía las miradas de los que estaban a la puerta de sus casas, pero mantuvo la vista al frente con determinación. Notaba que se le estaban hinchando los tobillos y se preocupó por el aspecto que tendrían sus pies al llegar a casa.

Caminaron menos de dos manzanas. Eaton la llevó por un laberinto de callejones conectados entre sí. Ella se lo imaginó jugando por allí, explorando y descubriendo cada una de las calles, nuevas y extrañas, de la madriguera de ladrillo y cristal; veranos enteros navegando aquellos canales interiores a solas. Era consciente de que quizá Eaton hubiese visto a una persona vestida de camuflaje pintando algo con un aerosol sólo una vez. Adam tenía una camisa con el estampado militar, pero no recordaba si estaba entre las prendas que se había llevado.

Aparecieron justo al lado de una tienda tailandesa de comestibles, y Eaton señaló la pared más próxima. Había una hilera de al menos veinte estarcidos del tanque, pintados muy cerca unos de otros. Azules.

La pintura del primero se había corrido un poco y de la oruga salían unas lágrimas azules que se mezclaban con las palabras «ESTADO POLICIAL» de debajo. Los dos siguientes, hechos con un par de rociadas rápidas, estaban más difuminados y con bordes apenas visibles. Eaton se quedó a su lado dando pataditas a la pared. Daba la sensación de que la mitad delantera de las zapatillas estaba vacía. Los dos últimos dibujos eran los más claros y mejor definidos, todos colocados en una línea casi perfecta. Adam siempre había sabido dibujar en línea recta.

Sharon dio media vuelta. Allí la calle se estrechaba un poco; había unas cuantas casitas junto a solemnes edificios de piedra y menos gente. Miró a ambos lados; la estrecha acera estaba vacía y el cielo blanquecino del atardecer se asomaba por encima de los tejados. Levantó el espray y la plantilla, se acercó a la pared y la colocó debajo de los grafitis azules.

—¿Qué haces? —preguntó Eaton.

Casi se había olvidado de él.

—Estoy buscando a alguien. No lo entenderías, Eaton, pero es muy importante. Vete a jugar.

—¿A quién buscas?

—¡Calla, Eaton, por favor! Estoy buscando a alguien y necesito que no digas nada. Se trata de algo muy muy importante. Venga, a jugar. Corre a casa.

Se volvió hacia la pared y dio dos toques suaves. Dos nubes de pintura cubrieron los ladrillos a través de la plantilla y le motearon un poco la mano. Su dibujo quedaba justo debajo de los tanques azules.

Fue hasta Eaton, que la observaba desde cerca.

Se agachó, esta vez con los hombros tensos, para insistirle en que le prometiera guardar el secreto. Y cuando estaba justo a su altura, a punto de ofrecerle los tebeos que les había quitado a él y a sus amigos, vio por encima de su hombro a un policía salir del callejón. En tan sólo cinco zancadas estuvo a su lado.

Era bajo y fornido; el uniforme de color azul marino le apretaba el pecho y, a juzgar por lo que asomaba bajo la gorra, era pelirrojo. La saludó con un gesto de la cabeza y se colocó detrás de Eaton, que seguía mirando a Sharon. Entonces el niño se volvió y vio al policía.

—¿Qué pasa, Eat? ¿Ya estás haciendo pintadas otra vez? —El policía señaló el bote de pintura y la plantilla que Sharon tenía en las manos y meneó la cabeza con decepción—. No creo que a tu madre le haga mucha gracia. Y a tu asistente social tampoco.

Por primera vez que ella recordase, Eaton mostró una emoción dramática: abrió los ojos como un par de faros y negó con furia.

—¡No he sido yo! ¡Yo no he hecho nada!

El policía miró la pintura fresca y el bote que Sharon tenía en la mano.

—Entonces, ¿qué es eso?

—¡Ha sido ella! ¡Lo ha pintado ella!

El agente estudió a la maestra, su figura rechoncha. Las gafas le agrandaban los ojos, y el tinte castaño que usaba para el pelo se lo dejaba seco, así que lo llevaba corto y algo encrespado. Ella misma opinaba que con los años su rostro había adquirido la apariencia de una pelota. Llevaba un cárdigan limpio y un bolso grande y acolchado que ella misma se había hecho tres décadas antes.

—¿Quién es usted? —inquirió el agente.

El uniforme, su autoridad, le provocó un pánico que nunca había sentido. Notó que se le llenaban los ojos de lágrimas y se le quebraba la voz.

—Soy su maestra.

El policía miró a Eaton y el aerosol que ella sostenía. Se colocó bien el sombrero con cara de comprender la situación.

Cogió al niño del brazo.

—¡Ha sido ella!

—Claro que sí. Venga, vamos a hablar con tu madre, Eaton.

Se dirigió a Sharon con un gesto de la barbilla.

—No se preocupe, señora. Ya lo llevo yo a casa.

Le cogió el bote de pintura de la mano y después la plantilla. Ella dejó que se la arrebatase de entre los dedos sin oponer resistencia; de su boca entreabierta no salió ni un sonido.

El agente enseñó los objetos a Eaton.

—Creo que tu madre querrá echarle un vistazo a esto.

El niño casi aullaba.

—¡Díselo! ¡Díselo! ¡No he sido yo!

Unos cuantos vecinos habían abierto la puerta y contemplaban la escena escondidos en el quicio; apenas se les adivinaba el brillo de los ojos. Una luz grisácea se había adueñado de la calle, y Eaton suplicaba al policía mientras éste se lo llevaba por la acera. Sharon estaba aterrorizada, con tal necesidad de hacer algo que se quedó atascada en esa necesidad: no había movido los pies del sitio y apenas había abierto la boca. El policía dobló la esquina con el niño y desaparecieron. Ella se miró las manos, de dedos retorcidos y manchados, las yemas salpicadas de pintura roja, y le oyó gritar una vez más:

—¡Ha sido ella! ¡Ella!

Se dio cuenta por segunda vez de que ya no tenía la plantilla.

Después de aquello, la escuela se le hizo extraña. Eaton faltó dos días a clase y a su regreso estuvo callado, sin decir ni una palabra en el aula. Lo vio hablar con Lester y con DeRay, y ésa era la única prueba de que no se había quedado mudo.

Devolvió al pupitre de Eaton los tebeos que les había quitado. Sin embargo, él no los tocó ni la miró a la cara. Se limitó a clavar la mirada en la pizarra. Sus dos amigos se repartieron los números y él no se quejó.

Hacía un tiempo que se le estaba cayendo el pelo y durante el día se le entumecían los pies y sentía un hormigueo. A la hora del patio los chicos la miraban desde el otro lado del campo de fútbol, y, desde el incidente, ella notaba que la miraban como si la conocieran. La conocían de un modo que todavía no alcanzaba a comprender. Sobre todo, no soportaba la idea de un destino que no se había merecido.

Había cerrado la puerta de la habitación de Adam y no la había vuelto a abrir, pues sentía ese espacio como una acusación y siempre que pasaba por allí notaba punzadas de culpa, como si hubiese perdido algo que alguien le hubiera confiado.

Llegó el otoño. Las hojas de los escasos árboles se convirtieron en un exuberante y lustroso collage de colores intensos. Las calles estaban húmedas. Se arrancaron anuncios y se pintaron las paredes. Tras las vacaciones de Navidad, Eaton no volvió al colegio.

El último tormento tuvo lugar a principios de febrero. Estaba sentada delante del televisor, junto a la estufa eléctrica, cenando un bol de sopa. Se había acostumbrado a protegerse el pelo con un gorro de ducha siempre que podía. Tenía los pies en remojo con sales de magnesio y bicarbonato.

La noticia del día era que había estallado una bomba en la ciudad. La pantalla mostraba imágenes temblorosas de unos grandes almacenes donde ella solía comprar. Toda la fachada había saltado por los aires y entre los escombros de ladrillo y cristal danzaban las llamas de pequeños incendios. El vídeo estaba borroso; la gente chillaba, lloraba. Escuchó con atención, sintiendo ya un cosquilleo apenas perceptible en la base del cuello. Metió la cuchara en el cuenco y lo dejó en la mesita. Se puso las gafas.

La reportera era una mujer de bronceado intenso, de una etnia indeterminada que Sharon veía cada vez más a menudo en la tele. Hablaba de un mensaje que habían recibido las autoridades, en el que un grupo de terroristas reivindicaba el atentado. Se llamaban los Libertadistas. Afirmaban que la cadena de almacenes era propiedad de una sociedad de Arabia Saudí que había contribuido de forma significativa a la campaña de reelección del presidente. En la explosión habían muerto cuatro personas; once más habían resultado heridas. El rostro de Sharon flotaba en mitad del resplandor verdoso de la pantalla.

La cara de la reportera dio paso a tres retratos: dibujos en blanco y negro de los hombres que la policía trataba de identificar. Los bocetos eran bastante rudimentarios, pero aun así se le escapó un grito ahogado de reconocimiento. El tercero mostraba un joven con una media melena clara y mirada intensa; rasgos conocidos, delgados, angulosos.

No, se dijo. Se lo estaba imaginando.

En la parte inferior de la pantalla había un número de teléfono y se pedía a los espectadores que llamasen si reconocían a alguno de los tres. Era ridículo, pensó mientras se quitaba las gafas para volver a mirar las imágenes. No, estaba claro que no; ahora lo veía bien. Y aun así... El corazón le martilleaba contra las paredes de delicado hueso de su jaula y le hacía daño. Apagó el televisor.

Llevó el cuenco a la cocina, lo aclaró y lo dejó a un lado. Al otro lado de la ventana que había sobre el fregadero, la noche era oscura y se oía un ligero silbido. El golpeteo de una lluvia ligera. Imaginó a las personas presentes en la explosión, las llamaradas, la fuerza de la detonación.

Fuera, oyó los ladridos de un perro. Se acordó del día en que Eaton persiguió al chucho. Aún era capaz de ver a la pobre criatura coja esquivando las pedradas. Lo oyó ladrar de nuevo, y esa vez le sonó diferente, más agudo y apremiante, como si estuviera angustiado.

Aun si existía un destino inmerecido, no le quedaba más remedio que convencerse de que aquél ella sí se lo había ganado. Una especie de sentimiento de culpa había sustituido partes de su voluntad, aunque de momento no de su fe. La fe continuaba intacta. No sabía decir por qué, a lo largo de los años, las cosas acababan desapareciendo de su vida, por qué se le concedía tan poco, pero se esforzaba en aceptarlo como parte de un plan justo y trascendental. Y la culpa que sentía no era de la clase que se podía expiar; no se permitía a sí misma comprenderla.

El perro de la calle siguió ladrando y el viento afinó el silbido. En su imaginación, veía con claridad al perro herido descansando bajo un árbol, acurrucado junto a una piedra, en un lugar seco. Sentía al animal hecho un ovillo en algún lugar, con sus heridas, esperando que pasara la noche, incapaz de recordar cómo había llegado a aquel refugio.

TIERRA ACOSADA

Deslizo los dedos por debajo de la blusa de Tsuny y le desabrocho el sujetador. Ella se tiende debajo de mí, entre los tallos altos de espartina, y la hierba cruje bajo nuestro peso mientras trazo el contorno de sus costillas con la mano y continúo con el tacto suave de su espalda hasta sentir la humedad en la base de la columna. Fuera de este campo de gramíneas está la pradera donde dicen que hace dos semanas aterrizaron los alienígenas. Estoy intentando desnudar a Tsuny un otoño en el que en nuestro pueblo, Big Lake, sólo se habla de avistamientos de demonios y ovnis. Unos chicos que iban en un Buick contaron que unas luces voladoras los habían perseguido por la autopista. Un chaval del instituto tiene una tía que se mudó a Houma porque durante dos días seguidos vio una especie de humanoide negro y peludo contemplarla mientras fregaba los platos.

Nada de eso importa, porque todo ocurre fuera de los límites de la espartina en lugar de aquí dentro. Ambos exhalamos aire caliente y mis manos no se están quietas, siempre buscando una vía libre. Ella se mueve al tiempo que yo y no me deja pasar de la cintura de la falda. Éste es nuestro conflicto particular y lo repetimos con ánimo frustrado y cada vez más débil, como una discusión que ya nos aburre.

Hoy, antes de extender la manta negra, Tsuny se ha quedado a mi lado mirando más allá de la hierba alta, hacia el otro extremo del arrozal. Allí, en los terrenos de la granja de Leon Arceneaux, apareció un círculo calcinado donde él dice que aterrizó una nave espacial. Lo ha visto todo el mundo. Y hoy, antes de que yo enredase los dedos en la espesa cabellera negra de Tsuny, ambos hemos visto que el señor Arceneaux ha pedido a un par de chavales que lo ayuden a colocar una pancarta en el tejado de la granja que dice «BIENVENIDOS» en letras grandes y rojas. No trabaja desde que las autoridades locales cerraron la refinería de Big Lake. Lo sé porque trabajaba con mi padre. Imagino que con lo de la pancarta y la nave estará tratando de distraerse con algo, y eso está bien; si vives en las praderas y no ocupas los días con algo, el tiempo y el sol acaban volviéndote majara.

Yo estoy ocupado con Tsuny. Me fijo en el punto donde nuestra piel se toca, el blanco de mi brazo en contraste con su marrón intenso. Su color es la mezcla de una madre vietnamita y un padre negro. Tiene los labios carnosos de él, la nariz menuda y los ojos rasgados de ella. La falda es de Nuestra Señora de Lourdes, la escuela católica donde estudia, y la estoy estrujando con la mano. El tacto de la lana, el tejido escocés de color azul marino, gris y amarillo me produce una emoción intensa, como su piel, y quiero que la experiencia me cambie.

Va a clase con chicos uniformados con pantalones de pinzas de color caqui y zapatos azules de cordones. En cambio yo llevo los mismos vaqueros de siempre, hoy con la camisa del uniforme OG 107 de Vietnam de la tienda de Army Surplus, donde gasto gran parte del dinero que gano con el reciclaje. Las botas militares las compré nuevas a estrenar y ya no me las quito cuando estoy con ella. Me da miedo que perdamos la emoción del momento mientras me desato los cordones, y si eso ocurre, ella jamás se dejará llevar por la pasión. Entonces, juntos y con movimientos cada vez más restringidos, nos damos por vencidos sin haber conseguido avanzar hacia los territorios en disputa. Ambos respiramos con aliento entrecortado. Un delfín de plata reluce en el cuello de Tsuny y debajo, el recuadro de papel del escapulario.

—¿Qué estamos haciendo? —me pregunta.

No sé qué responder. Puede que me esté hablando de por qué hacemos eso escondidos en la hierba y, en cambio, no vamos al cine ni caminamos de la mano por el centro comercial. Estamos en 1983 y tengo un mapa de Vietnam colgado en la pared. Lo saqué de un *National Geographic* cuando tenía ocho años, y la forma de hoz de su costa me es tan familiar como el cielo. Mi padre regresó de allí cuando yo tenía seis años, pero antes de eso ya había visto el país en la tele. Para mí Vietnam es fuego y prehistoria, la razón por la que a mi padre no se le dan bien los números y por la que mi madre empezó a trabajar en la agencia de seguros Shetler Insurance. Me llamo Neal Lemoine y Vietnam forma parte de mí aunque yo ni siquiera comprenda de qué manera: es una herencia, como un segundo nombre. Desde hace unos días, por aquí se habla mucho de una película que se titula *Encuentros en la tercera fase*, pero no la he visto. El cine de ahora me aburre y todo el mundo sale feo. No juego a Pac-Man ni a Dragones y mazmorras, y tampoco practico deportes. Tengo un buen apretón de manos.

Con un dedo recorro la orilla tostada del vientre de Tsuny y ella me para en la cintura de la falda. Me la imagino en mi cama, donde no ha estado nunca, debajo de la mosquitera que cuelga sobre el colchón. Hay retales de camuflaje prendidos al dosel y más de una noche he inventado helicópteros que irrumpen en el silencio de las marismas, enormes máquinas que descienden como flotando en el aire y doblegan los juncos. Una voz eléctrica y divina que pronuncia palabras arcanas entre las interferencias. Bravo, Eco, Alfa, Charlie.

Tenemos quince años y en este momento estoy convencido de que Tsuny está a punto de rendirse, de que esta lucha acabará pronto y las condiciones del alto el fuego señalarán una transformación que para mí será trascendental.

Nos levantamos y nos arreglamos la ropa. Nos fijamos en botones, cremalleras, y cuando nuestras miradas se encuentran, las apartamos al instante.

—Mañana puedo quedarme un rato más —me dice—. Mis padres tienen una fiesta.

—Bien.

Observamos al señor Arceneaux desenrollar un cable para unos focos que los chicos han instalado en el tejado, donde han clavado la pancarta de «BIENVENIDOS».

Tsuny sólo tiene que subir una cuesta para volver a su instituto, donde sus padres creen que está haciendo las pruebas para entrar en el equipo de atletismo. Yo, en cambio, camino casi cinco kilómetros en la dirección opuesta, hacia el este, desde la carretera 90 del condado; giro en Ryan Street y bordeo el lago hacia el centro del pueblo. Allí no hay más que varias hileras de calles desiertas, escaparates tapados con pintura blanca, farolas rotas. Al cartel de los antiguos almacenes Sears, escrito en cursivas de un rosa desvaído, le faltan las dos últimas letras y cuando lo miro con los prismáticos, veo la costa del golfo al fondo y la palabra «*Sea*» se convierte en un anuncio del mar. He estudiado la población. A veces me salto las clases para hacer reconocimientos. Si paso por uno de los aparcamientos, sé que está situado encima del lugar donde hubo una refriega entre dos bandos de mercenarios de la guerra civil. Sé que el pequeño obelisco masón que hay junto al centro cívico es donde un marinero estranguló a su novia en 1956, y también que Jean LaFitte tuvo una guarida junto a una enorme roca agujereada por un montón de cuevas y pozos, justo donde ahora hay un *drive-through* de pescado y marisco. Al otro lado del lago aún se alzan las refinerías cerradas, pedazos de acero y tubos de metal

168

que parecen una ciudad construida para insectos robóticos. Cuando se empieza a poner el sol, imagino helicópteros Cobra elevándose, bombarderos Arc Light que rugen en el aire, arrojan una lluvia de fuego y hacen volar las extintas refinerías por los aires para despejar la orilla del lago. Desde el agua llega una brisa aceitosa con un ligero tufo a pescado. Más o menos cada quince años, sube el nivel del lago y del mar del golfo, y sé que dos veces en la historia de Big Lake el agua se llevó por delante todo lo que hay a este lado del pueblo. Una ola marrón lo arrancó todo y lo arrastró a otra parte. La gente había levantado diques con sacos de arena, pero el agua los destruyó. En las imágenes de la inundación, los sacos parecen un montón de dientes flotando en café. Hace dos semanas que quedo con Tsuny, pero la conozco desde que éramos pequeños. No parece que le importe que nos veamos en secreto.

No sé adónde nos llevará esto.

Nuestro vecindario de las afueras es conocido como el Distrito Histórico Charpentier. Los *charpentier* eran carpinteros acadianos que construían extrañas viviendas de tejados empinados que quizá te recuerden a las ilustraciones del Dr. Seuss. Mi padre trata de meterle una cucharada de macarrones con queso a Lyla en la boca y ver las noticias al mismo tiempo. Siempre tiene los labios entreabiertos y no se fija demasiado en dónde apunta con la cuchara. La niña intenta apartarla a manotazos, pero no puede moverse mucho porque está en la trona. Yo estoy sentado a la mesa de la cocina comiéndome, directamente de la lata, una ración de combate del ejército. Pregunto a mi padre cuándo vendrá mi madre a casa.

Él responde con lentitud.

—Hoy trabaja hasta tarde. Están muy ocupados preparando lo de Baton Rouge.

169

Mi madre es la única secretaria de Shetler Insurance. Casi todos los días llega a casa después de las nueve y muchos fines de semana tiene que asistir a conferencias. Ya trabajaba allí cuando yo era pequeño, pero lo dejó cuando regresó mi padre. Tuvo que recuperar el puesto tras el cierre de las refinerías y ahora mi padre se queda en casa con Lyla. La niña tiene un macarrón pegado a un mechón de pelo negro. Mi padre tiene los hombros estrechos y hundidos, el pelo corto y rubio. Yo soy castaño y le saco más de medio palmo y unos treinta kilos. Por ser tan pequeño, le tocó entrar en muchos túneles del Viet Cong y le he visto la cicatriz retorcida que le recorre la espalda desde el hombro. Es un hombre inseguro, como si siempre estuviera tratando de tomar una decisión. Tenemos un televisor Zenith de veintisiete pulgadas y un reproductor de vídeo nuevo, y se pasa horas sentado con Lyla delante del aparato, que tiene ruedas para poder llevárselo a la cocina a la hora de cenar.

Ahora mismo las noticias hablan sobre una furgoneta roja que llegó hace poco al pueblo y sobre sus ocupantes. Han venido a entrevistarnos sobre los sucesos extraños que algunos han presenciado y, según el noticiario, han propuesto al Ayuntamiento, como forma de reactivar la economía, vender Big Lake como un centro de actividad paranormal, como Roswell, en Nuevo México. La cara de mi padre refleja el parpadeo blanco de la pantalla que emite las noticias. Ha dejado la cuchara y no se está fijando en que Lyla ha metido las manos en el cuenco de pasta. Detrás del televisor, el resto de la casa está a oscuras.

—¿Qué opinas de todo esto? —le pregunto, y señalo las noticias con la barbilla.

Él se encoge de hombros.

—Bueno, no sé. Pero... es difícil saber...

Deja la frase a medias y con esa luz blanca parece que tenga los ojos vidriosos. Cuando el presentador continúa hablando, es obvio que mi padre se ha olvidado de que estaba diciendo algo.

No sabe que he visto lo que lleva unos días haciendo. Estas últimas noches le ha dado por plantarse en el jardín de atrás, cuando ya es muy tarde, y apuntar al cielo con una vieja mira telescópica ART. La «A» de ART quiere decir que la mira es ajustable, un antiguo modelo para francotiradores. Se queda solo ahí fuera, escrutando el cielo, y eso me irrita. No estoy acostumbrado a verlo interesarse por nada. Sus silencios no me molestan, porque todavía considero a mi padre una secuela, una consecuencia, un árbol pelado a causa del Agente Naranja. Sin embargo, verlo usar la mira de un arma para observar las estrellas me inquieta y hace que me preocupe por él. Tal vez me recuerde a mí mismo cuando impulso el monopatín por las calles desiertas, escrutando tejados y ventanas con los prismáticos. Falto a clase más de lo que debería, pero es que las aulas no tienen ventanas y los pupitres son muy estrechos, y cuando estoy allí siento que me asusto cada vez más.

En una esquina de la cocina hay montones de latas de cerveza y cola vacías metidas en bolsas de plástico. Dos sábados al mes las llevo a la planta de reciclaje. Las cajas de pizza llevan en la encimera desde el martes, y después de cepillarme los dientes me doy cuenta de que nos hemos vuelto a quedar sin papel higiénico.

De camino a mi habitación, la madera del suelo cruje. La luz que entra por las ventanas a través de la mosquitera se convierte en un estampado acuático, como cuando una piscina se refleja en una pared cercana. El mapa flota en la oscuridad y debajo, sobre la cómoda, quedan los muelles de resistencia que uso para fortalecer las manos. Veo la mancha oscura y desdibujada del país y pienso en la bahía de Cam Ranh; el golfo de Tonkín está algo más arriba. En el fondo de mi armario, dentro de un maletín verde acolchado, guardo un cuchillo de combate Mac-Song, los prismáticos y una caja de plástico fino, que es algo que se llama «kit de campo» y contiene un paquete de cerillas impermeables, un chubasquero ultrafino, cordel, una brújula, antibióticos y un condón en un envoltorio de color verde oliva. No sé si el condón sigue en buen estado.

Desde la ventana veo a mi padre en el jardín, apuntando la mira telescópica hacia el cielo. Con ese cuerpo hecho de cinco palitos, no aparta el rostro de las estrellas. Camina de un lado a otro muy poco a poco, y de pronto se detiene a la luz de la luna y se vuelve con lentitud sin mover la mirada de un punto concreto. Tengo la sensación de estar presenciando una especie de ballet extraño en el que se supone que los movimientos significan algo, pero tiene un efecto sombrío para mí.

El padre de Tsuny trabajaba en las refinerías con el mío, aunque lo dejó hace mucho tiempo, se compró un barco de pesca de gambas y ya es propietario de unos cuantos. Yo tenía ocho o nueve años cuando mis padres y los de Tsuny quedaron en el festival Contraband Days. Una noria adornada con luces daba vueltas; en el techo de las casetas vecinas ondeaban banderitas; sonaban los cristales rotos de la caseta de tiro, las notas de un acordeón y una tabla de lavar por la megafonía, mientras una voz masculina cantaba una suave melodía en francés. El lago era un hervidero de fuegos artificiales, tipos que desde detrás de sus mostradores llamaban a los transeúntes, risas y olores a carne y especias. Los tubos de neón de la noria teñían el pelo de Tsuny de escarlata; el viento me lo echó a la cara mientras estábamos sentados en la cesta, tiesos como un palo, sin que ella me mirase ni una vez ni me dirigiese la palabra mientras subíamos y bajábamos. Las luces de la calle le iban pasando por los ojos.

Los faros del coche de mi madre barren la persiana de mi cuarto y pasan de largo a mi padre, que está en el jardín de atrás. Él continúa mirando hacia arriba durante unos segundos y después baja la mira, entra en casa arrastrando los pies y mi madre cierra la puerta del coche de golpe. Oigo el tintineo de sus llaves y el ruido de pasos, pero en toda la noche no alcanzo a oír ninguna voz.

Antes de marcharme por la mañana, me como una manzana y el presidente, un actor viejo con una densa mata de pelo, me recuerda que no debo tenerle miedo a nada, aunque admite que hay mucho que temer. Mi padre está dormido en el sillón abatible con Lyla tumbada encima, que se chupa el pulgar mientras ve algún programa con marionetas. La superficie gris del cielo se estremece y el aire húmedo emite un retumbo grave. Justo en ese momento me doy cuenta de que no voy a ir a clase. En lugar de eso, saco el cuchillo de combate Mac-Song, los prismáticos y el chubasquero del kit. Me subo al monopatín, paso de largo la parada de autobús y bajo la cuesta hasta la orilla del lago y los edificios vacíos reventados por las raíces de los árboles y sofocados por las matas de kudzu. Empieza a caer una llovizna cálida y el chubasquero ondea a mi espalda; paso frente a cocinas y frigoríficos oxidados que yacen desguazados entre hierbajos, frente a una caseta de ladrillo anónima. Estiro los brazos y el chubasquero forma un par de alas. Paso a toda velocidad junto a un anciano negro con paraguas que me saluda levantando el pulgar.

Mi padre no se puso a mirar el cielo hasta que el señor Arceneaux contó su historia. El viejo explicó que una cosa diminuta, toda plateada, salió de una pequeña nave que había aterrizado en su jardín, le habló con la mente y prometió regresar. En las noticias dijo: «Era del espacio exterior.»

Su esposa lo corroboró y además tenían un círculo calcinado en la hierba, así que todo el mundo empezó a decir que había visto cosas, objetos en el cielo, a Bigfoot agazapado en las sombras, un monstruo prehistórico buceando en el lago. Llego hasta las casas derruidas de su orilla y los muelles hundidos. Me acuerdo de una fiesta en una de esas casas, a la que fui con mi madre cuando era pequeño; ella estuvo bailando en uno de los embarcaderos. Las gotas de lluvia repiqueteaban en la superficie del lago y es posible que en algún lugar del fondo haya un plesiosauro nadando. Me imagino el monstruo marino alzando la cabeza desde el agua para destrozar el puente de la I-10. Enseguida para de llover y sale un sol radiante y tórrido. Al final, me detengo antes de llegar al centro y subo una colina. Uso los prismáticos para fijarme en un punto a menos de un kilómetro, donde la pancarta del señor Arceneaux reluce en el tejado de su casa. Junto a ella hay una furgoneta roja que reconozco de las noticias. Su terreno está ubicado en una cuenca entre dos montículos y detrás del más alejado está el instituto de Tsuny.

Ella me hace preguntas. Quiere saber por qué los chicos que conoce acumulan tanta rabia, y supongo que se refiere a mí. Se da cuenta de que los chicos se quedan como pasmarotes mirándole las piernas cuando las cruza o de que bajan la mirada hasta el primer botón, que lleva desabrochado, y se quedan sin habla. Dice que damos pena. Ella lee mucho, pero a mí me gusta demasiado estar haciendo cosas para leer como hace ella.

Me encanta la espartina y el arrozal anegado que hay al sur. Mis dedos recorren los tallos mojados y uso la cuchilla del puñal para apartar los más gruesos mientras imagino que me abro paso en la maleza con el cañón de un M16. El olor a óxido de la maquinaria agrícola que hay desperdigada por lugares como éste se nota en el aire, y no cuesta imaginar que viene de proyectiles o helicópteros derribados.

Cuando dan las tres, Tsuny me llama con una mano en alto entre los tallos dorados del campo.

Nos decimos hola y la beso. Miramos la casa del señor Arceneaux; los dos chicos de ayer están arrastrando mesas de pícnic al jardín.

—¿Has visto a los de la furgoneta roja? —le pregunto, y señalo la que está aparcada en la calle, delante de la casa.

—Han venido al instituto y nos han reunido a todos para que nos diesen una charla. Quieren que todo el mundo se entusiasme con este asunto.

Desde cierto ángulo, la blusa blanca brilla y parece que su rostro oscuro y los brazos floten en esa luz. Le huelo el perfume y la caída de la falda me hace tender el brazo para tocarla. Dejamos las mochilas en el suelo y ella desenrolla la colcha negra que huele a naftalina y a sudor. Sabe como si acabase de comer caramelos y el tacto de su piel casi me da escalofríos. Siempre me pongo un poco triste cuando hacemos esto, pero no sabría decir por qué; sólo que acariciarla a veces me hace sentir como cuando paso por los muelles vacíos donde vi a mi madre bailar o contemplo los descampados junto al lago donde solían hacer el Contraband Days. La mente me confunde, así que me embalo y enseguida Tsuny me arranca las manos de la falda.

Hago como que estoy enfadado.

—¿Esto va a ser siempre así?

Ella finge incredulidad y suspira. Luego se vuelve hacia mí y la brisa le tapa los ojos con un mechón de pelo.

—Cuéntame otra vez por qué te vistes como un veterano loco.

—Esta ropa deja respirar la piel mucho mejor que la que llevas tú. Está hecha para este clima, es cómoda.

—Lo que tú digas.

—¿No te cansas de estos juegos? Nunca llegamos a nada serio.

—Calla ya —me espeta, y me da un manotazo en el brazo.

Nos quedamos tumbados boca arriba, jadeando y con las manos juntas. Corre una brisa fresca a ras de suelo que hace saltar gotas de lluvia de los tallos que nos cubren. A la sombra se está fresco y en silencio.

Luego abro los ojos y es casi de noche. Tsuny se despierta a mi lado y me pregunta la hora. Mi reloj táctico marca las siete. Empiezo a decir que no es demasiado tarde, pero me callo a media frase porque los dos nos damos cuenta de que por encima de la espartina lucen fuertes haces de luz blanca. Por un segundo pienso que tal vez algo haya bajado del cielo, alienígenas o cualquier otra cosa, y el miedo me recorre la espalda como una apisonadora. Pero enseguida oigo voces. Mucha gente hablando. No sé cómo ha sido, pero estamos rodeados. Y por un momento, entre las voces, la oscuridad y el zumbido de los insectos, y con Tsuny a mi lado, no puedo evitar imaginar que estamos ocultos en lo más profundo de la jungla vietnamita. Recogemos las cosas en silencio y nos movemos sin hacer ruido, agachados. Mientras salimos con sigilo de entre la hierba, le miro las piernas y las caderas.

Los campos del señor Arceneaux están rodeados de gente. Los tres focos del tejado apuntan a las nubes e iluminan la pancarta de bienvenida. La gente pulula por ahí o se sienta en sillas de plástico o alrededor de las mesas de pícnic. Hay muchos hombres de pie, conversando y fumando. Hay una mujer haciendo ganchillo en la parte de atrás de una camioneta. También hay una pareja delante de la furgoneta roja, que está hablando con otros cinco o seis. Más tarde me enteraré de que se supone que esta noche tiene que regresar el visitante del señor Arceneaux.

—Idiotas.

Tsuny los mira con desprecio y echamos a andar hacia el otro lado, hacia el extremo opuesto del campo, pero entonces me percato de que uno de los que están junto a la furgoneta es mi padre. Supongo que ella se da cuenta de algo, porque me pregunta:

—¿Qué pasa?

—Ése es mi padre —contesto.

Ella mira detrás de mí un segundo.

—Qué pequeñito. ¿Ésa es tu hermana?

Mi padre la tiene cogida en brazos y es el tipo más menudo de todo el grupo. En realidad no está con nadie, pero tiene la mirada fija en el hombre que les está hablando. Sé que está prestando mucha atención por cómo achina los ojos.

Es un hombre rechoncho vestido de negro. Blande un libro y les dice que lo ha escrito él y que deberían comprarlo, porque trata de esas cosas que la gente ha visto allí. Se titula *Tierra acosada*. Les dice:

—Escuchadme, en el mundo hay magia muy potente. Y también que entre nosotros hay alienígenas y ángeles, guerras secretas en las dimensiones más elevadas.

Mi padre se cambia a Lyla de brazo y levanta la mano.

—¿Crees que han venido a ayudarnos? —le oigo preguntar.

Su voz nunca ha sonado tan alta y clara, y aún tengo la pregunta en la cabeza; sé que pensaré mucho en esas palabras. Pero mientras intento escuchar la respuesta, Tsuny me mete la mano por debajo de la camisa y me toca la espalda. Me pongo tenso, aunque me relajo al sentir un beso en el cuello. Enseguida estamos besándonos a gatas y entonces perdemos el equilibrio y nos caemos.

Los de la furgoneta se dan la vuelta y nos ven salir rodando de entre la espartina, pero la penumbra nos esconde y nos adentramos de nuevo entre la hierba antes de que alguien vea al chico blanco y a la chica negra con la ropa desabrochada. Oigo al gentío ahogar un grito de la impresión, y echamos a correr hacia el centro del herbazal con el chubasquero en la cabeza y la manta negra agitándose por encima de los tallos de espartina.

La gente sólo alcanza a ver la manta ondeando por encima de la hierba antes de desaparecer en la oscuridad, y se pone a chillar con sorpresa y miedo. Mañana el periódico publicará que el hombre de la furgoneta roja insiste en que lo que vieron entre la hierba era una «proyección psíquica gigantesca».

Salimos por el otro lado del herbazal y subimos la colina. A nuestros pies, entre el ruido y los focos, el campo parece un estadio. Le enseño los prismáticos a Tsuny y nos turnamos para mirar a la gente. Se están diseminando por el campo de espartina, supongo que buscándonos, y nosotros nos apoyamos en un pino. La corteza es áspera y pegajosa, y las agujas tiemblan a ratos, como si hubiera algo en el viento.

—¿Qué pasa? —dice ella.

—¿Qué?

—Estás llorando.

—No —contesto, pero me pasa la mano por la mejilla y me la enseña mojada.

Nos volvemos a acercar envueltos en la fragancia del bosque, en la oscuridad, y ahora sé que el sonido de las agujas de pino es el sonido de los recuerdos, de pies descalzos bailando en un muelle de madera, de años que avanzan y retroceden desde este instante. Tsuny nota mi contacto con la cadera y por primera vez usa las manos y yo la ayudo con el botón y la cremallera. Me mira con los ojos bien abiertos y curiosos, y sé que ha llegado el momento.

En el suelo, tira de mis pantalones, parece fuerte y hambrienta. Tiene las manos calientes y yo suelto aire sin saber que estaba aguantando la respiración. La beso detrás de las orejas y sus manos me abandonan para desabrocharse la falda. Resoplamos y forcejeamos juntos.

Veo las luces a su espalda. Gente moviéndose. Me hace entrar dentro de ella y los dos resollamos a la vez. Creo que oigo voces abajo, en el campo, y el silbido del viento, el aliento de Tsuny. Estoy pensando demasiado, pero de pronto desaparezco, de repente no estoy pensando ni mirando nada; estoy sintiéndola, nada más. Sintiendo adónde voy.

Cuando tengo que parar, me doy media vuelta y me subo los pantalones. Me siento a su lado, pero no quiero que me toque.

—¿Te pasa algo? —me pregunta— ¿No te ha gustado?

—No lo sé. No lo entiendo.

Nos sentamos uno al lado del otro y no comprendo por qué estoy triste. Quiero marcharme, pero Tsuny hace que me siente y me posa la mano en el cuello. Abajo, la gente ha terminado de peinar el campo y ha seguido bebiendo y charlando. Me doy cuenta de que mi padre está de pie con Lyla, mirando hacia arriba. Noto una presión en el pecho, pero ni siquiera sé si es así como me siento de verdad.

Me pregunto si las luces, la maleza y la noche le recuerdan a cuando estaba en la jungla de Vietnam, o si la escena se parece al hospital de Tan Son Nhat. El lugar con las enormes palmeras donde siempre llovía. Todo eso me lo describirá más adelante, cuando le pida que me cuente historias sobre el calor y los insectos y los miedos que lo paralizaban por las noches.

Ahora mismo, me pongo en pie y suelto la mano de Tsuny. Veo a toda esa gente y oigo sus voces, e imagino que la cuenca se inunda y el agua se los lleva por delante, y sé que aun así volverían, y la idea me parece mucho más grande que ellos, que ese lugar en particular. Me da la sensación de que podría tener algo nuevo dentro. Algo más ligero, pero no sé cómo ha llegado allí.

—Nos lo estamos pasando bien, ¿no? —insiste.

—Voy a bajar un momento —digo—. ¿Me esperas?

—¿Por qué?

—Quiero bajar un segundo, nada más.

Meto el chubasquero y el monopatín en la mochila.

—Espera aquí un momento, por favor. Tengo que hacer una cosa.

Dejo la bolsa con ella y empiezo a bajar la cuesta, hacia los que están en el jardín.

Los focos proyectan la luz como enormes bocas abiertas y oigo las conversaciones y las risas; al bordear el campo de espartina veo a mi padre solo, con el bebé acurrucado en sus brazos. Sé que un día todo acabará. Sé que mi vida y la de mi padre se las llevará el tiempo y que las cosas que veo y que amo desaparecerán y sólo quedará el mundo. Como si supiera que estoy cerca, mi padre deja de contemplar las nubes y clava en mí sus ojos, con la cabeza algo ladeada, como si no estuviera seguro de estar viéndome. Nos quedamos quietos y nos miramos.

NEPAL

Septiembre. El bosque lo entretuvo. El color de los arces y
de los olmos distraía a Thomas; el plumón blanco de los
dientes de león que flotaba en el aire y se cruzaba en su camino, todo lo invitaba a detenerse. Desde que había salido
de su hogar en Linn Creek se había ido cruzando con otros
hombres: una migración de desconocidos que marchaban a
pie o a caballo hacia un punto del sur de Misuri donde se
alzaba un castillo sin terminar. Su padre le había hablado
del castillo cuando él tenía cuatro años: lo había erigido un
hombre rico en un lugar hacia el este llamado Ha Ha Tonka.
Su padre, Lars, era mampostero y había llegado desde Mon-
treal en 1903; era uno entre los cientos de trabajadores im-
portados de otros países con el objeto de construir un castillo de estilo europeo para Robert M. McRyder. En un
recodo del camino, donde la brisa formaba un remolino
y hacía bailar unas hojas en un claro que por lo demás estaba tranquilo, Thomas se demoró un rato. Llevaba consigo
un espejo viejo para afeitarse, un cristal cuadrado cuyos
bordes acostumbraba a frotar con la mano en el bolsillo y
que, por el desgaste, ya estaban tan opacos y lustrosos como
el nácar.

Cuando se encontraba a unos diez kilómetros de Ha
Ha Tonka, el conductor de un camión que transportaba
fanegas de calabazas amarillas se ofreció a llevarlo. Los

árboles se inclinaban hacia la carretera y la cubrían con su dosel hasta la entrada del pueblo. Usó el espejo para atrapar la luz a través del follaje. Era vidriero y tenía fe ciega en las superficies. Estaba lo conocido —la superficie— y lo desconocido. Las superficies contenían infinidad de pistas. Le gustaba interpretar su historia y su carácter. Escandinavo, a los diecinueve años ya era alto. Al final del túnel de árboles, en el círculo de luz al que se acercaban poco a poco, sintió que el paraje se alzaba a recibirlo con la estima que se depara a un forastero de gran valía.

Sobre una empinada colina, el castillo eclipsaba la luz. Los rayos naranja formaban un halo alrededor de los muros; delante de una tienda grande vio una hilera de hombres. Cuando le llegó el turno, mostró dos vidrieras decoradas a un individuo que tenía delante un libro de contabilidad. Dijo su nombre completo.

—Thomas Knut Koenig.

El hombre no levantó la vista.

—¿A qué te dedicas?

—Al vidrio, señor. Lo fabrico. Lo fundo, lo lamino. Cualquier cosa.

Era 1922. Robert M. McRyder, el hombre rico, había fallecido en un accidente automovilístico en 1906 y el castillo había quedado abandonado cuando era tan sólo una fachada, un caparazón que estuvo dieciséis inviernos a merced de los elementos. O tal como sintió Thomas, esperando. Aunque siempre que hallaba cosas nuevas, él sentía que de algún modo éstas ya habían previsto su llegada.

Su padre se había establecido en Linn Creek, donde había encontrado esposa, y había fallecido cuando Thomas tenía ocho años. Seis después, su madre se había casado con un pastor viudo al que le gustaba la lectura y tenía una hija algo salvaje llamada Naomi. Y ahora, en 1922, los tres hijos de McRyder habían reunido recursos para completar la construcción del castillo. Mientras el tipo del libro de contabilidad ojeaba su muestra de cristalería, Thomas observó el edificio: tres plantas de piedra color beis, diez hastiales, ventanas que lucían con indiferencia majestuosa, nueve invernaderos y una torre de agua elevada. Trataba de ser analítico, pero la repentina realidad de la construcción le provocó una reverencia silenciosa. Estaba algo aturdido, como cuando se despertaba de golpe en mitad de la noche y tenía que recomponer su mundo de forma sistemática, a base de recitar primero su nombre y después el de los objetos de su habitación.

En aquella época soñaba todo el tiempo, siempre que se quedaba dormido: sueños vívidos e intensos, «a menudo agotadores por su riqueza y peligro». Cuando se despertaba, estaba tan cansado como al final de un largo viaje. Había semanas en que estaba siempre cansado y siempre soñando, y no era capaz de distinguir entre ambas cosas.

Le ofrecieron siete dólares a la semana, menos dos por manutención y alojamiento, a cambio de colocar paneles de cristal en los invernaderos. No era lo que él buscaba.

Thomas quería crear un vitral que atrapase todas las miradas e hiciera ladear la cabeza, que silenciara a todo aquel que lo viera. Pero el cristal de los invernaderos ya estaba cortado según las especificaciones. El puesto no requería destreza y mucho menos dotes artísticas; cualquiera podría haberlo hecho. Sin embargo, el paisaje le resultaba de una belleza y diversidad apabullantes, «con aquel halo sagrado que emana de los lugares viejos e intactos de piedra y enredaderas».

Lo más destacado de Ha Ha Tonka es una grieta en la tierra con forma de ojo de aguja. Hace mucho tiempo, las aguas subterráneas y de superficie erosionaron el lecho de roca, dando lugar a dolinas, cuevas, manantiales y colinas. El hundimiento de una de estas cavernas gigantescas abrió un enorme abismo de casi un kilómetro de profundidad. El castillo McRyder se asomaba a ese precipicio y allí siguen hoy en día sus ruinas calcinadas.

Thomas recorrió el filo del cañón. Sacó el espejo y proyectó una esquirla de luz sobre la pared de roca de enfrente como si fuera un puente a caballo de la brecha. Giró la mano y el rayo se estiró hasta formar un rombo que recorría la geografía: riscos de color pardo moteados de sombras como las de la cara de la luna, paredes fracturadas de sílex de cien metros de altura, arrecifes de troncos de pino y helechos ancestrales. Su maestro, un viejo italiano llamado Rossitto, le había dicho una vez que la alquimia del vidrio era doble: transformaba un mineral áspero en una superficie lisa, es decir, caos en orden, y a la vez coloreaba la luz, que era iluminar lo invisible. Pero eso le daba igual. A él le gustaba disfrutar de lo que la luz revelaba en la pared del acantilado, un gesto casi íntimo, como si la roca le confesase sus secretos.

Lo supervisaba un escocés llamado Volta. Ellos dos eran los únicos que trabajaban en los invernaderos y el tipo hablaba mucho. Pese a lo decepcionado que estaba con la tarea, Thomas se esmeraba en el cumplimiento de sus deberes. Quería rendir bien, no se excedía en los descansos y a la hora de colocar los paneles de cristal limpio era rápido, a veces demasiado para Volta. Le había mandado que se relajase y moderase el ritmo de trabajo, pero él no hacía caso.

En el comedor improvisado, una tienda con bancos de madera de pino, Thomas reparó en la chica que servía. Era menuda y de piel oscura, con los ojos grandes y negros sobre una barbilla pequeña; el punto más ancho de su rostro eran los pómulos. A veces, como en aquel momento, Thomas no se daba cuenta de que miraba con insistencia.

—Venga —le advirtió ella—, hay más gente en la cola.

En la tienda olía a pimienta y en el aire flotaba el aroma del ajo y la mantequilla. En la mesa, rodeado de otros hombres, Volta estaba contando un chiste y su cara parecía un pomelo hinchado con una peluca negra y rizada.

—Las mujeres de San Luis son mejores que las de Texas.

—¡Porque tú lo digas! —replicó uno y le dio un codazo a Thomas en el brazo—. Mira, él sí que lo sabe.

El joven sonrió; se sentía despierto y lleno de vida. Estaban comiendo judías verdes, patatas, conejo y ardilla.

—Una vez vi a un mago en Kansas que se quitaba la cabeza y se paseaba con ella bajo el brazo.

Otro contó que había escalado montañas en cuatro continentes y les habló de Nepal.

—Es mágico. Hay nieve que en vez de blanca es rosa o azul.

Explicó que en un templo había visto a un hombre levitar durante más de una hora, mientras entonaba una palabra que él no era capaz de repetir.

Thomas no podía evitar volver la mirada hacia la chica. Su expresión era distante; había un gran trecho entre sus pensamientos y el trabajo que estaba haciendo, y al parecer no hablaba mucho. La forma en que servía la comida dependía tan sólo del movimiento de su muñeca, automático, y su semblante revelaba una distracción innata. El joven sintió una punzada de reconocimiento. La curva de su espalda dentro del vestido azul le hizo pensar en su hermanastra, Naomi. Sobre todo recordó su mirada cuando entraba en la habitación de él después de darse un baño, con la melena castaña chorreando y la holgada bata de cuello abierto transparentando allí donde estuviese empapada. Solía hacerle una pregunta cualquiera, como por ejemplo si había visto el peine de hueso, pero la incitación perversa de su mirada y la forma que tenía de sujetar la vela en lugares estratégicos mostraban el cariz verdadero de la escena. Más tarde, febril, solo y a oscuras, Thomas deseaba que ella entrase de pronto y lo sorprendiese.

En los invernaderos, Volta le señaló tres hombres y cuatro mujeres que recorrían el perímetro de las obras.

—Ésos son los McRyder: Bill, Leroy y Kenneth.

Vestían prendas formales de colores llamativos y llevaban el pelo peinado pegado a la cabeza. Vivían con sus respectivas familias en un grupo de cabañas que había a kilómetro y medio de allí.

—Se ausentan a menudo. Entonces Abberline queda al mando.

Abberline montaba un caballo ruano grande y llevaba una pistola de cañón largo sujeta a la pierna para que todo el mundo la viese. Un par de patillas frondosas le flanqueaban la boca, pequeña y fruncida, y se vestía con pantalones bombachos y un abrigo de lana. Volta decía que era inglés y a Thomas le traía a la memoria un halcón que había visto un día atado a la muñeca de alguien. Cuando ladeaba la cabeza, el movimiento parecía tener la suavidad y precisión de la alineación del tambor de un revólver.

El grupo de los McRyder pasó junto a los invernaderos y los integrantes saludaron a los dos trabajadores con la cabeza. Una de las mujeres caminaba algo más atrás: una joven rubia y muy delgada que seguía a las parejas con una flor en la mano. De aspecto más bien urbanita, con el vestido verde y la boina negra, se iba toqueteando el collar de perlas con aparente desgana. Justo cuando pasaban por delante de ellos, levantó la mirada y vio a Thomas, pero enseguida volvió a fijarse en la flor. Desde aquella distancia, el joven pudo ver que en realidad se trataba de un diente de león.

Durante la hora libre que tenían antes de la cena, los hombres jugaban a cartas o a los dados. Thomas, en cambio, recorría a gatas el borde del abismo, examinando la arena y las rocas pulverizadas. En aquella tierra abundaban los silicatos. Sus granos, ásperos, rompedizos, se escurrían por entre sus dedos y él imaginaba un fuego templador uniéndolos. Todos los días a esa hora, veía a la chica india que servía la comida jugando a las damas con una mujer encorvada de melena cana.

Bordeó el precipicio hasta llegar a un claro, uno de los muchos que había desperdigados por la región; descampados secos del sudoeste, atestados de arañas de las llanuras y escorpiones. En la base de un palmito, encontró una tarántula a la que atacaba una legión de hormigas coloradas. Se agachó y se quedó mirando durante varios minutos, hasta que la araña no fue más que una superficie hirviente de hormigas y su estructura empezó a hundirse poco a poco. La mayoría de los trabajadores se alojaba en una barraca larga de madera de cedro con una hilera de camastros pegados a la pared y un hogar que ocupaba toda la del fondo. Aire viciado y lleno de humo, risas, maldiciones y vítores. Un indio gigantesco de rasgos pétreos apostaba a las cartas y estrellaba el puño contra la pared con gran estruendo y frustración.

Thomas hacía bocetos y escribía recetas para vidrio. Ofreció un cigarrillo al montañero y le pidió que le contase más cosas sobre Nepal.

Un día Volta lo envió al castillo.

—Dile al señor Abberline que hace falta más arena para el mortero. Tal como vamos, se acabará antes del quinto invernadero.

En el interior, reconoció a unos hombres que instalaban paneles de madera en una pared y a otros dos que cargaban losas largas para una escalinata bajo un vertiginoso techo abovedado de estaño. En el suelo había desplegada una enorme araña, un pulpo de oro y cristal. Los gruñidos rebotaban en la piedra fría. Al adentrarse en un pasillo, las voces se apagaron y empezó a oír sus propios pasos.

Llegó a una sala en la que había tan sólo una ventana larga y estrecha que recorría la pared de arriba abajo. A través de ella se vertía un triángulo isósceles de luz suave y ociosa. Y en mitad del triángulo, había una mujer de espaldas a él.

Llevaba un vestido violeta, un chal negro y un gorro con forma de campana. Al otro lado del cristal, un muro de cedros descansaba al borde del precipicio.

—Disculpe.

Ella se dio media vuelta y Thomas vio a la mujer que caminaba detrás de los McRyder, la portadora del diente de león. Tenía la piel pálida, rasgos afilados y esbozados sobre un largo cuello, tan delicada como si tuviera los huesos huecos, sensación que se amplificaba por sus grandes ojos redondos, que se veían algo enrojecidos. En las miradas sostenidas y silenciosas que Thomas a menudo dispensaba a la gente se adivinaba lo que su madre llamaba «un temperamento artístico». En las relaciones sociales, la necesidad de interpretar y cuestionarlo todo le proporcionaba cierta distancia, algo que él reconocía sólo como una especie de frontera mental, una ventana desde la que podía observar. A menudo se acercaba demasiado a las personas. Se acercó demasiado a aquella mujer.

—Busco al señor Abberline, ¿sabe dónde está?

Ella se secó los ojos, dio un paso atrás y negó con la cabeza. Cuando él estaba dando ya media vuelta, lo llamó:

—Espere. Lo siento. Creo que podría estar en la torre del agua. Sé que han tenido algún problema.

Su acento británico marcaba la frase con una agradable cantinela.

—Gracias.

Ella le miraba la cara de un modo escrutador. De pronto alzó la mano como para tocarle la mejilla, pero la retiró y dio un paso atrás.

—¿Se encuentra bien? —dijo él.

La mujer se volvió hacia la ventana.

—Sí. Hoy tengo el día un poco atravesado, nada más. El paisaje es precioso.

—¿Es inglesa?

Thomas tenía una forma de hablar que prescindía de formalidades. Se dirigía a los demás como si los conociera bien. Tal vez aquella ilusión de familiaridad contribuyó a lo que ocurrió más adelante.

Ella dijo que sí con la cabeza.

—Elizabeth McRyder es mi tía. Estoy pasando una temporada con ella y con Kenneth.

—Es un gran terreno. Buenos depósitos de minerales.

La joven se echó a reír y frunció el ceño con curiosidad.

—Me llamo Carmen Rogers.

—Thomas Koenig.

Él levantó las manos a modo de excusa para no estrechar la suya.

Ella ladeó la cabeza y fijó en él los discos verdes de sus ojos. Lo recorrió con la mirada, buscando algo sin el menor disimulo.

—Qué extraño... De verdad, muy extraño.

La piel de la joven parecía extremadamente fina y mostraba claramente el enrojecimiento de sus orejas y cuello. Otro intercambio estaba teniendo lugar de forma encubierta y él notó calor en el centro de la espalda.

Habló para interrumpir aquello.

—¿Qué le ocurre?

Al oír la pregunta, ella recogió las manos y miró el suelo de piedra.

—Muchas gracias por interesarse por mi estado. No quiero entretenerle más.

—Señorita —dijo, e inclinó la cabeza.

Se sentía aliviado, pero también decepcionado, presa de un abrupto deseo de cambiar su última pregunta. Cuando ella se volvió de nuevo hacia la ventana, su larga sombra se proyectó en el suelo.

Después de hablar con Abberline, Thomas regresó a los invernaderos y vio a la mujer, a Carmen, mirando desde la misma ventana, borrosa tras el cristal mate como una muñeca expuesta en la roca.

Antes de cenar solía coger una bolsa de piel de ciervo y se iba a recoger silicatos. Ese día la chica que servía la comida no tenía compañía. Estaba sentada en una roca gris con el vestido azul cubriéndole las piernas y el tablero de ajedrez encima, jugando sola. Thomas sintió una agradable frustración, como si hubiera oído una melodía que no podía recordar, pero tampoco olvidar. Se puso a su lado.

—¿Quién gana?

Ella movió una ficha sin levantar la cabeza.

—¿Qué tal tu arena?

—Esto es vidrio.

Ella levantó la mirada un momento y enseguida volvió a concentrarse en el tablero.

—De verdad —insistió él, y dejó que el polvo se le escurriera entre los dedos—. Aquí hay vidrio por todas partes. Al ver que ella no lo miraba, siguió hablando de sí mismo.

—Hago cristales, a eso me dedico.

Ella se apartó el pelo de la cara.

—¿Juegas a las damas?

La luz se colaba entre los cedros y los salpicaba mientras ella volvía a preparar el tablero con dedos cortos, palmas menudas. No hablaban. Cuando ella ya le había comido tres fichas, él le preguntó:

—¿Qué te parece el castillo?

Estaba a sus espaldas, inexpugnable, una masa de piedra que parecía alzarse llena de rabia. La chica se hizo una coleta.

—Lleva aquí toda mi vida.

—¿Te criaste aquí?

En lugar de responder, ella se echó hacia delante y le comió una ficha.

—Mi padre ayudó a construirlo —dijo él.

—¿Haces cristal?

—Sí.

Un momento después, él aprovechó la pregunta.

—Mi padrastro es predicador. Uno de los miembros de su congregación me enseñó.

Era lo único que le gustaba de la misa, las vidrieras.

—Crecí en Linn Creek.

—¿Sabes qué significa Ha Ha Tonka? —preguntó ella.

—No.

190

—«Las aguas que ríen.»

—¿Cómo te llamas?

—Astra Monro.

Era de la tribu de los osage, tenía dieciséis años y una voz dura y grave, como de limaduras calientes de hierro, que le llegaba al alma. De su limitada experiencia con las mujeres, Thomas había aprendido que éstas siempre parecían estar urdiendo planes secretos o llevándolos a cabo. Su hermanastra Naomi era, más que nada, caprichosa, padecía una tendencia crónica a la discusión y mentía como una criatura. Sin embargo, también era encantadora y en realidad lo fascinaba. En cambio, no le parecía que la indiferencia bonachona de Astra respondiera a maquinación o necesidad alguna.

Las superficies lo atraían, pero la misteriosa actitud de la chica, distante, incluso su desolación, tiraba de él aún con mayor fuerza; era un desamparo hermoso e inclemente, como de fotografías del desierto. No podía dejar de mirar el hueco entre sus clavículas, donde el sol se acumulaba en un óvalo luminoso. A la hora de cenar, se quedó plantado observando cómo ella se adentraba entre los árboles con el tablero bajo el brazo y los rayos de sol describían líneas en el esbelto trapecio de su espalda.

El castillo creció, adquirió identidad. Olmos y cedros tenaces rodeaban sus límites. Las ovejas inundaban las colinas llenas de surcos donde por las mañanas brillaba la luz con un tenue resplandor azul. Esa semana Thomas jugó a las damas con ella dos veces más, pero no supo encontrar la manera de acortar las distancias. Una solución parcial se le presentó una noche, unos días más tarde, al salir del barracón.

El ruido y el humo le resultaban sofocantes. A lo largo de las últimas semanas en el barracón de madera se había acumulado un olor repugnante a sudor, a tabaco y a las múltiples secreciones acres de los hombres adultos. A menudo dormía con la manta pegada a la nariz, empapada en aceite de almizcle. Sin embargo, una noche, a eso de las diez, salió con la manta y la bolsa de piel de ciervo con la intención de explorar y, tal vez, dormir bajo un árbol.

Estuvo paseando sin rumbo a la luz de una luna blanca y enmudecedora hasta un lugar donde las moreras y los arces se dispersaban para dar paso a un campo de gramíneas. Astra, con el vestido azul, destacaba entre los tallos altos de la hierba. A primera vista no hacía nada, sólo estar allí. La luz daba un tono dorado a su piel y ceniciento al vestido. Oyó un ruido entre la hierba, se volvió y lo vio.

—¿Qué haces aquí? —preguntó él.

—¿Buscas cristal?

—No, la verdad es que no.

—Ese polvo blanco que te gusta se ve por todas partes en las rocas del sur.

Ella lo sacó del claro y atravesaron un denso pinar que llegaba hasta un risco de piedra al borde de uno de los cien estanques de Ha Ha Tonka. Mientras caminaban, él se fijó en cómo la tela de su vestido se iba adaptando a sus caderas. Llegaron a una pared de calcita opaca y bordes de cuarzo reluciente. Tocó el suelo, saboreó el amargor del abundante alcalino. Astra lo ayudó a recoger el mineral.

De regreso, Thomas le explicó cómo hacer vidrio, en qué consistía un horno, cuál era la temperatura mínima necesaria y qué minerales añadir para conseguir distintos colores. Le preguntó por qué estaba en el bosque a esas horas.

—Mira —contestó ella.

Y señaló una estrella tenue y amarillenta que se asomaba a un claro entre los árboles. Era Saturno. Le habló de sus anillos y múltiples lunas. Él escuchaba con escepticismo.

Entonces señaló el Cuadrante de Pegaso y, hacia el noreste, una franja alargada de luz difusa que era la galaxia de Andrómeda.

—¿Cómo sabes todo esto?

—Por una maestra. Observaba las estrellas y sabía cosas de ellas. Muchas de las que vemos ya están muertas. Se han apagado. Pero la luz tarda miles de años en llegar hasta nosotros.

—No lo entiendo.

Se lo explicó con animación, usando las manos para describir la distancia, y Thomas se dio cuenta de que eso era lo más cercano a una emoción que le había descubierto. Un somormujo cantó en el estanque y ella calló un momento.

—Hay fantasmas que viven en el fondo del agua —le confió—. Hablan a través de los somormujos. Lloran a través de ellos.

Él sopesó aquel retazo de su personalidad, dando vueltas a todo lo que conocía de ella: que sabía algo de estrellas y creía en los fantasmas. Se dijo a sí mismo que la chica era inteligente y poseía una imaginación cautelosa, que su mirada perdida era romántica.

Thomas pasó la noche en el bosque, en una suave hendidura entre las raíces de un roble. A solas, no le quedó más remedio que imaginar el cuerpo de la joven en camisón. Cuando por fin cerró los ojos, intentó imaginarse a sí mismo viendo una luz que ya no existía.

Nubes del color del estaño se amontonaban sobre el castillo y cuatro de los hombres que estaban martillando las canaletas se negaron a trabajar por miedo a que los partiera un rayo. Los invernaderos descansaban sobre unos cimientos de dos metros de grosor de cantos rodados que soportaban ciento veinte centímetros de pared y ciento ochenta de tejado. Por encima de los paneles laterales, los bastidores vacíos aguardaban una piel de cristal. Volta, sentado en un cubo, mezclaba mortero y silbaba mientras Thomas trabajaba en el tejado.

A media tarde lo llamó una mujer. A sus pies, Carmen Rogers se protegía los ojos con la mano, la cabeza inclinada hacia el cielo.

—Hola —dijo ella.

Unos metros más allá estaban Kenneth y Elizabeth McRyder. Ambos lo saludaron con la mano. Se deslizó por la escalera y les devolvió el saludo. Volta se puso a trabajar.

Carmen se había puesto colorete en las mejillas. Tenía las pestañas más gruesas y negras, y una vaina de seda escarlata envolvía su cuerpo esbelto. Alrededor de la cara colgaban mechones errantes color albaricoque, y cerca de la sien una diadema negra sujetaba una angulosa pluma negra que temblaba con la brisa.

Dobló un pie, miró por encima del hombro; era alta, pero no llegaba al metro ochenta de él.

—Quería pedirle disculpas por mi humor de la semana pasada. Debería haberme explicado.

Thomas no sabía por qué se estaba dirigiendo a él.

—No es necesario.

—Qué generoso.

—Yo trabajo aquí, nada más. Instalo paneles de cristal.

—Me han dicho que trabaja el vidrio.

Thomas miró los invernaderos.

—Esto podría hacerlo cualquiera.

Se volvió de nuevo hacia ella y vio que la joven lo miraba expectante, como si él no hubiese terminado de hablar.

—Pero sí, hago vidrio. Sé fabricarlo. Y también lo tiño. En mi pueblo hice dos vitrales para la iglesia. Es lo que quería hacer aquí.

—¿De dónde es?

—De Linn Creek —respondió, y señaló hacia el noroeste—. A casi cincuenta kilómetros, allende esos bosques.

—«Allende» —repitió ella con una sonrisa—. Vuestras expresiones me tienen enamorada.

Él la miró confundido. A la izquierda de la joven, un pájaro carpintero se posó en un pino y empezó a picar con precisión, como si su trabajo fuese necesario y delicado. Le llegó el olor del perfume de Carmen; era potente y floral.

—¿Le gustaría hacer vidrieras aquí? —preguntó ella.

—Sí.

—Una vez vi un edificio con todas las ventanas rotas. Hicieron montones con los cristales. Parecían diamantes.

—Ah.

Ella dio un paso adelante con expresión lúgubre. El carpintero echó a volar.

—¿Ha oído hablar de la guerra?

—Sí.

—Si viviese en Europa... Quiero decir que todos los hombres de su edad están muertos. O aún peor.

Le tembló la barbilla, pero entonces se echó a reír sin motivo y levantó el rostro.

—Bueno. Mi... Lo siento. Por favor. ¡Qué tonta! No tengo nada mejor que hacer que venir hasta aquí y hablarle de los muertos que conozco.

Se rió de nuevo. Detrás de ella, Kenneth le dijo algo a su esposa.

—Lo siento —repitió Carmen.

El joven le ofreció su gamuza y ella se secó los ojos.

—No sé qué me pasa. El otro día me pareció cortés y quería disculparme, pero ya ve lo que he conseguido.

Dio media vuelta y fue hasta donde estaban sus tíos. Elizabeth le cogió la mano y cuando echaron a andar le hizo apoyar la cabeza en su hombro. Thomas se quedó perplejo y algo incómodo.

—Oye —dijo Volta, y dejó la paleta a un lado—, ¿qué ha sido eso?

—No lo sé —respondió mirando escalera arriba—. Supongo que estará triste.

Octubre. Una vez más, la luz seca y ausente de octubre.

Un viernes Astra lo invitó a cenar. Su padre iba a estar de caza todo el fin de semana y ella había pensado cocinar para él. Thomas fue hasta allí con las dos vidrieras que había traído de casa.

La cabaña era pequeña, de troncos mal encajados de roble curado. De la rama baja de un pino del mismo descampado polvoriento colgaban varias pieles de víbora y de serpiente de cascabel. Ella lo estaba esperando fuera. Las pieles eran traslúcidas y los pálidos rayos de sol que se colaban a través de ellas tenían el color de la miel.

Una de las ventanas estaba rota.

—Puedo arreglártela —se ofreció él.

Ella mantuvo la mirada fija en los zapatos de Thomas.

—Mi padre no ha salido a cazar. No podemos cenar juntos.

Llevaba puesto el único vestido que le había visto: el de vieja franela azul.

—¿Y? Deja que lo conozca. —Le mostró las vidrieras—. Te he traído esto.

Ella miró la obra de arte apenas un momento.

—Gracias. No, tienes que irte.

Era como si hubieran sufrido una regresión y no la conociese más que el primer día que la vio. Se asustó.

—Quiero conocer a tu padre.

Ella le cogió los cristales y se detuvo, permaneció inmóvil un momento y después abrió la puerta y le hizo una señal para que la siguiese.

Dentro sólo había dos habitaciones de aire viciado y lleno de humo. El padre estaba sentado contra la pared, junto a una cocina de hierro. El humo se escapaba de las fisuras de la chimenea y formaba volutas oscuras que se arremolinaban sobre su cabeza. Tenía la melena larga de Astra, llevaba una gruesa camisa de color ocre y era mucho más voluminoso que él. Entonces cayó en la cuenta de que era el indio gigantesco que había visto jugando a las cartas en el barracón.

—Éste es Thomas —anunció Astra—. Trabaja en el castillo.

—¡El castillo! —respondió el indio con sorna antes de echarse hacia delante y mirarlo con los ojos entrecerrados—. ¿Qué quieres? No te debo nada.

Cogió una jarra alta de arcilla y bebió.

—Soy amigo de Astra.

El padre metió la mano en una olla que había en los fogones y se puso a comer lo que había sacado. Masticaba y miraba a Thomas con aire desconfiado, como si tratase de determinar de qué manera lo había ofendido el joven.

—¿Tienes dinero?

—¿Qué?

—Fuera de aquí —le espetó.

Astra se apartó de ambos.

—Señor...

El hombre levantó la barbilla. Le brillaban los ojos en mitad de aquel rostro plano como un ladrillo.

—Si no te largas de aquí, me levanto y te mato. Te rompo el pescuezo.

Thomas se volvió hacia Astra.

—¡No la mires!

El indio se levantó de un salto.

—¡Largo!

El grito los sobresaltó a ambos.

Astra abrió la puerta con calma y sin quejarse. Parecía apenas una mota en el horizonte.

La puerta se cerró antes de que Thomas pudiera hablar. De regreso al campamento cogió una rama gruesa y fue deteniéndose a azotar árboles hasta que la partió.

Como era viernes, llegaban al barracón hombres arrastrando sacos de arpillera que contenían frascos de alcohol de grano. Melocotón o cereza, veinte centavos. Volta compró tres y le dio uno a Thomas, que preguntó por el gigante indio que jugaba a cartas con los trabajadores.

Volta se encogió de hombros.

—Vive por aquí. Juega de pena.

—Es un hijo de puta.

El escocés sonrió de oreja a oreja y eructó.

—¿Y quién no?

Volta se puso a rasgar una guitarra vieja y a cantar algo sobre una granja, un caballo, una mujer.

Al fin, la segunda jarra vacía le cayó rodando de la tripa y dio contra el suelo. Poco a poco, los hombres se fueron retirando y se formó un coro de ronquidos osunos. Las luces fueron apagándose. Thomas tuvo que plantar un pie en el suelo para evitar que todo le diese vueltas.

Los sábados trabajaban hasta las doce. Un busardo anidó en la cima de un roble blanco, por encima de unas matas de dondiegos azulados y vernonias de color rosa. Thomas estuvo observando al ave rapaz volar en círculos y posarse en las copas desnudas que adornaban el horizonte.

—Estoy pa'l arrastre. Esa mierda s'un asco —se quejó Volta.

Hacia el final de la mañana, Kenneth McRyder se acercó a los invernaderos. Llevaba pantalones de color gris, tirantes, una camisa blanca inmaculada y un bastón de madera oscura y lacada que arrastraba un poco. El escocés lo saludó. McRyder le devolvió el saludo con la cabeza y pasó de largo. Miró a Thomas.

—Hola.

—Hola.

—Veo que la cosa va bien.

—Gracias.

—Me gustaría hablar con usted. Se llama Koenig, ¿verdad?

—Así es, señor. Thomas.

—¿Damos un paseo?

Volta se sentó de nuevo y los vio alejarse.

Kenneth tenía treinta y cinco años y era delgado. Mientras caminaban por el sendero de tierra que bordeaba el castillo sin apenas separarse de los árboles, Thomas se fijó en cómo le brillaba el bigote y en que sus pantalones lucían una raya envidiable. También en cómo toqueteaba los nudos del bastón. De vez en cuando se afilaba las puntas del bigote.

—¿Has hecho alguna vidriera de iglesia?
—Sí. Dos. En Linn Creek. Puedo hacer cualquier cosa con cristal.
—Estamos pensando en instalar una en el muro del este, en la ventana alta.

Señaló el castillo con el bastón y se detuvieron.
—Cuando mi padre empezó a construirlo, yo sólo tenía dieciséis años.

Alrededor del edificio se movían hombres y máquinas rudimentarias que a escala parecían insectos.
—Pasaron un año entero reuniendo los materiales antes de empezar con las obras. ¿Lo sabía?
—Mi padre fue uno de los primeros en trabajar aquí.

Kenneth dio un golpe con el bastón.
—¡Qué maravilla! ¿Dónde está ahora?
—Hace diez años... Era mampostero. Se hundió una pared.

Tras un silencio respetuoso, Kenneth le preguntó:
—¿De dónde era?
—De Canadá. Cuando la obra se paró, se instaló en Linn Creek.
—¿Y usted nació allí?
—Sí.
—Entonces este castillo es el motivo de que sea americano —anunció Kenneth con orgullo, como si hubiese sido cosa suya.
—Supongo que sí.

Kenneth se sacudió el polvo de un zapato; tal vez se plantease si la actitud directa de Thomas le resultaba encantadora o arrogante.
—¿Le gustaría trabajar con vidrio en esta obra? ¿Quiere hacer una vidriera?
—Sí, eso me gustaría.
—¿Qué necesitaría?
—Un horno. Para hacer el cristal aquí. Como todo lo demás que hay en el castillo. Usted sólo diga lo que quiere.

—¿Y si le pido que haga lo que usted quiera? ¿Qué le parecería diseñar la imagen?

Abrió las manos como un prestidigitador y dos anillos de oro le brillaron en los dedos.

La propuesta necesitaba algo más para hacerla realista. Como si lo hubiese notado, añadió:

—¿Conoce a Carmen, nuestra sobrina?

—Sí, así es.

Thomas no comprendía por qué en aquella situación era Kenneth el que parecía sentirse incómodo.

—En San Luis, a mucha gente se le suben los humos por tener dinero, pero quiero pensar que los McRyder no somos así. Mi padre empezó haciendo entregas para un tendero y nunca hemos despreciado a nadie por su estatus.

—Bien.

—Sólo quiero que lo sepa. El dinero que yo tengo viene de mi padre, pero también es verdad que yo no sé hacer vidrieras.

—Bien.

—No me estoy explicando.

Kenneth se apoyó en un olmo cuya sombra los salpicaba a ambos. Los pájaros piaban, invisibles.

—Carmen es de Inglaterra. Estoy seguro de que eso ya lo sabía. Le han pasado muchas cosas; no hace tanto estaban en guerra. Nosotros también, pero no como allí. Y además hubo una epidemia de gripe.

—Sí.

—Lo que quiero decir es que me gustaría que fuese amable con ella. Mi esposa y yo nos preocupamos por su felicidad. —Alzó las manos como queriendo empujar una pared—. No me refiero a nada indecoroso. Carmen tiene una vida a la que regresará cuando llegue el momento, pero creemos que hay que librarla de esa tristeza.

—No estoy seguro de qué quiere decir.

—Sólo quiero que sea afable con ella. Pondremos su proyecto en marcha, usted estará en el castillo haciendo vidrio y nosotros apareceremos de vez en cuando. Cuando lo hagamos, hable con ella. Converse. Charle un poco. Ya está.

Thomas observó cómo las hojas secas se dispersaban por el camino.

—Haría un gran favor a nuestra familia —añadió Kenneth con tono definitivo.

—Pero es que no... ¿Por qué yo? No entiendo por qué quieren que sea yo.

Kenneth miró colina arriba, hacia el castillo. Los cedros que lo rodeaban se agitaban bajo un tumultuoso cielo azul y dorado. Se dirigió de nuevo a Thomas como si estuviera presenciando una verdadera tragedia, como un niño ultrajado.

—Creo que le recuerda a alguien.

No vio a Astra hasta pasados unos días, pues a principios de semana no había ido a trabajar ni jugado a las damas antes de la hora de la cena. Sentía cierta inquietud por ella, pero en ese momento estaba ocupado con otros asuntos. Había diseñado los planos para un horno y un estudio —esa parte había sido entretenida—, y ahora se enfrentaba a la dificultad de diseñar la vidriera.

Astra estaba fuera del barracón, con un vestido de color rosa y mocasines; de la mano le colgaba un pequeño fardo.

—Te he traído algo de comer. Porque el otro día no pudimos cenar.

Y entonces, por increíble que pareciera, sonrió.

—Déjame ir por una manta —dijo él.

Astra caminaba deprisa. Lo guió a paso ligero hacia unas rocas altas carcomidas por tajos de esquisto. Ella siguió sonriendo hasta que al final él se dio cuenta de que aquel buen humor era falso, demasiado insistente.

—Date prisa —canturreó ella.

Su voz no sonaba natural, era como gotas de lluvia en el desierto.

Empezó a caer un chaparrón cálido sin rayos ni truenos. Las hojas de los helechos se encorvaban y azotaban las rocas a merced del viento, y ella se reía. Era un sonido grave. Con las gotas más gordas, echaron a correr. Astra era rápida, ágil. El vestido empapado se le pegaba al cuerpo mientras saltaba de un lado a otro entre las sombras y los relámpagos.

Llegaron a una pared de granito donde el feldespato vidrioso titilaba, rosa como el atardecer. Astra lo llevó al interior de una cueva. El estrecho vestido se tornó del color de su piel.

Thomas usó ramas secas y musgo para encender un fuego. Ella desenvolvió el pan y la mermelada mientras él colocaba la manta junto a la hoguera. Las cuevas salvajes segregaban sus propios fluidos y la piedra llorosa brillaba como aceite sobre cristal. La luz de las llamas se abalanzaba sobre las paredes húmedas y crepitaba. Un búho real aterrizó en la cueva con las alas alborotadas y lluvia en el lomo. La piel de Astra brillaba con un resplandor de azafrán.

La joven se puso en pie y el borde del vestido se le quedó enganchado en los muslos. Thomas sintió la sangre martilleándole las puntas de las orejas.

Ella le tocó el codo, el hueco del brazo.

Astra se movió con determinación y sin darle tiempo a nada. Sucedió entonces un frenesí furioso en el que algunas fantasías se materializaron, se hicieron realidad. La alarma de otra piel en manos de Thomas. La melena de ella les tapaba la cara a ambos. Astra se había untado mermelada en los labios.

La hoguera chisporroteó hasta convertirse en brasas mortecinas. El búho los observaba desde la entrada. Detrás de la enorme ave, los relámpagos centelleaban.

Thomas escogió un lugar para el estudio. Una zona de unos cuarenta metros cuadrados de terreno llano al norte del castillo, cubierto por un toldo y separado en diferentes espacios para albergar un horno, los bancos de trabajo, el puesto para moler y mezclar los materiales, y otro horno de fundición.

Tenía seis hombres a su disposición para construirlo. Cargaron a peso los bloques de hormigón y los ladrillos refractarios y los colocaron con cara de pocos amigos mientras él estudiaba sus planos. Un hombre que se llamaba Jack Alden caminaba sin prisa y apenas llevaba ladrillos. Tenía barba y una cicatriz rosácea que le cruzaba la frente; observaba a Thomas con los ojos entrecerrados.

Siempre que veía que Jack lo vigilaba, Thomas se concentraba en los planos.

—Asegúrate de que los de dieciocho pulgadas vayan justo encima de la base —le ordenó esa vez.

Alden dejó caer un ladrillo al suelo.

—No, señor. Gracias, pero no. Creo que hoy no me apetece recibir más órdenes de un crío.

Los otros cinco dejaron lo que estaban haciendo.

—Haz tu trabajo —le advirtió Thomas.

Alden sonrió e hizo un gesto como si soltase un trapo de cocina.

Thomas dio dos pasos atrás.

—Recibes órdenes porque es lo único que sabes hacer.

Alden se acercó y Thomas se echó atrás, hasta que estuvo a punto de topar con el caballo de Abberline.

El supervisor apartó al animal y los miró a ambos mientras el ruano golpeaba el suelo con un casco.

—¿Cómo va el trabajo?

—Éste —acusó con voz trémula y señalando a Alden—, que busca problemas. No lo quiero aquí.

—Hijo de puta...

—Ya basta.

El caballo describió un pequeño círculo y un rayo de sol se reflejó en la pistola de Abberline.

—Ven conmigo.

Jane Alden no se movió. Tenía la mirada clavada en Thomas.

—Si valoras tu trabajo —le advirtió Abberline—, ven conmigo ahora. No te lo pediré dos veces.

Alden se movió con la vista fija en Thomas hasta que Abberline lo hizo caminar delante del caballo. El capataz saludó con la gorra.

—Enviaré a alguien para reemplazarlo.

—Gracias.

El resto se quedó mirando. Thomas dejó los planos, levantó dos ladrillos refractarios y fue a apilarlos en su sitio. Al cabo de un momento, los demás siguieron su ejemplo con actitud desdeñosa.

Kenneth llegó al estudio un poco antes del mediodía, con su esposa y con Carmen.

Thomas lo saludó con una inclinación de cabeza.

—Hola —dijo, y entonces se acordó—: Señorita Rogers.

—Me gustaría saber si hoy querría comer con nosotros —preguntó Kenneth.

El joven había planeado ver a Astra a la hora de la comida.

—De acuerdo. Muchas gracias.

Todos se alejaron al tiempo que un repiqueteo que venía del este anunciaba el almuerzo.

En el interior del castillo había un comedor con varias mesas de roble y caminos de mesa de lino blanco. Dos criados negros les sirvieron estofado de conejo con una salsa espesa y trucha al horno con ajo, patatas y pan. Se sentó al lado de Carmen, que sonreía con recato y no movía las manos del regazo. En el reflejo de los cubiertos, la vio observándolo con el rabillo del ojo.

—¿Ya se ha decidido por un diseño? —preguntó Kenneth mientras comían.

—Todavía no. Tengo algunas ideas.

Ninguno de sus esbozos le parecía a la altura de la oportunidad que se le presentaba y eso empezaba a preocuparlo. Percibía los colores que quería usar, pero le faltaba el elemento clave: el tema. La imagen exacta se le escapaba. Había descartado de inmediato la tentación de limitarse a crear un mosaico de formas abstractas, pues usar un mecenazgo como aquél para llevar a cabo una composición demasiado corriente sería peor que no hacer nada, y estaba convencido de que la ocasión requería un tema elegante y formidable. Le daba la impresión de que la búsqueda le ofrecía dos cosas a su favor. En primer lugar, confiaba en su proceso artístico y en que el propio método le brindaría un descubrimiento esencial en el momento de la creación. En segundo lugar, y más importante que el primero, Thomas trataba de emplear la vista. Usaba los ojos como un par de redes en las que atrapar el mundo, aunque lo que le interesaba eran los paisajes, no las formas humanas. Creía que el protagonista de la vidriera, el universo, residía tan sólo en las montañas, los árboles y el agua que lo rodeaban, en el mundo natural.

Kenneth se levantó y ayudó a su esposa a levantarse.

—Tal vez a ti se te ocurra algo, Carmen. Nosotros hemos de irnos. Ve informándome, Thomas.

La pareja se despidió y salió del comedor seguida de sus sirvientes.

La ventana al lado de Thomas y Carmen arrojaba una aguja de luz sobre la mesa. Se acercaron a ella.

—¿Cómo está? —preguntó él.

—¿Puedo llamarte Thomas?

—Sí.

Llevaba el pelo con ondas al agua, recogido en pequeños rizos ensortijados de color rubio rojizo sobre las orejas, y pendientes de cristal en los lóbulos. Sobre el vestido, diáfano y con volantes en las pantorrillas, se puso un abrigo de piel marrón.

—¿Qué crees que será?

—¿La vidriera?

—Sí.

La joven tenía sombras en las mejillas.

—Estaba pensando en algo relacionado con el paisaje, pero no estoy seguro.

—¿Algo pastoral o bucólico?

—Claro —respondió sin haber reconocido la última palabra.

—Espero que no sea nada religioso.

—No.

Ella enarcó las finas cejas y se mordió el labio inferior.

—Es muy aburrido, ¿no te parece?

Sin estar seguro de cuál era su cometido, miró por la ventana con obstinación. Al ver que no contestaba, ella le preguntó:

—¿Tienes tiempo de dar un paseo? Estoy segura de que a Kenneth no le importará.

—Estoy supervisando el estudio que están construyendo...

—Por favor. Kenneth dice que puedo disponer de ti todo el día. Quizá podrías explicarme cuáles son algunos de estos árboles. Estos tres están construyendo un castillo aquí y ni siquiera conocen la flora de su tierra.

Aquellos ojos verdes, de color lima con un matiz de latón bruñido, recorrieron de nuevo su rostro. Eran grandes y tenían el poder de encenderse, de parecer generosos y alentadores.

Cuando salieron del castillo, los trabajadores que cargaban materiales y martillaban cosas lo miraron con rabia. Entre ellos estaba Jack Alden colocando losas para una escalera. Le susurró algo al compañero que tenía al lado.

Las hojas eran colores vibrantes e incandescentes que crujían bajo sus pies. Thomas le señaló los arces plateados, los fresnos blancos, los robles colorados y los negros. Carmen iba haciendo preguntas.

Siguieron un riachuelo. Ella caminaba con pasos largos y casi de puntillas sobre los cantos rodados de la orilla, como una bailarina.

—Háblame de tu pueblo.

Él le explicó cómo era Linn Creek; le habló de las formaciones rocosas y de la confluencia de los ríos Niangua y Osage. De la educación que había recibido y de su padre.

Carmen se llevó las manos a la nuca, se soltó el pelo y se sacudió la melena. Cada vez que el discurso de Thomas perdía fuelle, lo instigaba con nuevas preguntas. La joven tenía una naturaleza extravagante, pero también parecía ocultar algo.

—¿Y cómo es Inglaterra?

—Es gris. —Un puñado de hojas de colores castaño y escarlata cayeron dando vueltas—. Hemos perdido una generación entera.

Carmen tenía las manos finas, dedos blancos con los que tamborileaba sobre las caderas. «Kenneth dice que puedo disponer de ti todo el día.»

En una arboleda de pinos y robles rojos florecían gramíneas y hierbas altas de la pradera. Carmen le contó que su madre era la hermana mayor de Elizabeth. Su padre era propietario de una fábrica donde hacían bridas y yugos. Mencionó su colección de arte.

—Tiene un Rembrandt. ¿Sabes quién es Cézanne?

—No.

Ella frotó una hoja de roble entre los dedos.

—Es maravilloso. Pinta con un pincel de luz.

Emocionado al oír eso, Thomas sonrió y se dispuso a escucharla de verdad por primera vez.

Carmen se puso una ramita de salvia azurea detrás de la oreja y se apartó el pelo de la cara.

—Luz brillante y cantarina.

En el camino de regreso lo cogió del brazo.

Se despidieron junto a los invernaderos. Volta, que ahora trabajaba solo, estaba subido a una escalera junto a uno de los tejados.

Thomas lo saludó.

—¿Cómo va?

Volta achinó los ojos.

—No va mal, pero oye, ¿cómo consigo tu trabajo?

Thomas tenía la sensación de que para dar con la composición de la obra debía elevarse por encima de su cotidianidad, de su percepción relativa del tamaño. Pero no sabía si eso significaba pensar con mayor o menor grandeza. Un paisaje sencillo carecería de la originalidad necesaria. Lo más cerca que había estado de conseguirlo había sido con un esbozo de una bandada de pájaros que le resultó falsa, como si estuviera obligando a las formas a compenetrarse con los colores que buscaba.

En lugar de ir a cenar, se quedó en el estudio dibujando. Astra fue a por él más tarde.

—Tampoco has venido a la hora de comer.

—Los McRyder querían que almorzase con ellos.

Thomas intentó descubrir algún rastro de la persona que Astra había sido en la cueva, pero su rostro era el mismo lienzo en blanco de siempre, un vacío de proporciones perfectas que tan sólo permitía la exploración más superficial.

Lo guió hasta la cima de un promontorio redondo —su cuerpo fluido, compacto— y arriba encendió una hoguera. Él la contemplaba, le miraba los músculos de las piernas, recordándolos. Astra había llevado consigo una piel de oso.

Se acercó a ella.

La joven lo detuvo.

—Ahora no.

Astra apoyó la barbilla en las rodillas.

—¿Qué pasa?

—Nada. Sólo quiero estar aquí sentada.

Las manos de Thomas se movían por su cuenta, excitadas por su rechazo.

—He dicho que pares. Basta, por favor.

—De acuerdo.

Aún estaba avergonzado por cómo había resuelto lo de Alden y tenía en la boca el sabor persistente de la cobardía, pero su irritación se convirtió en una sensación abrumadora de que allí todos estaban jugando alguna clase de juego sin su consentimiento. Estaba harto de intenciones ocultas y de cosas que quedaban sin decir.

—Entonces, ¿por qué me has traído aquí arriba?

—Porque me gusta este sitio. Quería pasar la noche aquí. Para, por favor.

Thomas levantó las manos en el aire.

—No sé qué quieres decir. Nunca lo sé. ¿Por qué estabas así anoche?

Le dio la impresión de que ella se cerraba en banda y revelaba cierta vergüenza. Eso le hizo querer más.

—Entonces, ¿qué? ¿Lo haces a menudo? ¿Te llevas a los hombres al bosque?

—Calla —pidió ella casi en un susurro mientras contemplaba el fuego.

—Las cosas que haces no tienen sentido para mí.

Astra removió las brasas. Las llamas le bailaban en los ojos húmedos.

—Di algo. ¿Quién eres?

Se volvió hacia él con expresión herida, como si la hubiese abofeteado. Tenía la nariz corta y chata, muy coqueta bajo aquellos ojos negros y húmedos. Siempre tenía un mechón de pelo entre los ojos.

—Eso es algo que he hecho contigo. No sé por qué hago las cosas.

Thomas se dio cuenta de que estaba desconcertada. Aquella contención repentina lo enervaba y el semblante de la joven se estaba desmoronando.

—¿Con cuántos hombres has hecho eso?

—Basta —insistió ella sin apartar la mirada de la hoguera—. Deja de hablar así.

—Entonces, dime algo.

—Sólo quería que esta noche durmieses aquí conmigo.

Él se puso en pie.

—Lo siento. Tengo un trabajo muy importante que hacer. Me han construido un estudio, ¿o no lo ves? —Señaló colina abajo—. He de volver a trabajar.

—No hay nadie más trabajando.

—Nadie más puede hacer lo mismo que yo.

Al pronunciar las palabras se dio cuenta de que estaba convencido de ello, y pensó que entonces debía de ser verdad. Sí, reflexionó, lo que él hacía valía más que todos ellos: Astra, Carmen, Alden, los McRyder y cualquier conspiración que hubiera en torno a él. Recordó que siempre había sido así. De niño había aprendido a convencerse de que estaba solo a causa de su superioridad innata, y esa situación era una extensión de aquel razonamiento. No necesitaba preocuparse de nada más que del trabajo, y eso lo hacía sentir mejor.

Ni siquiera seguía enfadado; sólo se sentía enorme, de una brutalidad justificada, listo para ejercitar su ambición y talento.

—Ya te veré otro día. Buenas noches.

Echó a caminar colina abajo mientras se obligaba a pensar en la vidriera que iba a construir. Cuando ya casi había descendido, la oyó decir su nombre.

¿Alguna vez lo había llamado por el nombre?

Miró hacia arriba y vio su silueta negra iluminada por el fuego. Le hizo un gesto para que regresase, un saludo exánime con la mano. Él no se movió, sino que se quedó mirando, sintiéndose más poderoso cuanto más la hacía esperar.

Remontó la cuesta deprisa y al llegar actuó con autoridad. El rostro de Astra vuelto hacia el otro lado, gruñidos rítmicos que se escapaban entre el crepitar del fuego, y en aquel círculo cálido se dio cuenta de que se había reconciliado con su propia voluntad. Todo allí —las personas y la tierra— parecía necesitarlo.

Dentro de ella se sentía extasiado, como un rey cruel, por encima de juicios ajenos. En cuanto se tumbó boca arriba, al acabar, sintió un vago remordimiento. Se quedó mirando el fuego adormecido y dejó que lo arrastrase el sueño.

• • •

Por la mañana, una densa niebla cuajaba el aire y se despertó solo. Las brasas de la hoguera aún estaban encendidas. El sol naciente brillaba a su espalda y se levantó aún satisfecho por su sensación de poder. Al borde del risco, miró hacia el valle y vio una sombra de altura imposible suspendida sobre el abismo. Cuando levantó el brazo y se hizo a un lado, la sombra gigante del aire se movió a un tiempo. Era él: un espíritu gris y mastodóntico que le devolvía la mirada desde el vacío.

Era, de hecho, un fenómeno que los científicos denominan «espectro de Brocken». A ciertas alturas, si una luz radiante se proyecta sobre una nube espesa, permite que se solapen varias dimensiones de una misma sombra. Sin embargo, a Thomas le pareció un milagro que él mismo había obrado. Aquella manifestación del terreno podía muy bien ser fruto tan sólo de su voluntad. Se dio media vuelta y recordó que Astra ya no estaba. Durante un momento se preguntó si se habría ido a trabajar, pero no pensó en ella demasiado tiempo. Estuvo bailando un rato con aquella increíble sombra, hasta que el sol se movió y el espectro se desintegró.

La pila de ladrillos refractarios medía algo más de dos metros de alto y el horno hacía uno veinte de ancho. A un lado sobresalía un gran fuelle con aspecto de acordeón y la puerta del horno se sujetaba con un cierre de hierro. Desde un voluminoso tambor de cobre, la tubería de gas entraba en la cámara de combustión por la parte superior. La vidriera debía medir cuatro metros y medio por uno y medio, y estrecharse por el extremo superior como la punta de una espada.

Contempló el esbozo: en la base de la composición había un solo árbol que pretendía ser un roble desnudo con las ramas extendidas a ambos lados. De aquel escenario se elevaba una fragmentación de colores en forma de pájaros. Muchas aves: un halcón, un busardo, un búho, varios zanates y arrendajos, y un pájaro carpintero. Una cascada formaba el borde izquierdo; en el derecho, las paredes de un castillo. Dentro de ese marco había una pirámide de luz y la silueta sombría de un hombre que lo abarcaba todo. Como en una melodía, las capas se repetían en su mente, granos de arena que formaban una unidad y se volvían más sólidos y reales con cada estrofa. Las grandes extensiones de verde tenían el cometido de estabilizar los rojos vibrantes, que se difuminaban en tonos más apagados de amarillo. Y los amarillos y dorados, rodeados de una gradación sutil de azules y marrones, conseguirían que la vidriera surtiese el mismo efecto que una larga exhalación visual, un suspiro óptico. En los paneles de mayor tamaño pensaba usar formas suaves que se disiparían en fragmentos cada vez más pequeños, en meras esquirlas de mayor variedad de tonos.

El vidrio se le escurría entre los dedos, apenas polvo. Metía las manos en los sacos de minerales mientras sopesaba las proporciones necesarias. Arena, cincuenta y seis. Carbonato de sodio, veinte coma tres. Feldespato, trece coma seis. Cal, nueve coma dos. Óxido de zinc, siete. Bórax, cinco coma cinco. Si aumentaba la cantidad de carbonato de sodio y reducía el feldespato, el acabado sería más limpio. Pero ¿acaso la temática no necesitaba alguna que otra burbuja y arruga para representar un paisaje más naturalista? Debía ganar en detalles a medida que uno se acercaba, pero aparecer como un conjunto a una distancia de apenas un par de metros, que cada color existiera en función de los demás: las divisiones exactas entre ellos, demasiado sutiles para que el ojo las detectara. Dos días después, trasladó su camastro al estudio y se puso manos a la obra.

Tenía ante sí herramientas nuevas de color negro, junto a los guantes plateados de asbesto. Nuevas palas y bandejas para alisar el vidrio. El color del ladrillo refractario aún era un gris limpio, pero al cabo del día estaría totalmente chamuscado y ennegrecido de hollín. Botes de hojalata llenos de cromo, cobalto, cobre, zinc, antimonio, cadmio. Nombres mágicos. Thomas hizo girar la válvula y abrió el gas. Encendió un trapo empapado en queroseno que había enrollado alrededor de una pala y lo metió en el horno, donde el aire se inflamó con un rugido. Las llamas se revolvieron y se retorcieron en una espiral enérgica e incorpórea que daba vueltas sobre sí misma en la cámara de combustión. El horno tardó todo el día en calentarse, y Thomas pasó ese tiempo abriendo y cerrando la espita del gas, accionando el fuelle.

El quemador chisporroteaba y crepitaba; el borde de la pared refractaria se volvió del color de las cerezas y entonces el interior del horno brilló al rojo vivo. Thomas cerró la puerta y bajó el gas a la mitad. Cuando el quemador dejó de hacer ruido, esperó a escuchar un rugido continuo y estable. A media tarde, sobresalía por la boca del horno una pequeña llama azul. No había oído la campana que anunciaba el almuerzo.

Los McRyder pasaron por allí cerca con Carmen. Desde la distancia observaron a Thomas trabajar mientras éste hacía viajes a los sacos de arena con una pala. Le brillaba la piel; iba sin camisa y las gotas de sudor le trazaban surcos en la capa de hollín. Los guantes brillaban, tenía el pelo enmarañado, un nido deshilachado y rubio. Un momento después, siguieron caminando sin haber hablado con él. Algunos de los hombres que habían construido el horno merodeaban por el estudio y se paraban a mirar. Pero él no se daba cuenta.

Así pasaron varios días. No vio a Astra.

En el estudio había un banco de madera en el que Thomas se sentaba a vigilar el horno y se desataba las botas. La primera tanda estaba en el crisol. Como le gustaba explicar a la gente, el vidrio no era sólido: era un líquido muy frío, componentes inorgánicos que al enfriarse formaban un patrón aleatorio diferente de la estructura estable y cristalina de los sólidos. Miró el castillo e imaginó que las ochenta y siete ventanas volvían a su estado primigenio, que se convertían en fluido y se derramaban por sus paredes como si la estructura estuviera llorando.

Poco antes de la hora de cenar, Carmen se acercó al estudio. Ese día iba de azul marino, con una piel blanca en los hombros, y él se levantó, sucio y sin avergonzarse por ello.

—¿Te has saltado la comida?

Él asintió con la cabeza. Tenía la sensación de estar radiante.

Ella lo miró perpleja.

—¿Vas a cenar?

—Puede que sí.

Carmen recorrió el estudio siguiendo los materiales que había esparcidos por el suelo.

—¿Vendrás a comer mañana?

Como Thomas no respondía, la joven volvió a donde estaba él.

—Kenneth quería invitarte el otro día, pero parecías muy ocupado. Me ha pedido que te lo diga yo.

—Intentaré asearme bien antes de ir —respondió.

A Carmen se le sonrojó el cuello y empezó a decir algo, pero se marchó antes de acabar.

Al caer la noche, Thomas se sentó en el banco a beber agua de un cubo y vigilar el horno, iluminado por el resplandor anaranjado que salía de dentro. La cámara rugía y siseaba, y brotaban chispas por los bordes de la puerta. El latido del calor le volvía la piel tirante. En aquel lugar seguro, donde tenía un cometido, también disponía de tiempo para pensar en Astra. Ella ya no trabajaba en la cocina y llevaba días sin verla. Recordaba ir corriendo tras sus pasos por el bosque. ¿Qué sentimiento lo había separado de ella aquella noche en el risco? En el recuerdo que guardaba de aquellas horas, ella parecía más triste. La imagen de Astra aguardando en la cima del promontorio sin más remedio que esperarlo le provocó una compasión dolorosa, un pesar protector reforzado por la conciencia de haberle fallado. Sabía que lo estaba haciendo incluso mientras ella lo miraba desde arriba. ¿Por qué había escogido decepcionarla? Un día llegaría a reconocer el papel que jugó su propia confusión, la sensación agobiante que lo hizo actuar de forma destructiva sin ningún motivo aparente. A medianoche, la primera tanda estaba en la fase líquida y homogénea.

Primero tocaba el azul, así que añadió cobalto a la masa fundida. Los colorantes eran complicados y se regían por normas esquivas. Pero él ya no se ceñía a las reglas como hacía de aprendiz. Sabía que algunos colores dependían de las impurezas de la mezcla, por lo que todo se reducía a tener instinto y buena mano, cualidades de las que podía presumir sin miedo. Levantó el crisol del fuego y lo hundió en un tanque de piedra lleno de agua. El estudio se llenó de una erupción de vapor que esparció una niebla gris y ardiente a su alrededor.

Cuando el material se enfrió, lo calentó de nuevo para conseguir una distribución uniforme de la temperatura. Por último, lo retiró del fuego y vertió el vidrio en unas bandejas que había sobre una gran mesa metálica. Usó las palas para presionar sobre el vidrio fundido y lo alisó con una paleta, como un albañil. Entonces colocó las pesadas tapaderas de hierro que aplanarían las láminas por completo y perfeccionarían la estructura del vidrio.

Unas horas antes del amanecer, se quedó dormido con el deseo de ver a Astra a medio formular en los confines de la mente. Por la mañana se bañó en un frío riachuelo, frotándose bien para eliminar el glaseado endurecido que le cubría el cuerpo.

El grupo almorzó en el campamento de los McRyder. Consistía en seis cabañas largas construidas con troncos pulidos. Un pequeño establo alojaba cuatro caballos de raza cuarto de milla. En un semicírculo de tierra delante de las viviendas había dos automóviles aparcados. Thomas pasó junto a ellos y admiró el metal pulido, el rotulado preciso de los mandos del salpicadero. La esposa de Kenneth, Elizabeth, le enseñó el lugar. La cabaña estaba decorada con antigüedades y lámparas de queroseno, un telar antiguo, tapices de cuadros. Desde la chimenea los observaba la cabeza de un ciervo con una cornamenta de diez puntas.

—No es como estar en casa, pero hemos intentado que sea cómoda.

Comieron filete y crema de maíz. Carmen se sentó a su lado. Sin previo aviso, estiró la mano y le apartó un mechón de pelo de los ojos.

—Te está creciendo mucho, ¿verdad?

Así era. No se lo había cortado desde julio y ya tenía una maraña de rizos alrededor de las mejillas.

—¿Has estado trabajando duro? —preguntó Kenneth mientras cortaba el filete.

—Sí. Me gustaría comentar un par de cambios que he hecho en el diseño.

—No dudo de que estará bien.

Kenneth se concentró en la sopa. A menudo empezaba una conversación haciéndole una pregunta a Thomas, aunque no parecía atender a la respuesta.

Elizabeth prestaba más atención. Le preguntaba cosas concretas sobre su educación, familia y planes, y de vez en cuando hablaba con su sobrina delante de los demás, con discreción. Mientras miraba a los dos jóvenes al otro lado de la mesa, dijo con tono amable:

—Kenneth, ¿por qué no buscamos una habitación para Thomas? Sé que en las cabañas hay alguna de sobra.

Kenneth siguió masticando y asintió con la cabeza.

—Buena idea. No tienes por qué alojarte en la barraca. Me han dicho que uno de los hombres te daba problemas.

—No es nada. De todos modos, he estado durmiendo en el estudio.

—Bueno —dijo Kenneth, y bebió un trago de vino—. Pronto hará demasiado frío para que te quedes allí.

—El horno da calor.

Al ver que no había respuesta, Thomas levantó la mirada del plato y vio que todos lo contemplaban con cara de desconcierto.

Entonces Carmen le colocó el flequillo detrás de la oreja.

—Hay que cortar ese pelo. ¿Usas algún producto, Thomas? Aceite capilar Murray, si no recuerdo...

Elizabeth McRyder carraspeó con deliberación y miró a la joven, que enseguida añadió:

—Bueno, es que me acuerdo de que muchos chicos lo usaban, nada más. Lo llevaban en el bolsillo con un peine. Lo decía por eso. —Se volvió hacia Kenneth, como para defenderse—. Muchos chicos lo usaban.

—Me lo puedes cortar, si quieres —concedió Thomas.

Ella le pasó la mano por la cabeza.

—De acuerdo, lo haré. ¡Qué pelambrera!

Kenneth y Elizabeth sonrieron a Thomas con agradecimiento. La mujer susurró algo y su esposo se limpió con la servilleta.

—Es verdad, casi se me olvida: vamos a hacer una fiesta de disfraces. Una semana después de Halloween. Será un poco tarde, pero la sala no estará lista hasta entonces. Nos encantaría que vinieses —dijo Kenneth.

—Aunque es raro hacerla después de Halloween —comentó Carmen.

—Bueno —respondió Elizabeth—, no creo que tenga sentido construir un castillo con un salón de baile si no organizas ninguna fiesta.

—Gracias —contestó Thomas, y calló un momento—. Pero, no sé. No tengo disfraz ni nada. Quiero decir que la clase de personas...

—Ay, basta, ¡no sigas! —exclamó Elizabeth—. Seguro que encontramos algo. Vas a venir, estás invitado.

Lo dijo en un tono tan definitivo que la conversación terminó y en su lugar todos intercambiaron sonrisas pausadas y amables. Como por instinto, cada uno de ellos se volvió hacia la joven. Ella tenía la mirada fija en la crema y no se dio cuenta.

—Carmen —la llamó Elizabeth mientras le tendía la mano desde el otro extremo de la mesa.

—¿Qué? Ay, lo siento. —Esbozó una débil sonrisa—. Lo siento. No sé qué... Me he despistado un momento.

—Hablábamos de la fiesta de disfraces.

Carmen se dirigió a él:

—Thomas, ¿te gustan los caballos? ¿Te gusta montar?

—La verdad, no tengo mucha práctica.

—Pues tendremos que conseguir que montes. Te encantará. Estoy segura de que te divertiría participar en una cacería de zorros. Te cortaré el pelo y te enseñaré a montar. Sé que lo disfrutarás mucho. Es lo que más les gusta a los hombres como tú.

Thomas inspeccionó la distribución del color en una lámina granate que había creado. El tinte había hervido y dejado burbujas en el vidrio que iban de óxido oscuro a un marrón translúcido. Cuando bajó la placa, Astra estaba delante de la tienda.

Dejó el vidrio y se acercó a ella.

—¿Dónde has estado? Ya no trabajas.

Ella le tocó el pecho con los dedos y puso cara de preocupación, como si intentase resolver mentalmente un problema matemático.

—Eh —insistió él.

Ella miró el horno y en sus ojos oscuros se reflejaron las llamas de la puerta.

—He dejado el trabajo.

—¿Por qué?

Astra no respondió. Dejó caer las manos poco a poco y siguió mirando el horno, hipnotizada por el fuego.

—¿Quieres ver lo que estoy haciendo? Mira...

Señaló todo el estudio con un gesto de la mano y le mostró las piezas azules que ya había cortado. Ella no se movió, tan mansa como si estuviera durmiendo.

—¿Astra?

Las chispas de color naranja centellearon en sus ojos.

—Márchate conmigo.

—¿Qué?

Thomas la cogió por los hombros y le dio la vuelta, pero ella seguía sin mirarlo. Hablaba en voz baja, con un susurro repentino pero intenso.

—¿Vendrías conmigo? ¿Te marcharías de aquí conmigo? ¿Es posible? Quiero irme, ¿vienes?

—¿Qué quieres decir? Tengo trabajo que hacer. —La llevó hasta el banco de madera—. Mira: estoy a punto de meter otra tanda.

Ella se levantó y se arregló el vestido.

—Espera, no te vayas. Mira el diseño que he hecho.

Sacó el cuaderno de notas, pero ella dio media vuelta y echó a andar.

—Espera. —La cogió del brazo—. ¿Qué pasa? ¿De qué estás hablando?

—De nada.

No separaron las manos hasta que ella se volvió y le resbalaron los dedos. Él la miró alejarse, el vestido azul mecido por la brisa, y pensó en finas flores de verano azotadas por el fuerte viento de las praderas.

Noviembre. Los colores se difuminan y se esparcen con el aire cortante.

Carmen sumergió un peine de porcelana en un cuenco de agua fría, lo golpeó con suavidad contra el borde y se lo pasó a Thomas por el pelo. Tenía la cara tan cerca que él podía ver las vetas de latón bruñido en sus ojos. Las tijeras emitían un suave crujido y los mechones iban cayendo al agua, donde daban vueltas, perezosos. Medía las puntas entre los dedos con cara de concentración y él comprendió que tenía una idea muy clara de cómo le debía quedar el peinado.

—El color es ideal —musitó, más para sí misma que para él.

Dejó las tijeras en una mesita y le dijo que no se moviese.

—Espera —le pidió, y fue a una de las habitaciones. Después de un par de minutos, volvió con una lata de cera capilar Beechum. La abrió, la sumergió en el cuenco de agua, metió los dedos para removerla y los sacó cubiertos de una cera suave y amarilla que le aplicó alisando la coronilla y los lados. Después lo peinó. Se puso delante de él con el cuello del vestido blanco algo caído, justo al nivel de sus ojos. Tenía el pecho pálido y salpicado de pecas terrosas.

—¿Qué te parece? —Le pasó un espejo y se contestó ella misma—: Es perfecto.

En el reflejo, el pelo brillaba y se le ajustaba a la cabeza como un gorro de goma dorado. La pomada olía a perfume.

—Muy bonito.

Ya le volvería a crecer.

De pronto ella se agachó y lo abrazó con fuerza, muy agradecida, como si fuese un amigo muy querido a quien llevara mucho tiempo sin ver.

Le quedaba una cuestión importante por resolver: la fijación. Una opción era cortar el vidrio en pedazos pequeños de diferentes tonos; fundirlos y contenerlos con cobre para crear paneles individuales. Otra era intentar que el degradado de los colores fuese uniforme y utilizar trozos grandes sin partir para cada una de las piezas. Había que tomar una decisión. Ya tenía ocho láminas: dos azules, que iban de un índigo intenso a zafiro; dos rojas; una verde con unas aguas muy interesantes; dos amarillas y una que empezaba siendo granate y acababa marrón.

Le preocupaba estar quedándose atrapado en los límites de su imaginación. En el momento de concebir el vitral, había sentido la energía de una inspiración genuina. Sin embargo, llevaba semanas ocupado con los mismos procesos, técnicas artesanas y repetitivas que a punto estaban de sofocar la pasión que había dado lugar a la idea inicial. Era como si hubiese echado a andar por una carretera desconocida, acompañado de un clima celestial y flores exóticas, un camino por tierras inexploradas y cargadas de aromas, pero ahora estuviese dando vueltas alrededor de una roca por la que ya había pasado varias veces.

Que Astra le hubiera propuesto marcharse con ella también le preocupaba. Indicaba un pesar del que él prefería no hacer caso, pero viendo la desesperación de su mirada era muy difícil no tomarse la propuesta en serio.

Pensó que si la veía sería capaz de regresar y pensar con claridad. Quiso resistirse a esa idea, pero no lo hizo.

El murmullo del bosque, la oscuridad, la noche sin luna, el croar constante de las ranas. El sendero no era más que pequeños indicios de luz en el suelo, pero Thomas recordaba el camino y fue apartando las ramas y los helechos altos con los que iba topando. Un olor húmedo en el aire, plantas podridas, montones ocultos de pétalos de flor cuya fragancia dulce salía despedida al aire al tiempo que él arrastraba los pies por el compost.

Entre el ruido de las ranas y el que él mismo hacía al avanzar, irrumpió algo que parecían voces. Se asustó y se agachó sin motivo aparente.

Venían de más abajo y le llegaban con la frecuencia suficiente como para distinguir una conversación distendida entre hombres. Se acercó sin hacer ruido. Al abrirse paso junto a una especie de arbusto de laurel, se dio cuenta de que estaba caminando demasiado cerca de un precipicio cuyo borde discurría a unos cinco metros del suelo del bosque.

Las dos voces se confundían entre ellas e intercambiaban comentarios, pero Thomas no alcanzaba a entender lo que decían. Se oían cada vez más alto aunque menos claro. Un poco más abajo, identificó las siluetas oscuras de dos hombres caminando por un sendero. Lo que había tomado por un problema de acústica resultó ser un fuerte acento: el más rechoncho y garboso de los dos era Volta. Risas. Siseos. Sin un propósito definido, Thomas avanzó hasta el borde del risco intentando seguir la misma dirección que ellos.

Entonces el camino se alejó de la pared y Thomas se detuvo entre unos palmitos, justo en la curva del precipicio. Distinguía el paso de los otros dos por el ruido y el sutil temblor que recorría la oscuridad cuando ésta se alteraba. Apartó unos matorrales para averiguar adónde podían encaminarse y abajo vio un claro llano que le resultaba familiar.

Las dos figuras, ahora ya pequeñas en la lejanía, salieron de entre los árboles y cruzaron el descampado hasta una cabaña que apenas se veía. Allí se abrió una puerta y el hueco se llenó con la forma sólida y grande del padre de Astra. Los hombres entraron y la puerta se cerró.

Thomas regresó al estudio.

Decidió cortar el vidrio en pedazos pequeños para componer un mosaico. Sería mucho más complicado y requeriría más trabajo, pero tendría más control sobre el proceso y le daría la oportunidad de impresionar a todos. Más adelante llegaría a aborrecer esta obra, en gran parte debido a esa cualidad, y acabó por permitir la destrucción del vitral.

En la única referencia que hizo a la vidriera, Thomas la califica como «la obra de un hombre joven demasiado ansioso por agradar, que compensa con creces su evidente falta de peso emocional con innovación estética y rebeldía». No obstante, estos primeros experimentos con la composición fragmentada guardan una relación directa con algunas de las esculturas tridimensionales que le brindarían cierta fama a principios de los sesenta, sobre todo con la celebrada *Ascenso al Sinaí*, que incluye en el centro un decaedro compuesto por paneles realizados con la misma técnica.

Carmen llevó al estudio un paquete envuelto en papel marrón. Parecía nerviosa, no paraba de pasarse la lengua por detrás de los labios. Le pegó el paquete al pecho. Thomas notaba el bulto, pero lo sentía blando, como de tela.

—¿Qué?

—Es para la fiesta. ¡Ah! También traigo esto.

Sacó un paquete más pequeño de un bolso.

—No deberías darme cosas.

Ella le apretó la muñeca al tiempo que doblaba el pie. Se movía demasiado.

—Es por tu propio bien. Ábrelo —lo instó con un cabeceo.

Él abrió la cajita: una cuchilla de afeitar con mango de marfil, un sobre y una pastilla de jabón de afeitar Mickleson. Ella le frotó los pelos rubios de la cara y él notó que le temblaba un poco la mano.

—Debes afeitarte.

Carmen tenía los dientes superiores dispuestos en un ángulo algo torcido que, por algún motivo, hacían su sonrisa más bonita. La joven agitó el sobre.

—Es el viernes, necesitarás esto. Es la invitación. Todo el mundo espera que estemos allí.

—De acuerdo.

—A las ocho, Thomas.

—Sí.

Se abalanzó sobre él, le dio un beso en la mejilla, se apartó sonriendo de un brinco y se alejó atravesando el campo.

Al abrir el paquete de papel marrón, encontró un uniforme militar británico de lana verde con un cinturón de cuero, una pistolera, un casco Brodie y un par de polainas con botones de latón. Había una nota pequeña que decía: «Te esperamos a las ocho.»

El viernes, al ponerse el sol, Thomas apagó el horno. El silbido que hizo la llama al extinguirse expresaba su estado de ánimo.

Llevó el traje a la barraca, donde los hombres ya se habían puesto pantalones limpios o se estaban deshaciendo de las camisas y abriendo las jarras de alcohol. Todos habían aceptado de buen grado las órdenes de no acercarse al castillo hasta el lunes. Al llegar él, varios de ellos habían alzado la mirada desde los camastros y lo observaban con una expresión inescrutable. Volta estaba sentado frente a un tapete con Jack Alden, otro hombre y el padre de Astra. El indio estaba en una silla, pero tenía la barbilla apoyada en el pecho y el pelo le tapaba la cara. No se movía. Alden y Volta observaron a Thomas. Volta murmuró algo y los dos se echaron a reír. Los que estaban tumbados lo miraron recoger sus cosas y salir mientras aquellos dos se reían todavía más. Uno de los dos le gritó algo que fingió no haber oído.

Se bañó en un arroyo de agua fría y se afeitó allí mismo, mientras se secaba sentado junto a una hoguera. Había colocado el uniforme de soldado sobre un tronco delante de él, como si fuesen compañeros de campamento. Una vez seco, se acercó al tronco y se vistió. La tela picaba y el casco le resbalaba de la cabeza. El castillo se alzaba entre los árboles y la maleza; los muros, altos y oscuros, lo guiaban.

Thomas apartó una mata de espigas y llegó al jardín del castillo. Al ver aparecer de entre la niebla a un hombre vestido de soldado, los hombres que alumbraban la puerta con lámparas de gas debieron pensar, durante un instante, que se trataba de un fantasma perdido y sin rumbo entre la niebla y las explosiones de una batalla lejana.

Había varios coches aparcados, chóferes con uniforme negro fumando cigarrillos. Los porteros llevaban esmoquin blanco y antifaz. Con la ayuda de un candelabro, lo condujeron por un pasillo de piedra sin iluminar, porque aún no estaba terminado. Se acercaban a la luz y al ruido del final del corredor acompañados del tintineo de las hebillas de su traje.

El espacio se abrió a una inmensa sala cuya acústica hacía resonar las voces de la gente, que bailaba y conversaba vestida con ropajes de otras épocas. De las paredes de roca colgaban antorchas. Cuatro hombres blancos con traje y máscara tocaban música en un pequeño escenario elevado. Un contrabajo, dos trompetas y un tambor. La música le llegó al corazón, como si estuviera anunciando su llegada.

Junto a las paredes laterales había mesas largas de bufet. Sirvientes negros ofrecían refrigerios en bandejas de plata. Aunque la mayoría de los invitados no había llegado todavía, aquella avalancha de sofisticación lo abrumó.

Había un hombre disfrazado de oso pardo. Un par de jugadores de béisbol. Una Cleopatra que estaba en los huesos fumaba un cigarrillo con una boquilla fina. Otros iban vestidos con trajes formales, capas largas y la cara cubierta por una máscara de porcelana como único disfraz.

Con su austero traje gris y antifaz dorado, el señor Abberline caminaba erguido con las manos a la espalda, sonriendo tímidamente a los invitados. Por encima de las cabezas de los asistentes había un manto fino de humo. Thomas llevaba un rato en el mismo sitio cuando Carmen lo cogió del brazo.

Iba de blanco y azul celeste: una enfermera de la Cruz Roja.

—¡Mira! —exclamó refiriéndose a él—. Sabía que te quedaría bien. Ya sabía yo que ésta sería tu talla.

Giró sobre sí misma.

—¿Te gusta el mío?

Sí que le gustaba. Sobre todo las medias blancas que le tapaban las pantorrillas, algo que nunca había visto llevar a una mujer.

Ella lo cogió del brazo y lo llevó hacia el otro extremo, donde a la luz de las antorchas los asistentes tenían un aire dramático, decadente. Carmen dio sendos toquecitos en el hombro a otra pareja. Kenneth McRyder iba ataviado con un uniforme de general confederado, con charreteras y sombrero ancho. Elizabeth era una pastorcilla, la pequeña Bo Peep o algo así. Llevaba el pelo recogido debajo de un gorro azul. Al ver a Thomas tomó aire de golpe y se llevó la mano a los labios.

—Asombroso —dijo.

Carmen le apoyó la cabeza en el hombro y se abrazaron. Kenneth mostró su aprobación con un cabeceo tenso mientras las mujeres admiraban a Thomas. Elizabeth le irguió la cabeza a su sobrina.

—Qué encantador. Esta noche lo vamos a pasar de maravilla. —Se dirigió a los hombres y repitió la frase—: Lo vamos a pasar de maravilla.

Kenneth le puso la mano en el hombro y le preguntó si quería tomar algo. El ponche sabía afrutado y estaba cargado de alcohol de grano. En cuestión de una hora, los invitados empezaron a llenar el salón de baile. Brujas y payasos tristes, reyes con capas moradas forradas de piel de zorro. Entre todos aquellos atuendos se movían unas figuras de negro cuyo único disfraz eran unas máscaras blancas sin más rasgos que una larga nariz blanca. El contrabajista pulsaba las cuerdas, el canto casi fúnebre de las trompetas parecía salir de la nada y el tambor marcaba un ritmo pausado y constante. En el salón de baile había tres sofás y varios divanes de terciopelo donde los invitados charlaban y descansaban. Carmen estaba sonrojada, ambos se iban llenando el vaso de ponche y reían. La risa de Thomas parecía natural.

El hombre del traje de oso dio un alarido y se apoyó en una bailarina. Kenneth y Elizabeth daban vueltas por la sala. Carmen lo llevó a la pista de baile, le pidió que se moviese atrás y adelante, poco a poco, y le posó la mano en la cintura. Thomas se fijó en la suave lluvia de pecas rubias que tenía a los lados de la nariz. El ponche le había dejado un recuerdo de piña y sandía en la boca. Detrás de Carmen, vio a los McRyder hablando al margen de un grupito de parejas que bailaban. Elizabeth se dirigía a Kenneth y él iba asintiendo en sincronía con sus palabras. Cuando Thomas se dio cuenta de que ella lo miraba, no apartó la vista.

Más tarde, vio a algunos invitados dormidos en los sofás o fumando largos cigarrillos con cara de asombro; otros estaban tumbados en el césped o jugaban por los pasillos. El frenesí del movimiento y la bebida se fueron destilando hasta quedar en susurros apagados y posturas de agotamiento.

Carmen se había quitado la cofia; tenía el pelo alborotado alrededor de la cara, los pálidos ojos bien abiertos, con picardía y una chispa de esperanza tras las vetas color albaricoque. Buscó un candelabro, cogió a Thomas por la muñeca y se lo llevó de la sala principal. Unos escalones de piedra ascendían hacia la oscuridad. Cuando le hizo un gesto para guiarlo escalera arriba, las velas le proyectaron sombras en el rostro, una imagen de luz algodonosa.

Lo condujo hasta un claustro de piedra donde había un cuadro grande y viejo con un marco ancho apoyado en la pared. Se agachó con el candelabro en la mano.

—Mira. Lo encontraron hace unas semanas.

Thomas se agachó a su lado. Las llamas teñían de naranja y oro una fotografía en tono sepia. En la imagen, un grupo de hombres reunidos en un vasto paisaje de árboles y rocas. Algunos cerca, otros más alejados. Junto a la mata de hierba que quedaba en el centro había dos hombres con traje negro y expresión circunspecta. Thomas estudió la foto y al cabo de un momento se dio cuenta de que era el terreno donde ahora estaba el castillo.

Carmen le apoyó la mano en el hombro.

—Es de 1903. El de la izquierda es Robert McRyder. El otro es Adrian Van Brunt, el arquitecto. Pero mira. —Movió las velas hacia el otro lado con un gesto de conclusión—. Mira los hombres trabajando en segundo plano. Uno de ellos podría ser tu padre, ¿verdad?

Thomas podía oír el sonido de las velas al consumirse. La luz iluminaba las motas de polvo que flotaban a su alrededor. Se acercó a la fotografía hasta casi tocar el cristal con la nariz. De tan cerca, las imágenes se veían borrosas. Un hombre empujaba una carretilla cargada de piedras hacia una diminuta vía que discurría por detrás de Van Brunt y McRyder. Otro sujetaba un pico en la cúspide del golpe. El cristal devolvía el tenue reflejo de la cara de Thomas. De tan cerca, la imagen parecía remota y sentenciosa, y Thomas se defendió entornando los ojos. 1903, el año de su nacimiento. Comprendía que su padre había sido un mero trabajador, uno entre cientos, y en lugar de experimentar una conexión se sintió fuera de lugar. Lejos de empapar el presente de pasado, la fotografía reforzó la idea de su propia singularidad, su condición única y aislada. Sintió que la imagen había estado esperando a que él la viese. Carmen le acarició la nuca de arriba abajo.

Thomas se irguió, desequilibrado, con el candelabro entre los dos. A la luz de las velas, el rostro de Carmen parecía embrujado; sonrió y su expresión se relajó, la boca entreabierta. Él se acercó y ella dio un paso atrás, hacia la pared, y apagó las velas una a una.

La acompañó a casa ya tarde y la dejó delante de la cabaña con las siluetas de Kenneth y Elizabeth en la sombra. Con el uniforme de soldado aún puesto, enseguida se quedó dormido en el estudio, imaginando celebraciones futuras a las que asistiría una versión algo mayor y más refinada de sí mismo: un hombre imperturbable, alguien a quien los demás admirarían y querrían conocer.

Poco después del amanecer, se despertó con una repentina energía, como si estuviera a media frase. Un cielo nublado atenuaba los colores del castillo y, al borde del risco, el edificio ya no parecía tan formidable. Conocía sus salones y escaleras secretas, y su legado había perdido entidad. El día era gris y fresco, el paisaje parecía desierto, no se movía un alma. La noche anterior había llegado borracho y había colocado el vidrio en el suelo. Por la mañana, las láminas tenían un aspecto triunfal y reflejaban la luz húmeda del día a modo de guiño. Lo tenía todo a mano.

Aquella quietud durmiente brindaba un matiz de ensueño al estudio. Cogió una pala y la hizo girar rodando el áspero mango de madera sobre la palma de la mano. Rossitto le había dicho en una ocasión: «Lo más fácil del mundo es no trabajar.» El silencio, la ausencia incluso de pájaros, creaban una presencia irreal, un clima que invitaba a pasear, y sus pies emprendieron el paso hacia aquella quietud. Dejó la pala y echó a andar con el uniforme de soldado aún puesto.

Thomas no tenía la intención de seguir el precipicio por el bosque hasta la curva desde donde se veía el claro polvoriento de las hierbas altas, la cabaña ruinosa y las pieles de serpiente ondeando en la rama de un pino. La casa de Astra seguía teniendo una ventana rota. Un pavo salvaje, solitario y absurdo, cruzó el patio con su paso ridículo. Thomas se disponía a bajar hasta allí cuando se abrió la puerta.

Salió Volta. Con los rizos alborotados, fue a aliviarse a un árbol; mientras lo hacía, emitió un gemido. Oculto detrás de unos helechos enormes, Thomas le oyó eructar y luego lo vio adentrarse en el bosque por un camino. Pensó que tal vez hubiesen tenido partida de cartas.

Llamó a la puerta y abrió el padre de Astra. Ocupaba el quicio entero.

—¿Qué? ¿Quién eres?

—Quiero ver a Astra.

El indio lo miró de arriba abajo.

229

—No te debo nada.

Thomas no comprendió la relevancia de aquel comentario.

—¿Podría ver a Astra?

Intentó entrar rodeando al padre, pero una mano de piedra lo empujó.

—¿Tienes dinero? —preguntó el tipo.

—¿Qué?

—Diez dólares.

—No... no llevo nada —tartamudeó Thomas.

El indio asintió para mostrar comprensión.

—Vuelve con diez dólares.

Y cerró de un portazo. Thomas corrió al lateral de la cabaña y miró a través de la única ventana. El cristal estaba nublado por una película salpicada de polvo y mugre. Aun así, vio el interior de una habitación de aspecto húmedo donde había una cama pequeña. La cubrían unas sábanas revueltas y, enrollada en ellas, se veía una silueta menuda de costado. Del lado abierto del lecho salía una melena negra. Observó cómo la ropa de cama subía y bajaba al ritmo de su respiración. Llamó con los nudillos.

El bulto de la cama se movió. Desde una brecha en la espesa melena, un ojo morado miró la ventana. Hundido en la magulladura, el ojo lo contempló con indiferencia desde la hinchazón brillante y morada que lo rodeaba. Parpadeó sin prisa y con debilidad ante el rostro del otro lado de la ventana mugrienta. Una pequeña mano oscura apartó el pelo del otro ojo. Entonces el bulto desvió la mirada, se hizo un ovillo y a Thomas le dio la sensación de que el moho gris de la ventana se tragaba la escena.

Regresó corriendo por el bosque, esquivando los arbustos y las ramas que le salían al paso hasta llegar a la quietud absoluta que aquel día reinaba en el estudio.

Las gruesas tiras de cobre para soldar los paneles estaban enrolladas. Se puso a recalentar una lámina azul con la intención de comenzar a cortar, sacó la cizalla y comprobó la solidez de las hojas. Parecían algo romas, con alguna mancha de herrumbre. Quería empezar con un panel grande y continuar trabajando a su alrededor. El azul tenía muchas tonalidades. A la luz, el vidrio marrón podía parecer rojo y eso era algo que debía tener en cuenta al decidir el emplazamiento definitivo.

Usó una lima para eliminar el óxido y el hierro, y los copos carmesíes y plateados flotaron hasta el suelo. Frotaba la cuchilla en una dirección, miraba las partículas caer y aterrizar, y después frotaba de nuevo. Poco a poco la minúscula lluvia marrón formó una pequeña pila y los copos empezaron a encarnar algo diferente para él, algo que sentía o había sentido alguna vez, alguien que había conocido.

Estuvo una hora moviéndose en círculos, cogiendo una herramienta de aquí y dejándola allí, reordenando materiales. Luego fue hasta la barraca.

Cuando entró por la puerta, las conversaciones se interrumpieron. Dentro estaban casi todos los hombres, tumbados en diferentes fases de recuperación. Había un par sentados en sus catres. Lo miraron acercarse al otro extremo del dormitorio; se oía el sonido solitario de sus pasos. Jack Alden estaba cortando un rollo de tabaco de mascar, pero tampoco le quitaba ojo de encima.

Volta, tendido boca arriba con los brazos sobre los ojos, se incorporó cuando Thomas llegó hasta él.

—Hola, chaval. ¿Te lo pasaste bien anoche?

Volta se dio media vuelta en la cama para mirar al resto de hombres.

—Que sepáis que ahora es casi nuestro jefe.

—Oye —dijo Thomas, y Volta se volvió para mirarlo—, ¿qué hacías en casa de Astra?

El escocés se levantó de la cama y se le puso muy cerca, aunque la frente apenas le llegaba al joven a la barbilla.

—¿Por qué no se lo preguntas al indio, a John Monro? —Volta sonrió—. El tipo juega a las cartas que da pena. Miró a su alrededor. Los demás hombres se habían sentado en los catres, y dio un paso más hacia Thomas. Le clavó un dedo en el pecho.

—¿O acaso piensas que todas las chicas de por aquí son sólo para ti? Un murmullo recorrió la barraca. Volta miró de nuevo a su alrededor y siguió hablando más alto.

—¿Crees que puedes venir aquí y pasearte entre hombres que trabajan para ganarse el jornal, hombres que sudan y se agotan haciendo su faena? —Abrió los brazos en un gesto afable—. Pues ¡que te jodan!

Thomas le soltó un puñetazo. El escocés lo esquivó sin esfuerzo y empujó al joven contra un camastro. Le atizó dos veces en los riñones antes de que pudiera recuperarse, pero cuando se le echó encima, Thomas le lanzó una patada que le dio en la entrepierna, y se echó atrás para poder levantarse.

Plantó un pie en el suelo con firmeza, se abalanzó sobre él y acompañó el puño con el peso de todo su cuerpo. La nariz de Volta reventó en una explosión de sangre roja que se mantuvo un instante en el aire como una araña. Luego paró el siguiente golpe de Thomas cogiéndolo por la muñeca, y se la apretó con fuerza. Metió la otra mano en el bolsillo. Tenía el rostro perdido en un mar de fluido oscuro donde tan sólo se le veían los ojos y los dientes.

—Muy bien, conque ésas tenemos.

Volta sacó la mano del bolsillo: tenía los nudillos envueltos en un puño de acero.

—Lamento ser yo el que te dé una lección.

Con Thomas aún sujeto por la muñeca, le golpeó una vez. Al chico le cedieron las piernas y se quedó colgando de la mano como un saco de arena. Le dio de nuevo con el puño de acero; le partió la ceja y le abrió el labio hasta la nariz, que también le había reventado. Thomas oyó el eco

232

del vocerío de hombres, que le llegaba desde algún lugar elevado.

Una nube de dolor, sangre en los ojos. Estiró el brazo, apretó los testículos del escocés y tiró de ellos. El hombre dio un alarido y lo soltó. Thomas intentó alejarse a gatas, ciego. Volta, doblado del dolor, lo maldijo mientras se sujetaba la entrepierna. La tenía mojada.

—¿Así que ésas tenemos? ¿Ésas tenemos?

Thomas trató de salir a gatas, pero Volta se acercó a él y le dio un pisotón entre las pantorrillas. Le dio una patada en la columna, otra en las costillas y después se acercó a su cama, donde revolvió en el interior de su petate repitiendo: «De acuerdo, de acuerdo.»

Cuando sacó un puñal, el dormitorio quedó en silencio. Se agachó encima de Thomas. La luz de la chimenea refulgía en el filo. Volta giró al chico.

Thomas no vio nada de eso, sólo sintió que algo se inclinaba sobre él, una masa ruidosa en la lejana orilla de un lago turbio en el que se hundía por momentos. Notó que alguien le daba la vuelta y gorgoteó; se dio cuenta de que tenía la garganta llena de un líquido que sabía a cobre. Se estaba ahogando en un lago de cobre.

Le pitaban los oídos, así que no oyó el disparo. Sólo percibió que los tablones del suelo se doblaban con el peso. Dedujo que la masa oscura ya no estaba sobre él y, mientras se hundía bajo la superficie de agua oscura, una burbuja negra le estalló en los labios.

Se hizo el silencio en el dormitorio. Abberline estaba en la entrada con el brazo aún estirado. El humo de la pistola se elevaba en una espiral que se rompió al dar con las vigas de madera.

Tenía rotas dos costillas, cuatro dedos, la nariz y la mandíbula. Un médico acudió a la cabaña de los McRyder y le recolocó los huesos, le cosió el labio y la cabeza, y le entablilló la nariz. Dejó morfina y láudano a cargo de la familia. La segunda mañana le vino una fiebre a la que nadie creyó que fuese a sobrevivir.

Dormía entre delirios, con la cara vendada. Carmen permaneció junto a su cama. La cuarta noche se quedó dormida y Elizabeth McRyder fue la única persona que oyó a Thomas cuando por fin se despertó.

Empezó a moverse a sacudidas, farfullando. Elizabeth, de pie junto a la puerta y con una vela a la altura del vientre, contempló el fardo oscuro forcejear con las sábanas y le oyó llamar a Astra dos veces. A la mañana siguiente le bajó la fiebre.

La luz del día se filtraba entre las vendas. Luz tenue y sulfúrica. La cara le olía a alcohol y bálsamo. Oyó a alguien llorando, susurrando. Poco a poco, acumulando sensaciones de forma gradual, se dio cuenta de que estaba despierto. Alguien lloraba cerca. Una voz de chica, conocida y de acento inglés, decía el nombre «Edward» entre sollozos.

Elizabeth McRyder estaba hablando con el señor Abberline delante de la puerta. Desde la ventana del fondo de la cabaña, Kenneth contemplaba cómo el viento reunía las hojas esparcidas por el jardín. Era un viento racheado, producto del paisaje escarpado. De pronto una enorme columna de color otoñal se elevaba como por efecto de la patada de un gigante y formaba una densa espiral que se movía por un momento en una dirección y al final dejaba caer las hojas al suelo. Como si hubiesen cobrado vida un instante para después perderla. Nada le hacía gozar tanto como el paisaje.

Tras una semana le quitaron el vendaje. Una luz intensa cegó a Thomas, que no vio a Carmen levantar las manos y ladear la cara. Sólo la oyó gemir.

Su rostro se componía de extraños ángulos coronados de azul. A un lado del tajo de la cabeza el pelo le nacía más arriba que en el otro. Tenía puntadas de hilo negro en la coronilla y también desde el labio hasta la fosa nasal derecha. Kenneth estaba cerca y no dijo nada. Elizabeth se llevó a Carmen de la habitación.

Más tarde, ya a solas, los oyó hablar en alguna parte de la casa, pero tanto su habitación como el pasillo contiguo estaban desiertos y no supo de dónde venían las voces.

Carmen no apareció mientras él recogía sus cosas. Kenneth le dijo, por mera cortesía:

—Descansa un tiempo. Avísanos si podemos ayudarte en algo.

Thomas escribió en un trozo de papel: «Acabaré el vitral.»

—Bien.

Kenneth se rascó la nuca, paró y sonrió.

—Bueno, tómatelo con calma. Ahora eso no importa. Al fin y al cabo, la ventana ya tiene cristal.

Kenneth miró el pasillo y cogió a Thomas del brazo con un poco más de fuerza de la que hubiese sido cortés.

—Escucha, me has decepcionado, ¿sabes?

—¿Por qué?

Con la mandíbula rígida, le comunicó su decepción con toda claridad.

—Una... pelea. Qué ridiculez. Qué desperdicio.

El silencio del bosque anticipaba el invierno. El camino estaba húmedo, teñido de azul por la penumbra de la tarde; las hojas se desintegraban a su paso mientras se adentraba cojeando, poco a poco, entre los árboles con movimientos rígidos.

La única ventana de la cabaña de Astra seguía rota. Dentro no había ninguna luz encendida y la puerta se abrió sin ofrecer resistencia. La cocina había desaparecido, pero el tubo de hierro que hacía las veces de chimenea colgaba del techo y soltaba finos copos de hollín en un montoncito negro. Las dos habitaciones estaban vacías. El polvo revoloteaba en el suelo.

Salió al exterior y en la tenue luz del final del día halló el rastro de dos ruedas guiadas por huellas de cascos. Partían del círculo de tierra hacia las gramíneas. Había una franja de hierba chafada que conducía hasta un ancho camino de tierra. Algo más abajo, el viento y la lluvia habían hecho desaparecer el rastro, enterrado bajo una capa de arena dura y fría.

En la barraca quedaban pocos hombres. Los presentes desviaron la mirada al verle los puntos y la mejilla hundida. Jack Alden estaba tallando un pedazo de madera de balsa y levantó la cabeza con la barba cubierta de serrín y tabaco.

Thomas habló con dificultad, sin mover la mandíbula y dando muestras de dolor.

—¿Sabes dónde está el gigante indio? Jack Monro.

Alden posó la mirada en su cara y después siguió tallando. Negó con la cabeza y añadió:

—Pregúntale a Abberline. Los vi hablando hace un par de días. No veo a Monro desde entonces.

Cuando ya salía, Alden le dijo:

—Lo podrás disimular casi todo con una barba.

Thomas aporreó la puerta de Abberline, que abrió con un puro sin encender entre los dientes.

—Vaya —soltó—, menudo estropicio te hizo, ¿verdad, chico?

—¿Dónde está el indio?

Las palabras le salían muy lentas y dolorosas.

—¿Disculpa?

Daba la impresión de que al supervisor le divertía lo mucho que le costaba terminar una frase.

—El ind... Joe Monro. ¿Dónde?

Abberline encendió el puro con gran ceremonia, aguantó el humo unos instantes y después lo expulsó hacia arriba, donde formó un halo gris.

—Me gustaría sugerirte... —empezó, y miró a Thomas antes de volver a dar una calada—. Me gustaría sugerirte que aproveches esta oportunidad para reflexionar sobre la suerte que tienes de seguir vivo, y quizá también para encontrar el modo de devolver a los McRyder el favor de su amistad.

—¿Dónde está Monro?

—Y, si me lo permites, también podrías mostrarme tu agradecimiento.

—¿Por qué?

El humo le cayó sobre la cara como la niebla de la montaña.

—Por salvarte la vida.

Carmen abrió la puerta y él tuvo que apartarla para entrar. Thomas no le vio más que el pelo, porque ella le giró la cara.

—¿Sabes adónde la han obligado a ir? —preguntó él.

—No... ¿a quién?

Carmen no apartaba la vista de un buró. Con dedos pálidos y largos, colocó bien una figurita de cristal que representaba una estampida de caballos.

Thomas vio a Elizabeth McRyder en el pasillo con una expresión fría, inamovible, perspicaz.

—¿Habéis sido vosotros? —preguntó él—. ¿La habéis obligado a irse?

—No entiendo una palabra de lo que dices —respondió ella con precisión.

—Hola. ¿Pasa algo? —preguntó la voz de Kenneth desde el fondo.

Estaba junto a Abberline en el vestíbulo y, detrás de ellos, la puerta estaba abierta. El supervisor miró al joven de arriba abajo, perplejo, y pasó el pulgar por la empuñadura del revólver. Los presentes permanecieron inmóviles como las cinco puntas de una tensa estrella. Carmen, con la mirada clavada en el suelo, reseguía las crines de los caballos al galope con el dedo. Formaban una única pieza, siluetas independientes que competían sobre la misma base irregular de cristal. Cuando él se marchó, ella no levantó la vista.

Carmen regresó a Inglaterra poco después de Navidad. En 1930 se casó con el apoderado de un banco, veinte años mayor que ella. Murió en Londres durante uno de los bombardeos de 1944.

Los problemas económicos obligaron a los hermanos McRyder a alquilar el castillo en 1936 a una vieja matrona llamada Josephine Raliegh, que lo convirtió en un hotel y centro vacacional. En 1942 las chispas de una chimenea provocaron un incendio en el tejado de madera y el fuego consumió el castillo en un abrir y cerrar de ojos.

A la mañana siguiente nevó ceniza blanca.

En 1978, la Cámara de Comercio de Misuri convirtió Ha Ha Tonka en parque nacional y decidió dejar los restos del castillo tal como estaban. Sólo quedaba en pie una carcasa chamuscada.

Thomas Koenig acabó la vidriera, su primera obra por encargo, en marzo de 1923. Le habían quitado los puntos meses antes y volvía a tener el pelo largo. Sin la certeza de que la fuesen a instalar, siguió trabajando durante las Navidades y dedicó todo su tiempo a refinar las superficies, la fractura y transición entre las piezas, la forma en que sus texturas encajaban entre sí.

Hubo un momento en que quiso insertar el rostro de una joven en el vitral. Pasó días haciendo esbozos hasta considerar que por fin tenía un retrato con el que podía trabajar. Habría tenido la piel tostada y el pelo negro, ojos oscuros. Pero a pesar de que la había dibujado con absoluta perfección, no podía negar que la cara rompía la armonía de la composición y acabó por abandonar la idea.

Cuando lo terminó, los McRyder parecieron bastante satisfechos con el resultado y él mismo supervisó la instalación en el hastial del este, donde permaneció hasta el incendio de 1942. Esa noche la vidriera se hinchó de una luz deslumbrante, empezó a transpirar y las llamas crearon un caleidoscopio que danzaba, temblaba y se agitaba. Entonces el cristal estalló en miles de esquirlas coloreadas con una cola de fuego, como escupidas por la pared de roca.

La vida es larga. Las décadas se suceden; el siglo XX se lamenta y lo transporta a toda prisa. Hay esculturas en los cincuenta y los sesenta, charlas y el mural de cristal para el edificio de las Naciones Unidas.

Pero yo me lo imagino entonces, justo después de terminar la vidriera. Quiero conocerlo en el lugar donde empieza a hacerse una serie de preguntas.

Están levantando su vitral con una gruesa cuerda de cáñamo y las poleas chirrían. Él se inclina peligrosamente desde la cornisa de contrachapado que han montado para la operación. La pesada y frágil aguja de cristal da vueltas y se balancea hasta que un hombre estira el brazo mientras otro tira de la cuerda y la base descansa en su mano enguantada. Una vez se ha completado la instalación, Thomas se queda dos días más.

Se sienta debajo de la vidriera y la mira, libre al fin de rendirse al agotamiento, pero no puede evitar cuestionar su obra: lo que es, porque no es lo que había concebido en su mente. En absoluto. Y como no lo es, debe preguntarse qué es exactamente y qué valor tiene.

Recorre el borde del precipicio para ver el vitral desde la distancia y descubre que en contraste con la neutralidad de la piedra parece una herida que sangra luz. Esa noche duerme cerca para ver qué efecto tiene el resplandor de la luna.

Sólo admite una única certeza: su obra, simplemente, no es buena. Junto a los colores sordos de la piedra, los del cristal parecen chillones y escogidos por su extrañeza y luminosidad, y carecen de la cohesión que buscaba. Las formas y siluetas hacen que la composición parezca abarrotada, hermética. Lo único que le gusta es el roble de la base y sus ramas: elegante, agradable. Para él representa lo que podría haber sido el vitral. Pero si atiende al resultado, es evidente que no ha hecho un buen trabajo.

¿Qué había pensado realmente que acabaría siendo? ¿Lo había llegado a visualizar con claridad en su cabeza? Y con el paso del tiempo, ¿ha valido la pena? Es difícil de decir. Cuanto más reflexiona sobre la pieza, más flagrantes le parecen los errores. Se pregunta qué hay que hacer para que un trabajo como ése merezca la pena. Nunca antes se lo había planteado.

Camina colina abajo con el petate de lona al hombro, recorriendo el mismo camino por el que llegó. Las libélulas colonizan el aire entre las ramas retorcidas, nudosas y quebradizas; el camino está cubierto de hojas mojadas. Las sombras le surcan la cara; un chico, dos tajos nuevos de color rosado y la nariz torcida.

Desaparece detrás de unos árboles escuálidos al girar en un recodo del camino.

BUSCA Y CAPTURA

I

La mayor parte de los cerca de ochocientos habitantes de LaTourse —un pueblo del sur de Luisiana situado entre Port Salvador y Travis City, cuyos pinares llevaban décadas arrasados sin posibilidad de rebrotar y en cuyas refinerías apenas trabajaba ya la mitad de empleados que al principio— ni siquiera conocían la existencia de la finca de los Prater, y si se preguntaba a quienes sí la conocían, muchos se limitaban a poner mala cara y menear la cabeza adelante y atrás en un gesto lastimero; los menos compasivos arrugaban la nariz como si olieran algo rancio cuando se mencionaba el asunto (aunque nunca se mencionaba). El lugar ocupaba el antiguo terreno de la vieja base aérea de Chennault, unas pocas hectáreas de pradera vacía al sur de la pista de aterrizaje —ahora abandonada y resquebrajada por las malas hierbas—, en la orilla del lago Quelqueshue opuesta a las refinerías, que de noche reflejaba en el agua la imagen de una futura metrópolis de fuego y metal. Antaño vivió allí una familia, pero ahora el viejo, Burris Prater, estaba solo con su hijo menor, Wesley, que había vuelto hacía dos meses y todavía echaba algo de menos el orden, la seguridad y los cuidados del hospital, donde las comidas estaban reguladas, las flechas pintadas en el suelo señalaban por dónde debía ir y la gente le preguntaba cómo se encontraba.

Esa mañana, un rifle truncó sus sueños. Wes Prater se despertó sobresaltado por unos disparos, cuyo eco reverberó detrás de las transparentes cortinas amarillas. Otra detonación; el estruendo penetró en sus oídos y estallaron los recuerdos, pudo ver a T. J. en el campo al amanecer, el modo en que debió de arrodillarse y apoyarse en el cañón, como si rezara. A Wes nunca le había gustado dormir en la litera de arriba, pero era incapaz de llenar el hueco que su hermano mayor había dejado en el colchón de abajo.

Saltó de la cama y se puso unos vaqueros. Su padre estaba en el porche, sentado en una silla plegable de aluminio, mirando el ancho mar de gramíneas que rodeaba la casa. El viejo metió otros tres cartuchos en el cargador. De la boca del arma salía un humo dulzón y el olor evocó en Wes un recuerdo que ya no tenía y que, por tanto, no podía visualizar. El cabello de su padre se había vuelto ralo y era de un color rojizo, metálico; tenía la cara hundida y salpicada de pecas oscuras. Llevaba un albornoz rosa andrajoso que había pertenecido a su mujer, y Wesley recordó a su madre vestida con ese albornoz y fumando un cigarrillo ante una sartén con huevos y beicon. Junto a los pies descalzos y surcados de venas del viejo, había cartuchos desperdigados alrededor de una botella medio vacía de bourbon Dickle. Tiradas en un rincón del porche, cerca del viejo tanque azul de oxígeno y la máscara, había dos bolsas de basura llenas de latas de cerveza High Life. Su padre guardaba el bourbon en un armario cerrado con una llave que siempre llevaba encima.

—Hay algo ahí fuera. —El viejo apuntó con el rifle los vastos campos de hierba caqui mientras con la otra mano se cerraba el albornoz rosa por el pecho—. No sé qué es. Un coyote. Un gato montés. Lo he visto sólo un momento.

—Levantó el vaso del suelo y se lo llevó a los labios contraídos—. Es marrón, marrón claro.

—Papá...

Los extremos de una cinta amarilla anudada a un roble estaban deshilachados y raídos. De un poste que sobresalía del único gablete del porche colgaba flácida una bandera estadounidense. La pintura de la casa se había descolorido, resquebrajado y desconchado hasta tal punto que la pequeña estructura de madera parecía tener corteza. A la izquierda de Wes, un granero gris abandonado se inclinaba hacia el oeste, como si intentara escuchar algo.

—Aquí no hay nada que pueda atraer a un coyote. Ni que tuviéramos gallinas o algo parecido.

La cuadrada cabeza del viejo se alzó como un resorte. Apoyó el rifle sobre las rodillas y se cerró el cuello del albornoz.

—¿Qué quieres decir con eso? ¿Qué insinúas?

—Nada —dijo Wesley—, yo sólo...

Su padre levantó el arma y reanudó la observación del apagado campo cobrizo, que seguía inmutable y se extendía desde la casa como si la hierba se hubiese derramado o desangrado en todas direcciones. Parecía que el sol le había abrasado el carácter; era esa hierba desabrida la que confería a la casa esa sensación de ir a la deriva, como un esquife perdido en un mar color de orina. La luna seguía visible, como una nube torneada en el cielo matinal. Junto al roble, en el patio sucio y diminuto, se veían tres carteles, más o menos en fila. Una ráfaga meció el que rezaba «LA FUERZA DEL ORGULLO». Se oyó una detonación, y Wes se apartó de un salto. El polvillo caliente del disparo le cayó al lado. El viejo sacó el casquillo humeante.

—No he visto nada.

—Pues yo sí.

Wes se volvió. A través del hueco de la puerta abierta examinó el armero que había al fondo de la sala de estar.

Vio qué arma faltaba: el Remington de su hermano descansaba sobre el albornoz rosa. Su padre levantó el vaso, lo apuró, chasqueó los labios. Wes dijo:

—¿Estás usando...?

El viejo aguardó furioso.

—¿Estoy usando qué? —Se llevó el arma al hombro.

—Nada.

—¿Piensas ir hoy a la tienda? Necesito salchichas y casi no queda cerveza.

Wes asintió. Por debajo de la pólvora, un olor rancio y penetrante como a amoníaco le hizo arrugar la nariz. Su padre estaba sentado en una silla de tiras de lona entrecruzadas en una estructura de aluminio; debajo, un charco brillaba en el porche. Wes se plantó ante el viejo. El regazo del albornoz estaba empapado.

—Joder, papá, ¿otra vez?

El viejo se miró la entrepierna y agarró el arma con ambas manos.

—Calla y apártate. Hay algo ahí fuera.

Wes entró, se vistió y oyó varios disparos más. Cada detonación le hizo sentirse más débil y apocado. Se afeitó y observó un hilo de sangre que le caía por el cuello. Esa mañana se acordaba de T. J. a cada rato. T. J. en el desierto, liberando la ciudad de Kuwait. T. J. de vuelta en casa, tatuado y contando historias acerca de una chica mexicana, una especie de bruja con la que se había casado en una especie de ceremonia. T. J. doblando el dedo para transformar su cabeza en bruma roja en la yerma llanura de hierba seca, al otro lado de la ventana. Al salir al patio, Wes simuló una patada de kárate y derribó el cartel con la leyenda «EN DIOS CONFIAMOS».

—¡Marica! —gritó su padre desde el porche.

La camioneta ya no era nueva cuando la compró su padre, trece años atrás. Botaba y traqueteaba en las profundas rodadas que había frente a la casa. La tienda más cercana quedaba a unos cinco kilómetros al norte; al principio sintió el impulso de seguir conduciendo, pero carecía de un destino. En la caja de Cormier's trabajaba una chica llamada Clara, y él intuía que ella podía ser un destino; intuía, como un hombre a punto de caer en el abismo, que ella podía satisfacer una necesidad acuciante. La tienda tenía uno de esos viejos carteles cuyas letras pueden combinarse para formar diferentes mensajes; encima de las palabras, una flecha luminosa señalaba la carretera. Hoy rezaba: «¿SOY EL GUARDIÁN DE M HERMANO? SÍ L SOY.» Las conchas vacías del aparcamiento chisporrotearon como el fuego bajo los gastados neumáticos de la camioneta.

Había hablado con Clara otras veces. Tanto ella como la dueña de la tienda creían que había estado en Irak. Le había dicho a Clara que acababa de volver de la guerra con rango de sargento. Los labios de la chica eran finos y rosados; tenía la cara afilada y cubierta de pecas doradas, el cabello rubio como un lago iluminado por el sol y de ese campo soleado parecían salir volando sus ojos verdes, o al menos uno de ellos. El ojo izquierdo era vago, o quizá de cristal, y deambulaba discretamente por su propio rincón, como si intentara mirarse el hombro.

Clara estaba trabajando cuando Wes llevó a la caja diez latas de salchichas de Viena, dos bolsas de pan de molde, mayonesa, leche, papel higiénico y una caja de treinta y seis cervezas High Life, pero apenas pudo hablar con ella porque había mucha cola. Daba igual, porque ella le sonrió con simpatía, y cuando le sonreía, él perdía la poca facilidad de palabra que tenía. Al parecer, Clara lo apreciaba, valoraba su servicio militar, y esa cálida sonrisa lo descolocaba. Le tendió distraído un billete de diez dólares y salió apresuradamente, sumido en una especie de aturdimiento.

De camino a casa, dobló por Big Plain Drive hacia el pueblo y abrió una cerveza. Empezó pensando en Clara, pero luego le dio por recordar el día en que explotó la refinería. Todavía podía ver a su hermana Anneise plantada en medio del campo, entre la hierba, junto a Barret Wagner, el amigo de su hermano. Anneise tenía briznas de hierba en el pelo. En la otra orilla del lago Quelqueshue, una cegadora bola de fuego resplandecía entre la bruma metálica de las refinerías de petróleo; luego otra explosión sacudió el suelo y los pájaros salieron volando de los árboles que flanqueaban la ribera. En el extremo más lejano del agua, algunas zonas del aire se habían transformado en palpitantes goterones rojos que chisporroteaban en el lago. El calor era intenso, el aire estaba sucio y cargado de partículas en suspensión, moteado por el humo y el bochorno. Su padre y Wagner corrieron al establo para sujetar los caballos. Uno había coceado la pared de su compartimento, se había roto la pata y el dueño los demandaría por negligencia. Después de aquello, su padre dejó de cuidar caballos ajenos, y se esfumó de la granja la última oportunidad de trabajo. Wes y su hermana se habían quedado fuera, contemplando las erupciones y escuchando el ulular de las sirenas. Más tarde su padre les explicó lo sucedido, que habían muerto doce hombres, pero eso nunca restó belleza al turbulento incendio ni borró la sensación, tan singular e inesperada, de que había pasado algo. Algo había irrumpido en las apacibles horas del día. Recordó los hierbajos amarillos que su hermana llevaba pegados en la espalda y las manchas de hierba en sus rodillas.

Aquel día le pareció que la vida no era una sola cosa, que podía ser muchas otras. Luego, otro día, le pareció justo lo contrario; que la vida era una sola y única cosa: una espera.

Anneise se había marchado de casa con Barret Wagner cuando tenía diecisiete años y Wes trece. Llevaban un par sin saber nada de ella, y su padre nunca la mencionaba. Wes se bebió tres cervezas al volante, mientras daba una pequeña vuelta por la plaza del pueblo, el campo de fútbol, el viejo molino de pino y el casino indio de las afueras. Imaginó que cuando Clara fuera su novia, se enteraría de qué le pasaba en el ojo.

Cuando una hora después Wes llegó a casa, el Dodge Shadow verde que había aparcado en el patio interrumpió su ensoñación con un mal presentimiento. Clara estaba allí. La vio sentada en la sala de estar hablando con su padre con cara de espanto contenido.

—¡Ah! —exclamó el viejo, tosiendo—. ¡El héroe de guerra ha vuelto! Soltó una carcajada y se llevó la máscara de oxígeno a la cara. Clara se levantó.

—He venido porque no me has dado suficiente dinero. Eran diecinueve dólares y me has dado diez. Le he dicho a la señorita Marie que pasaría por ellos. Creía que ya estarías de vuelta.

—No —dijo Wes.

Dejó la cerveza y la bolsa de la compra.

—¡Quiero escuchar batallitas! —gritó su padre; luego aspiró en la máscara. Giró la espita y el tanque silbó.

—Uf... —murmuró Wes.

Clara pasó por delante de él, tímida y apresurada, apartándose de la cara un mechón de cabello. Cuando ya estaba en la puerta, Wes le preguntó:

—¿Quieres el dinero?

—Ah, sí. Vale. Eran... Eh... sólo me has dado diez.

—¡Quiero escuchar batallitas!

—¡Cállate!

—O... ya me lo darás en otro momento —dijo ella, abriendo la puerta—. Da lo mismo, da igual.

—Vale. Espera.

A Wes le resultó insoportable advertir lo torpe que era su sonrisa y de reojo vio a su padre riéndose mientras él se sacaba del bolsillo dos billetes de cinco dólares arrugados. Clara los cogió e intentó sonreír, pero incluso su ojo bueno evitó mirarlo; se apresuró hacia el Dodge y arrancó como si huyera del escenario de un crimen.

Wes se quedó en el umbral. En la comisura de la sonrisa torcida de su padre se acumulaba la saliva.

—Debería darte vergüenza. Robar el legado de tu hermano... —dijo el viejo.

—Tuve un uniforme. Y estuve en el Ejército.

La rendija de la boca del anciano, como una herida en la cara, se abrió y soltó una ronca risotada.

—No estuviste en Irak. No duraste ni dos meses. «Tarado», dijeron. «Chalado.»

Wes miró a través del hueco de la puerta abierta los largos campos, los carteles, la nube de polvo que se desvanecía camino arriba.

Su padre contó con una mano:

—Inestabilidad mental. Ataques de pánico. Trastorno de ansiedad. Dis-fa-sia.

Wes apretó los puños mientras el polvo que había levantado el coche de Clara flotaba en la carretera como un pañuelo fantasmal. Su padre siguió:

—Con ellos no puedes simular esas cosas. Te habrían pillado. Y eso significa que estás como un cencerro.

Una marea caliente atravesó la cara de Wesley.

—Me pregunto por qué toda tu familia se ha largado, por qué mamá y Anneise se marcharon —dijo.

Su padre levantó la botella de Dickle.

—Y el que tendría que haberse largado sigue aquí.

—Todos se cansaron de ti.

Su padre encendió un cigarrillo.

—Ay, ¡ahí me has dado! Debería darte vergüenza. ¿Un sargento?

—Mamá te odiaba. Anneise también. T. J...

—No hables de tu hermano. Cobarde.

—T. J. se tragó el rifle para no tener que oírte más.

—Vaya, supongo que eso es culpa mía. Échame la culpa, puto cobarde.

Wesley se plantó ante la cara del viejo.

—Ni siquiera fuiste capaz de cuidar de los caballos de otros. ¿Qué sabes hacer, aparte de mearte encima?

Unos copos de saliva aterrizaron en las manchadas mejillas de su padre y eso pareció complacerle. Sus ojos brillaron con la única vitalidad que conocían.

—¿Y qué me dices de ti? Decirle a una chiquilla que eres un gran héroe de guerra... Hacerte pasar por tu hermano...

Wes lo agarró de las solapas del albornoz y lo levantó de la silla.

—¡No tenías por qué decir nada!

—¡Oh, el gran hombre! —Su padre tosió—. Ya de niño, sentado ahí fuera en el campo, hablando con las piedras. Puto tarado.

—Mamá no creía que fueses muy hombre, ¿verdad? El viejo blandió la botella casi vacía de Dickle y le golpeó en la mejilla. Wes retrocedió, tambaleándose.

—Ya basta, cagado de mierda. Ven aquí y verás. Wes le arrancó a su padre la botella de las manos. Se la bebió entera mientras intentaba arrebatársela.

—¡Un sección ocho! ¡Vete a hablar con tus piedras! —exclamó el viejo.

Wes levantó la botella por el cuello, como si se dispusiera a golpearlo.

—¡Adelante, gran hombre! —gritó su padre, el cuello extendido, gruñendo.

—¡Dejaste que se marchara! ¡Con Wagner! ¡Ni siquiera intentaste detenerla!

Su padre relajó un poco el cuello, meneó la cabeza.

—Yo odiaba a ese chico. A ese cabrón. Lo odiaba. Wes bajó el brazo.

—Sí. Yo también.

—Pero no hables de tu hermano.

Wes dejó la botella en el suelo, se dirigió a la ventana que daba al este y contempló el campo de hierba muerta. T. J. se había hecho los tatuajes en México, después de que lo licenciaran. Eran extraños, intrincados signos indios que le cubrían los brazos; se entrelazaban, negros, en un laberinto de rúbricas tribales. Wes imaginó la brusca sacudida de los dibujos hacia atrás, la detonación, un estallido rojo al amanecer.

Ni Wesley ni su padre sabían que T. J. era un cúmulo de aire frío en un rincón de la habitación. Los tatuajes del ritual azteca habían enraizado su alma a la tierra, y su espíritu miraba el rincón, dándoles la espalda.

—No soy un sección ocho. Lo llamaron AR 635-200.

—Tráeme otra botella. No está cerrado con llave.

—¿Recuerdas que T.J. nos habló de esa chica que lo tatuó en México? ¿Una sacerdotisa?

—No.

—No, porque él nunca te hablaba. «Es mejor hablar con las piedras, Wes», solía decir.

—Tráeme otra botella.

Finalmente su padre se apoyó en los brazos temblorosos y se levantó del sofá. Regresó con otra botella de Dickle.

—¿Has encontrado ese gato montés? —preguntó Wes.

—No he dicho que fuese un gato montés. —El viejo se sentó de nuevo en el sofá—. Pero ahí fuera hay algo.

Wes volvió a la ventana. Su reflejo se impuso al campo mórbido que justo entonces ondeaba al viento. Oyó beber a su padre, que luego chasqueó los labios. «Quiere morir», pensó Wes, y su padre rió con sorna. Luego Wes dijo en voz baja:

—Tendrías que haber sido tú.

—Repítelo.

—Tendrías que haber sido tú el de ahí fuera. Con el rifle.

Otra risita.

—No, tendrías que haber sido tú —replicó el viejo.

—Les habrías ahorrado a todos el trabajo de tener que marcharse.

—¿Y no se te ha ocurrido que quizá yo quería que ella se marchara? ¿No se te ha pasado por esa cabeza hueca tuya?

Wes seguía mirando por la ventana. Aunque sus tierras no estaban cercadas, había una frontera claramente definida, unos límites trazados con materia psíquica, histórica. Oyó la cerilla, luego olió el azufre y después el tabaco Pall Mall de su padre.

—¿Sabes qué? No eres hijo mío —dijo el viejo.

Una pausa, y supo que su padre estaba eligiendo las siguientes palabras. Wesley había oído rumores. Una vez, en el lago, Anneise le había dicho algo acerca de su madre. Nadaban desnudos, Wes tenía diez años y temía salir del agua porque tenía una erección.

—No, no podías serlo —continuó su padre—. No eras mío y ni siquiera te llevó con ella cuando se marchó. ¿Qué te parece que significa eso?

—¿Quién?

—¿Quién qué?

—¿Quién era?

Su padre se encogió de hombros.

—Yo qué sé. Tu madre era muy puta.

La noticia no descolocó a Wes. Siempre se había sentido ajeno a su propia historia, a su familia, y con el consuelo de las piedras y la hierba, su soledad se había acostumbrado a una realidad secreta e imaginaria. De modo que él ya experimentaba su bastardía antes de cualquier verificación.

Burris Prater debió de sentir una punzada de culpabilidad, porque habló a la espalda de Wes en un tono más comedido.

—Pero no era culpa tuya, me dije. Dejé que te quedaras porque no era culpa tuya, sino suya. Te crié como si fueras mío.

Wes miró fijamente el campo. Había abandonado los estudios a los quince años, después de que Anneise se fuera y mucho después de que su madre se largara siguiendo a un hombre que viajaba con unos evangelistas. Luego vinieron tres años en los que cavó acequias a pleno sol, se sentó fuera con sus piedras favoritas y contempló las refinerías en la otra orilla del lago. A continuación, el Ejército y el hospital. Se apartó de la ventana y miró, inexpresivo, el cuerpo hundido y lleno de pecas bajo el albornoz.

—Estoy borracho —murmuró el viejo.

Wes pasó ante él.

—¿Adónde vas? Luego hay partido de los Rangers.

Wes no respondió. Salió y cerró la puerta.

En el rincón, el fantasma de T.J. se dio la vuelta con expresión furiosa y ojos encendidos.

Los tallos lo rozaron y se doblaron a su paso mientras atravesaba el círculo de hierba y se dirigía al lago. Las refinerías recordaban un órgano de tubos; desde hacía años nada, salvo una capa negra y morada de algas, vivía en el agua. Wes se sentó en la brumosa orilla con una cerveza y cruzó las piernas.

Allí el tiempo, como en su infancia, se condensaba como el líquido en un canal; el ritmo lo marcaba la sucesión de los momentos que pasaba mirando, observando cosas. Hierba, piedra, agua, nube. Cada cosa que miraba delimitaba el tiempo y lo hacía poseedor de él, se convertía en algo que él habitaba. Sol y crepúsculo, agua veteada de luz. Allí podía curvar el tiempo y hacer que discurriera sin sentir nada, convertir las horas en un instante, percibir la piedra y desaparecer mientras la luz del día se derretía, densa como la cera.

Los mosquitos y una imperiosa necesidad de mear lo despertaron del trance. Habían pasado un par de horas. Al entrar encontró a su padre desplomado en el suelo, el tanque de oxígeno volcado y dos botellas vacías de Dickle junto a su cuerpo. Wes siguió andando hasta el baño, orinó, y mientras lo hacía, comprendió que el viejo había muerto.

Volvió a la habitación y se quedó mirando el cadáver. Un charco de vómito oscuro se extendía bajo el rostro, pero no había licor derramado, de lo que dedujo que su padre se había bebido las dos botellas en cuestión de horas. «Tenía la intención de morir —pensó Wes—. Desde el momento en que se ha despertado esta mañana.»

Se parecía en algo al día en que habían explotado las refinerías.

II

Enterraron a su padre en un cementerio que daba al golfo de México. Exactamente cinco personas se reunieron bajo una lona verde cuya sombra contenía una luz de color marino como una nube contiene un chaparrón. Olor a pescado. Wesley tenía la sensación de encontrarse en un acuario vacío. El joven cura había adoptado un aire de drama litúrgico y subrayaba las frases con cabeceos bruscos. Su monaguillo tenía la vista perdida en el golfo y los dos trabajadores del cementerio parecían aburridos mientras contemplaban el descenso de la sencilla caja de pino. Wesley seguía pensando en él como su padre porque no había nadie más a quien asignar ese papel. Burris Prater no tenía más nombre que ése, y de sus abuelos paternos Wes sólo conocía retazos que el viejo siempre había utilizado de forma acusatoria, para justificarse. «Mi padre hacía zapatos y nos abandonó cuando yo era un crío de cinco años. Tenía dos hermanas, y mi madre no podía trabajar porque estaba enferma. Cuando murió, me fui a trabajar a las plantas.» Se había casado ya mayor con una mujer más joven y había comprado tierras de cultivo que no pudo cosechar porque las aguas contaminadas del lago se habían filtrado al subsuelo. Si entonces su padre había tenido una visión, ésta se le había vuelto en contra en forma de imagen invertida.

Wes conservaba su camioneta y lo que quedaba de las subvenciones, pero tres semanas después seguía en la casa. El espíritu de T. J. se había marchado, aunque Wes no lo sabía y atribuyó la sensación de ausencia a la muerte del viejo.

La llave del mueble bar estaba encima de la chimenea, y en los estantes había algunas botellas vacías. Wes intentaba encestar cacahuetes en una botella desde el centro de la sala de estar y sostenía el rifle de T. J. con la otra mano. En cada una de las sillas y en el sofá había una gran piedra blanca; cinco piedras que lo rodeaban. Había restregado y limpiado cada una de ellas antes de seleccionar su emplazamiento con sumo cuidado.

Entonces la puerta principal se abrió como un relámpago. Wes se volvió; oyó pasos en el vestíbulo.

La chica del umbral era esbelta y estaba bronceada, vestía unos *shorts* muy cortos y una camiseta blanca de tirantes. Tenía el pelo enmarañado y recogido en lo alto de la cabeza. En forma y atractiva, se quitó las gafas de sol y examinó la habitación con una expresión un tanto consternada; después se quedó mirando las piedras.

—Joder, Wes. ¿Qué pasa aquí? —dijo Anneise.

—Eh...

—¿Por qué vas vestido así?

Wes intentó abrocharse el botón superior del uniforme militar, pero tenía los dedos torpes y el rifle no dejaba de resbalársele de las manos. Aturdido y rematadamente borracho, no del todo seguro de que la aparición fuese real, lo único que pudo decir fue:

—Estuve en el Ejército.

Comprendió que siempre había intuido que, si esperabas suficiente tiempo en un sitio, todo podía venir a ti.

Casi era otoño y las ventanas estaban abiertas. Anneise salió de la ducha vestida con una camiseta morada, larga y desteñida, que apenas le cubría las bragas. Se acurrucó en el sofá y se tomó el café que él había preparado.

—Muerto. Joder. Qué raro que haya pasado ahora. Justo antes de mi regreso.

—Sí —dijo Wes.

Estaba sentado en la silla del otro extremo de la sala, con los dedos prietos en las rodillas.

—¿A que es raro? Oh, Dios, seguro que tuve una premonición y por eso he vuelto a casa.

—Sí.

Wes miró a su alrededor como si esperase que de pronto alguien saliera de un armario. Anneise tenía un cardenal en la parte externa del muslo. Wes le preguntó por todos los sitios donde había estado y todo lo que había hecho.

—Por Dios, Wes. ¡No sé ni por dónde empezar!

—Bueno, ¿sigues con Barret?

—Barret tiene problemas. Se ha largado. Pero tú deberías contarme lo del Ejército. Háblame de eso, Wes. ¿Fuiste a Faluya?

—No —respondió Wes.

Una tenue red de grietas cubría la cara de Anneise alrededor de los ojos y parecía como si el sol le hubiese quemado el escote demasiadas veces. Tenía la piel llena de unas arrugas muy finas y fruncida como papel crepé, más inflamada que colorada.

—Pero estuve en algunos sitios. Como sargento. Había... tiroteos.

—Oh, Dios. Barret tenía un arma. No veas lo valiente que era cuando tenía un arma. Wes, he estado en Georgia, en Florida, en Alabama y en Texas. He estado en Crawford, Wes. Vi al presidente. Vive allí. De haber sabido que estabas en el Ejército, habría intentado decírselo. Al final, en Corpus Christi subí a un autobús y conseguí llegar hasta aquí. Wes, iba yo andando y... ¿Te acuerdas de Jimmy Dupres? ¿Lo conocías? Iba a nuestro instituto. Ahora es policía. Pues yo iba andando y él se ha detenido y me ha visto. Me ha reconocido. Es un buen tipo, me ha acompañado hasta aquí en el coche patrulla. Cuando estábamos en Parish Road ha encendido las luces de la sirena por mí. Le han dado una sirena y también tiene un arma.

—Bien.

—¿Por qué estás tan nervioso, Wes? Parece como si esperaras que alguien se te fuera a echar encima.

—No estoy nervioso. No sé... Me ha emocionado verte.

—Cómo has crecido... Mírate.

Anneise bajó las piernas, se levantó y fue a la cocina a llenarse la taza. Wes le vio desde atrás los bordes rojos de las bragas, como medias lunas, y apartó la vista.

Se puso de pie y empezó a deambular por la habitación. Estaba junto a la ventana cuando ella regresó y volvió a sentarse.

—¿No es fabuloso, Wes? ¡Jimmy Dupres me ha reconocido! Me recordaba del instituto. Me ha dicho que se acordaba de una clase a la que iba.

Al otro lado de la ventana los campos se ondulaban; tenían un carácter luchador.

—Es que no acabo de entenderlo. ¿Para qué has vuelto? Ella se limitó a encogerse de hombros y bajar la vista a su café. Wes se arrepintió de haberlo preguntado y de pronto intuyó que debía ir con cuidado con lo que preguntaba, que esa nueva situación era demasiado frágil y que sus historias podían acabar por romperla.

—¿Te apetece un trago? —preguntó Wes.

Eso la animó.

Pasaron el resto de la noche bebiendo el bourbon de su padre. Él le habló de las subvenciones de la granja que todavía recibían. Ella parecía un poco confusa sobre lo que él había hecho o pensaba hacer allí, y él estaba igualmente confuso con las explicaciones de ella. Anneise hablaba en círculos que en lugar de cerrarse se bifurcaban en espirales de diferentes anécdotas; una descripción casual podía dar lugar a una narración totalmente nueva y hacerle olvidar la historia que estaba contando. Puso música, un viejo disco de los Oak Ridge Boys.

Le habló de un grupo de gente que vivía en unas cabañas en la playa, propiedad de un viejo ricachón, cuya banda tocaba todas las noches para la comuna; el tipo tenía algo que ver con los años sesenta, aunque era demasiado joven para haberlos vivido. Le habló de Atlanta y de Birmingham y de la ruta turística de los dinosaurios a su paso por Utah, porque recordaba que a Wes le gustaban los dinosaurios. Éste se dio cuenta de que ella sólo recordaba cosas de él que ya no eran ciertas. Había retirado todas las piedras mientras ella se duchaba, y su hermana no había vuelto a mencionarlas. Aunque presentía que quizá lo haría.

Ella no quiso ni oír hablar de T. J.

—Oh, para mí fue durísimo cuando me enteré —se limitó a decir—. Pasé unos meses muy locos. Una vida muy dura.

Wes preguntó qué le había pasado a Wagner.

Barret llevaba un par de años con unos moteros y trapicheaba con coches robados y drogas.

—Para resumir: se metió en líos con cierta gente, creo. Tuvo que largarse porque lo buscaban. Yo volví al poblado Apollo, en Corpus, que es como se llamaba el sitio de la playa. Pasado un tiempo, empecé a comprender que debía olvidarme de Barret; fue como si me dijera: «Anneise, pero ¿qué estás haciendo, chica?» En las cabañas todos iban desnudos; Felan, que así se llamaba, tocaba unos de esos tambores y yo me dije: «Vale, a lo mejor cuatro años de esto es suficiente. ¿A cuántas fiestas tienes que ir?» No sé, a lo mejor intuí algo, quizá lo presintiera. ¿Crees en la telepatía? ¿Has oído hablar de eso? En Nueva Orleans conocí a una gente que sí. Eran muy idiotas. Pero tal vez sí vi algo en Corpus, como que algo había pasado, y presentí que era hora de volver un tiempo a casa, de verla de nuevo. Y, cuando llego, resulta que él ha muerto. Wes, ¿crees que presentí su muerte?

—Puede que sí. Claro.

Wes abrió otra botella de Dickle mientras en los labios le temblaba un cigarrillo. En la mesa de centro había un cubo con una bolsa de hielo y una lata de salchichas de Viena llena de colillas que de vez en cuando él llevaba a la cocina y vaciaba en el cubo de la basura. Anneise fumaba más que él. A Wes no le gustaban los Oak Ridge Boys, pero resultaba curioso el modo en que la canción que estaba sonando, acerca de abandonar Luisiana a plena luz del día, parecía reflejar la historia de Anneise.

—Fijo que sí. Seguro que presentí que se moría —dijo ella.

Wes supo que, a partir de entonces, ése sería el núcleo místico de la historia que contaría a la gente.

—Me dijo algo antes de morir.

—¿Qué? —preguntó Anneise.

—Que yo no era hijo suyo.

—Oh. —Anneise levantó el vaso. Tenía los párpados caídos, perezosos—. Claro que no. Y quizá yo tampoco.

257

Wes bebía junto al estante donde su padre guardaba una antigua corneta abollada de la guerra de Secesión.

—¿Has sabido algo de ella?

—No —respondió Anneise—. Ni lo sé ni me importa. ¡Eh! —Le tendió la mano y Wes se la cogió. Ella tiró para levantarse del sofá y se metió entre sus brazos para bailar la canción—. Al menos tenemos la casa.

La notaba pesada en sus brazos. De cerca se le veían más arrugas y manchas por toda la cara. Ella le rozó la mejilla, rieron, giraron al ritmo de la música, y Wes se cayó en el sofá. Anneise se burló de él y dijo que iba a acostarse.

—Estoy hecha polvo. Nos vemos mañana. Quiero ir al pueblo.

Él le dio las buenas noches y se hundió en el sofá con su vaso apoyado en la barriga. La habitación estaba borrosa y daba vueltas. La aguja llegó al final del disco, que siguió girando con un chasqueo como de metrónomo toda la noche, hasta la mañana.

Siguió una semana de extraña vida hogareña. Anneise se creía vidente y le había dado por hacerle preguntas del tipo: «¿Estabas pensando en un perro? ¿Pensabas en papá?»

—Piensa un color. El que sea, adivinaré cuál es —le aseguró Anneise.

Luego dijo un color y Wes negó con la cabeza:

—Rojo.

Anneise lo miró compasiva, como si Wes hubiese olvidado el abecedario.

—No, Wes. Verde. ¡Verde!

Wes hacía la compra en Kroger's, en el pueblo, y evitaba Cormier's. Cenaban frente al televisor a eso de las seis, hora en que una cadena local reponía «Cheers». Cuando terminaron sus cuencos de espaguetis de lata, Anneise se llevó también el de Wes como si se dispusiera a lavarlos, pero se limitó a dejarlos en un estante, junto a la corneta abollada, y volvió a acurrucarse en el sofá. Apoyó un codo en el respaldo y reclinó la cabeza en la mano. Bajo sus párpados entrecerrados había una luz perezosa, soñolienta.

—¿Wes? —dijo—. Ven aquí, Wes. —Dio unos golpecitos en el cojín.

Wes se levantó y se sentó a su lado. Ella volvió la cabeza un poco y desplazó las piernas, sobre las que estaba sentada.

—¿Cómo es que no tienes novia?

Él no respondió.

—No pasa nada, Wes. ¿Te ponen nervioso las chicas? Ella se inclinó para coger la cerveza de la mesa. El escote se ensanchó y por debajo de la camiseta Wes pudo verle todo el pecho hasta los pezones. Anneise volvió a sentarse y se lamió la espuma del labio.

—No pasa nada, sólo quería saberlo.

—No. No me ponen nervioso.

—Entonces, ¿cómo es que no tienes novia? Eres un chico bastante mono.

—No conozco a nadie. —Wes se encogió de hombros, sintiéndose insignificante, patético—. ¿Dónde las conoces? ¿Cómo las conoces?

Ella entornó los ojos y reflexionó.

—Creo que yo, en tu lugar, intentaría entrar en la universidad. En McDeere, o algo así. Seguro que tienen algún tipo de programa en el que te aceptarían.

—Pero ¿cómo lo hago? Verás, Anneise —le temblaba la voz y de pronto estaba a punto de llorar—, no puedo hacer nada. No sé hacer nada.

—Venga, Wes, ven aquí. —Ella se acercó y lo abrazó. Le levantó la cara con una mano, le acarició la cabeza—. Tendremos que enseñarte, ¿vale?

Aquellos ojos verdes le succionaron la mirada y sintió que lo arrastraban suavemente a su interior.

Unos golpes en la puerta sacudieron las paredes. El corazón le dio un vuelco, más de uno. ¿Alguien daba martillazos en la puerta? Bum, bum, bum, bum.

—¿Quién es? —preguntó Anneise.

Daba igual. Había tal urgencia en los golpes que Wes supo que la única forma de detenerlos era acudir. Entreabrió la puerta, listo para apartarse de un salto. La puerta se abrió de par en par, y un hombre grande y peludo, vestido con un chaleco de cuero y unos vaqueros mugrientos, irrumpió en el vestíbulo. Cerró de un portazo sin mirar atrás y volvió la cabeza a ambos lados, sacudiendo las greñas que le cubrían las orejas. Wes estaba sentado en el suelo. El hombre bajó la vista, lo miró y levantó una poblada ceja, mientras el ojo, enrojecido y convulso, se volvía hacia Anneise.

—Nena, por fin. Nena, nena, nena. Nena, te he ido dos días por detrás todo el tiempo. Me decían «Acaba de irse» o «Estuvo aquí la semana pasada» o «Dijo que volvía a casa», y cuando oí eso pensé que, bueno, a lo mejor aquí te quedabas lo bastante para que pudiera alcanzarte y, nena, aquí estás. Uf...

Barret Wagner volvió a mirar a Wes y le tendió la mano para levantarlo del suelo.

—Joder. Maldita sea. Siento haber entrado así. No me gusta estar mucho tiempo al descubierto, cualquiera se siente vulnerable bajo la luz de ese porche. ¿Cuál eres tú? Wesley, ¿no? El viejo Wesley, Wesley *el Raro*, Wesley *el Blando*... Hola, tío. Hola. Joder.

Estrechó la mano de Wes y con la otra se acarició el mentón de barba negra, llena de barro y mugre.

La musculatura y los tatuajes azulados le inflamaban la carne de los brazos; eran imágenes sueltas y mal dibujadas, no como las de T. J., que en vez de tatuajes sueltos se había diseñado una estructura de motivos parecidos. Wes vio por encima de un hombro esférico y peludo que Anneise saltaba del sofá con los brazos extendidos y los ojos empañados por esa fiebre de amor imperecedero que en cierta ocasión había visto en la mirada de unos evangelistas.

—Oh, Dios, ¡Barret! ¿Sabía que vendrías? Creo que sí lo sabía. Creo que lo presentía.

• • •

Esa primera noche Wagner se dio un largo baño. Volvía a llenar la bañera con agua caliente cada vez que se ponía tibia. Hizo que Anneise le llevara cervezas y se quedara un rato, y cuando ella salió llevaba la camiseta azul lavanda empapada. Había solucionado lo de esos tíos que lo perseguían, dijo. Era agua pasada, había acabado en nada. Pero la orden de busca y captura seguía ahí. Lo buscaban. Le convendría quedarse una temporada, antes de decidir qué hacer a continuación.

Al día siguiente, Wagner mandó a Wes a la tienda a comprar provisiones y varias semillas: de tomate, sandía y repollo, también de romero, albahaca, menta y tomillo. Cuando regresó a casa, oyó jadeos en la habitación de atrás, chirridos y golpes de ritmo errático contra el suelo y las paredes. Dejó la compra en el vestíbulo y volvió a salir para sentarse con las piedras en la orilla del lago.

El día después, Anneise se levantó temprano para labrar la tierra y plantar las semillas. Barret se quedó en la puerta trasera, sin camiseta y con el cabello enmarañado recogido en una cola. Era sorprendentemente viejo; tenía la cara como una costra requemada y las gruesas cejas negras entrecortadas por unas cicatrices abultadas. Su piel era rugosa y de coloración irregular; el cuello y los brazos tenían la misma textura de papel crepé que había visto en el escote de Anneise, pero el torso era pálido y estaba cubierto de matojos de vello oscuro y áspero. Wes saludó a Anneise, que trabajaba en el pequeño pedazo de tierra que invadía el patio. Empujaba un arado de aquí para allá como si fuera una fregona.

—Quería hablar un momento contigo —dijo Wagner.

—¿Por qué quieres sembrar eso? —preguntó Wes.

Por el tiempo que tarda en crecer algo de una semilla, acababa de comprender que Wagner pretendía quedarse allí, en su casa y en la tierra de su padre.

—Es de las que necesitan estar ocupadas. Eso es algo que nunca olvido de Anneise. Necesita hacer cosas. Es un encanto y tiene mucho amor que ofrecer, pero hay que darle proyectos, algo a lo que pueda hincarle el diente. Si no, se confunde y puede cometer cualquier locura. Se aburre a la mínima. Ése es uno de los motivos de que siempre nos hayamos llevado bien: los dos tenemos mentes complejas. Pero sé cómo manejarla. Me ha dicho que os habéis pasado el día sentados, bebiendo, escuchando música y demás. Y se me ha ocurrido que cultive un huerto. Sé cómo manejarla. Hay que darle un proyecto. La cabeza de esa chica tiene que estar ocupada o a saber lo que puede llegar a hacer. Una chica siempre tendrá una relación especial con el hombre que la descorchó. ¿Entiendes lo que digo? Fui yo quien le abrí la almeja por primera vez, cuando ella tenía quince años, y eso es lo que conoce. Formo parte de ella de un modo tan natural como su pelo o sus uñas.

Anneise alzó la vista y los saludó con la mano, se enjugó la frente y volvió a empujar el arado adelante y atrás. Llevaba el cabello recogido en una cola y un vestido suelto y floreado. Wes apretaba tanto los dientes que oyó crujir una muela.

Wagner estrujó la lata de cerveza y la dejó caer a sus pies.

—Vale. Por qué te he llamado aquí fuera. Uno. Sé que no has estado en el Ejército. Fue T. J. Recuerdo que lo oí cuando dijeron que se había pegado un tiro. He visto los papeles que tienes en esa mesa de ahí; dicen que no podías servir en el Ejército, que te pasa algo en la cabeza. Bueno, sólo para que lo sepas. Anneise no está al corriente, pero yo sí; sólo para que lo sepas. Dos. De ahora en adelante, tendremos que repartirnos esas subvenciones. Tres partes. Dos partes para nosotros y una para ti. Ya sabes que ese dinero no es tuyo. No has hecho nada para ganarlo, y si el fisco o quien sea se entera de que tu padre ha muerto, lo perderás igualmente. Tres. Puedes quedarte aquí si quieres, pero a veces un hombre decide que ha llegado el momento de sentar cabeza y echar raíces. Creo que haber encontrado a Anneise aquí, y que seamos de este pueblo y que la casa esté vacía, o sea, con tu padre muerto... Me parece que es un buen momento para casarme con ella y llenarla de bebés. Todo eso a ti no te gusta nada, lo comprendo, pero te lo guardas para ti. Te tolero, Wes. Y punto. Y ni se te ocurra ponerla en mi contra, porque eso es imposible. Como te he dicho, los agujeros del corazón y del cuerpo de tu hermana se adaptan a mi nabo como un guante a una mano, y siempre me seguirá allí adonde vaya. —Wagner escupió en el suelo, se rascó la barriga y alzó la cara al sol—. Ya está. Quería dejar las cosas claras.

III

Wesley estaba unos pasos por detrás del agente de policía Jimmy Dupres, entre dos de los cinco coches patrulla cuyas luces intermitentes rodeaban la casa. Dupres hablaba por un megáfono.

—¡Sal de una vez, Barret! ¡Retener a esa chica como rehén no servirá de nada! —El agente miró por encima del hombro, con el megáfono todavía en alto—. Has dicho que hay armas dentro, ¿no?

—Sí. Tenemos rifles. Ya te lo he dicho, ese tío está loco.

Oyeron gritar a Wagner desde la casa:

—¡No es una rehén!

—¡Déjala salir entonces, Barret! ¡Esto no tiene nada que ver con ella!

La casa quedó en silencio. Los otros cinco agentes tenían las armas desenfundadas y los dedos inquietos en la empuñadura. Con aquel uniforme marrón almidonado, Dupres parecía alto y ancho de espaldas, pero por desgracia no tenía barbilla, y más que terminar en una mandíbula su cara iba estrechándose hasta llegar al cuello, lo que le daba el aspecto de algo que hubiera brotado de un apretón entre los hombros. Miró a sus compañeros, todos con gafas de sol y claramente incómodos por estar allí sin hacer nada. Había tres coches patrulla aparcados en la hierba y otros dos frente a la casa. Habían pisado el huerto recién plantado de Anneise y aplastado los tres carteles que su padre tenía delante.

—Oye, ¿por qué lo buscan, exactamente? —preguntó Wes.

—En Texas, por narcotráfico y agresión. En Oklahoma, por exhibicionismo y destrozos. No conozco los detalles de eso último, algo relacionado con unos muebles de jardín.

Se abrió la puerta de la casa. Todos los agentes levantaron el arma y se oyó el clic de los percutores, pero era sólo Anneise, con los brazos en alto y las manos extendidas. Llevaba unos *shorts* vaqueros de cintura alta y una camiseta roja con la espalda al aire, y uno de los policías silbó. Anneise volvió la cabeza a ambos lados para examinarlo todo y luego sonrió a los oficiales mientras se acercaba a Dupres con pasitos delicados, sin bajar los brazos.

—Hola, Jimmy —dijo.

Él saludó con un gesto y le indicó:

—Puedes bajar los brazos, cariño. ¿Está él solo ahí dentro?

—Sí. Hola, Wes. Pero está preocupado. Quiere saber si podríais llegar a un acuerdo. Me ha enviado a... negociar.

—Me temo que no haremos nada de eso —dijo el policía.

La tomó del codo y la condujo hasta detrás de la formación.

—Vaya. Y entonces, ¿qué pasará? —preguntó ella.

—Oye, Anneise, ahora tienes que ser realista con respecto a un par de cosas. —Sin soltarle el codo, la volvió suavemente hacia él y frunció el ceño, comprensivo—. Te has juntado con un mal tipo, cariño. No es culpa tuya, la verdad. Me acuerdo un poco de él. Siempre se ha metido en líos y tu padre debería haberlo alejado de ti, pero las cosas no fueron así. Es un mal hombre y tiene una orden de busca y captura. Como agente de la ley, mi deber es llevarlo ante la justicia.

Con la última frase, Dupres alzó la cara y miró el horizonte. Si hubiese tenido barbilla, habría sido una pose noble y marcial.

—Ya... —dijo Anneise, y miró a Wes.

El agente Dupres, que había dejado el megáfono sobre el capó del coche, la agarró de los hombros y la volvió hacia él. Siguió hablando con una cadencia un poco titubeante.

—Lamento que tengas que presenciar todo esto, Anneise. Me habría gustado ahorrártelo. Es el lado amargo de la justicia, cuando afecta al inocente. Pero debo cumplir con mi deber. ¿Lo comprendes, Anneise? —La agarró más fuerte y la acercó hacia él.

—Vale —dijo Anneise.

—Alégrate de que tu hermano nos haya avisado. Así hemos podido llegar hasta aquí y sacar a ese hombre de tu vida. Aún tienes tiempo de volver a empezar. —Le tocó la cara—. Será mejor que pienses en él como si ya no existiera.

—Un momento. ¿Wes? —Anneise se volvió hacia su hermano con la cara crispada por la ira—. ¿Wes os ha dado el soplo? ¿Has delatado a Barret, Wes?

Wes se encogió de hombros y retrocedió un paso.

—Oye, mira...

Anneise se abalanzó sobre él y empezó a golpearle los hombros, gritando:

—¿Cómo has podido, Wes? ¡Él te quería! ¡Te quería como a un hermano! ¡Maldito seas, Wesley!

Dupres la apartó. Anneise enterró la cara en su pecho mientras él le daba palmaditas en la espalda.

—Verás, nunca he sentido mucho respeto por el tipo que vende a otro, sobre todo tratándose de alguien que es casi de la familia. Demuestra una cobardía que me resulta difícil de soportar. Es tener el corazón de piedra. Pero al margen de lo que eso dice del carácter de tu hermano, mi deber es cumplir la ley.

Anneise se abrazó al policía y levantó la cara húmeda para mirarlo.

—Sabía que iba a pasar algo así. Lo presentía.

Sonó un disparo y todos se agacharon. El agente Dupres arrojó a Anneise al suelo y se le echó encima, envolviéndola como una parka. Sobre el eco del disparo, uno de los agentes gritó:

—¡He sido yo, señor!

—¿Qué? ¿Qué ha sido eso? —exclamó Dupres, sin apartarse de Anneise.

El policía gritó desde un lateral de la casa:

—Me ha parecido ver algo, señor. Ahí fuera, en el campo. Como un gato grande, o algo así.

—Joder. Enfunda el arma. No, espera. No la enfundes. Pero ¡serás gilipollas, Kilpatrick!

—¡Sí, señor! —respondió el agente.

—¡Eh! —Oyeron todos, amortiguado desde el interior de la casa—. ¿Qué está pasando ahí fuera?

Dupres se apartó por fin de la hermana de Wes y la ayudó a levantarse.

—Todo irá bien, Anneise. —Retrocedió un paso y le enjugó la mejilla—. Pero en este momento tenemos a un fugitivo armado y peligroso atrincherado en tu casa, y mi deber es detenerlo.

Anneise sorbió por la nariz y sostuvo la mano del policía, mirando las gafas de espejo y la barba incipiente en la exigua barbilla.

—Presentía que esto iba a pasar, Jimmy. Intuyo cosas.

Wagner volvió a gritar desde la casa:

—¡No pienso ir a la cárcel!

—Bien, muchachos. Ya lo habéis oído. —Dupres levantó el megáfono y gritó—: ¡Como quieras, Barret! —Se ajustó las gafas, levantó las manos para hacer retroceder a Wes y Anneise—. Vosotros quedaos atrás. Bien, chicos; vamos allá.

Los cinco agentes corrieron hacia la casa y se desplegaron por la fachada y la parte trasera. Uno abrió la puerta de una patada, se apartó y el resto tomó el vestíbulo. Oyeron que alguien gritaba «¡Eh!» y a continuación una ráfaga de disparos cuyos destellos parpadearon en las ventanas. Descargaron todas sus balas hacia el interior de la casa, desde la puerta principal y desde la de atrás. Dupres observaba mientras apretaba a Anneise contra su pecho y le decía: «Shhh, no mires, cariño.»

Un poco más allá, Wes olió el humo acre que salía del edificio y se dispersaba por la hierba y los coches. Cuando se volvió, Anneise abrazaba a Dupres y decía: «Siempre supe que se me partiría el corazón.»

Dejaron a Barret como un colador, como si hubiera explotado, y fue Wes quien limpió y restregó la sangre y la carne de las paredes y el techo, quien tiró la alfombra y a gatas fregó el suelo de la sala de estar con un estropajo de aluminio y un limpiador en polvo que destiñó y raspó los tablones. Los polis habían extraído las balas, pero los agujeros permanecían en las paredes. Anneise no pudo quedarse allí después de lo sucedido. Uno de los agentes recogió sus cosas y las sacó, y antes de que la ambulancia llegara para llevarse los restos de Wagner, ella ya se dirigía hacia la caravana de Dupres, donde estaba invitada a quedarse todo el tiempo que hiciese falta.

Habían pasado ya dos semanas desde entonces. La casa estaba limpia, salvo por los agujeros de bala y algunas manchas oscuras diminutas aquí y allá que a Wes se le habían pasado por alto. George Dickle había desaparecido, y Wes ya no notaba la presencia de fantasmas.

Arrastró la vieja silla de su padre hasta la hierba, con el viejo rifle de T.J. al hombro.

Al sentarse, su cabeza quedó por debajo del nivel de la áspera hierba que lo rodeaba. Era media mañana y el sol seguía bajo; una brisa suave le cosquilleaba en la piel y dispersaba el tenue olor a orina seca que impregnaba la lona de la silla, mientras la estructura de aluminio crujía bajo su peso. Wes levantó el rifle y apoyó la culata en el suelo, entre los pies. El día anterior había recibido una carta. Su hermana iba a disputarle la propiedad de la casa. Decía que después de la boda, Jimmy Dupres y ella necesitarían mudarse.

La hierba crujía como el pergamino, como las semillas en la cáscara de una planta de los pantanos cuyo nombre no conseguía recordar. Los tallos de hierba tenían en lo alto un punto brillante y ardiente, parecían cometas. Los mirlos trinaban en los árboles, invisibles, un poco histéricos. Wes pensó en T.J. y en sus brazos tatuados. ¿Había visto salir el sol? ¿Había esperado su hermano el amanecer, para que actuara como una especie de señal? Una mañana, Anneise le dijo tan sólo que su madre se había marchado. La imagen de su padre era la de un bulto deforme en un rincón, como un niño castigado.

Se inclinó hacia delante y acercó el rifle hasta posar la barbilla en el cañón. Bajó el brazo y cerró el pulgar en el gatillo. El ángulo del sol cambió y de pronto toda la hierba se transformó en velas de llamas cada vez más intensas y brillantes, como si lo rodeara un incendio. Supo que, si iba a hacerlo, había llegado el momento. Cerró los ojos y apretó el gatillo. Dio un respingo y gritó al mismo tiempo. El gatillo no se movió; tenía que quitar el seguro.

Temblando, se desplazó para desactivarlo y al alzar la cabeza vio que el animal lo miraba desde un claro en la hierba. Estaba cerca, a apenas tres metros de distancia.

Leonado, de los colores del trigo y del polvo y del humo de la leña al atardecer, la cara como una punta de flecha, la nariz chata y de un gris rosado, el felino avanzó un paso con patas ligeras como la ceniza, sin hacer ruido. Sus ojos eran dos monedas de bronce, desprovistos de toda piedad o consideración; sólo miraban fríos, casi sin interés, pero siempre fijos. A Wes se le cortó la respiración y le temblaron los dedos. Levantó el arma tan suavemente como pudo y bajó el cañón hasta apuntarlo. El felino empezó a rodearlo, despacio, cada movimiento era una afirmación de potencia insinuada y velocidad contenida. Wes lo siguió con el arma, la silla crujió, él se volvió cuando tuvo al animal a su espalda. El felino continuó el círculo con ojos neutros, casi desafiantes, pensó Wes. La respiración resonaba en sus oídos y notó el sabor del sudor, que ahora le empapaba la cara. El animal completó el círculo y volvió a situarse frente a él. Lo miró antes de dar media vuelta e internarse despacio en la luminosa hierba, haciendo crujir los tallos secos hasta que sus colores se fundieron y desvanecieron entre los tonos del campo y lo perdió de vista por completo. Un ruido atronó al norte; Wes salió corriendo de la hierba y contempló, en la otra orilla del lago, las llamas que coronaban las refinerías y el espeso humo negro que ascendía, sinuoso y vacilante, penetrando en el cálido cielo azul. Unas finas serpentinas de fuego trazaban arcos y chisporroteaban en el agua. Una ráfaga de viento abrasador le sopló en la cara e inclinó la hierba alta.

Al volverse vio una columna de polvo en el camino, el penacho de arena que levantaba un coche que se acercaba. Un vehículo se dirigía a la casa. Otra explosión y lo envolvió otra oleada de calor; vio chasquidos naranja y amarillos, oyó las sirenas y mientras el humo oscuro huía al cielo y el polvo avanzaba por el camino, se sintió en ambas corrientes, yendo y viniendo, permaneciendo y marchándose a la vez.

TUMBAS DE LUZ

De vez en cuando Mike Fuselier observaba a Paul Calder en Moonie's bebiendo Pabst después de un chupito de Wild Turkey, y en una ocasión lo había visto roncando al sol en el parque Royce-Anne, junto al monumento conmemorativo de la Segunda Guerra Mundial. A menudo se lo encontraba paseando por las calles de West Medora, sin más, con aire ausente y confuso, como si ella fuese algo que se le hubiera traspapelado.

Mike había hecho una reparación en el Subaru de Calder, algo relacionado con la inyección; y cuando conoció a su esposa, tuvo envidia de él. Se llamaba Lara y no se parecía a ninguna de las mujeres que Mike había visto en el pueblo. Pelo liso, abundante, de tonos oscuros, del color de los arces en octubre. Ese día llevaba una minifalda y botas altas de cuero, y a la hora de pagar la faena le había dicho algo en francés, gracias o algo así, y a él se le había atascado la voz. No solía fijarse en las mujeres mayores que él, pero Lara Calder consiguió que de pronto fuese consciente de las diferencias entre una chica y una mujer. Pensó en su Marie y en ese momento le pareció un poco patética. Se acordó de sus piernas robustas y de su expresión mansa y alelada mientras veía la televisión y comía besos de moza. De pronto comprendió que no se podía ser del todo feliz con alguien que se deja dominar. No sabía cómo, pero

Lara Calder era toda una lección al respecto, y mientras ella salía del taller en coche, Mike se quedó detrás del mostrador en silencio y actitud reverencial, como un niño esperando a recibir la eucaristía.

Y ahora, cuando veía a Paul Calder por el pueblo, perdido a plena luz del día, Mike comprendía lo peligroso que era codiciar cosas. Estaba convencido de que su padre tenía razón cuando decía que un hombre debía agradecer lo que tenía, mientras lo tuviera, aunque el viejo no fuera precisamente una persona muy agradecida.

Felicity Morris también veía a Paul Calder. No le quedaba más remedio, vivía a menos de cincuenta metros de él, al otro lado de la carretera 25 del condado. Los de la universidad no solían comprar propiedades en aquella zona. La de los Calder, una casa unifamiliar de una sola planta que había pertenecido a un veterinario muy estimado en el pueblo, se alzaba sobre una colina con vistas a una cantera de piedra caliza. Felicity solía ver al profesor solo, en medio de aquel jardín conquistado por las malas hierbas, con una botella y a veces también con una de las chiquitas de la facultad. Sabía que eran sus alumnas, aunque sospechaba que eso no le importaba a nadie. A solas siempre se refería a él como «el catedrático», en honor a lo orgulloso de sí mismo que le había parecido cuando llegó con su mujer. Ahora estaba mucho más delgado que entonces y tal vez por eso ya no le daba la impresión de ser tan engreído. Además, había dejado de afeitarse. De todos modos, Felicity seguía percibiendo en él un sentimiento de orgullo, cierto aire de superioridad, como si su pena lo elevase por encima de los demás. No se saludaban cuando ella caminaba hacia el centro ni cuando hacía el tramo de regreso, pero lo veía sentado en el porche, empinando la botella, mirando a su alrededor con ojos tan fríos y distantes como la luz gris y anacarada de aquellos campos.

Felicity recordaba que su esposa trotaba por allí como un poni, como si el mundo fuese un regalo para ella. Como si esperara que la mirases.

Una mañana, poco después de que los Calder se mudasen al otro lado de la carretera, la nieta de Felicity no llegó a casa hasta el amanecer. Janie se llevaba el coche siempre que quería y conducía demasiado rápido. Su abuela sabía que tenía mucho de su madre. Janie y el chico de los Sleaux se habían llevado el Festiva sin permiso y la joven estaba gritando a su abuela en el jardín. Le vociferaba que ella tenía derechos, mientras el chico permanecía sentado en el asiento del copiloto con su bigotillo grasiento, riéndose y pensando que aquello era un espectáculo. Felicity miró más allá de Janie, que aún pegaba gritos, y vio al catedrático en el porche de su casa, observándolos. Todavía estaba allí cuando el hijo de los Sleaux sacó la mano por la ventanilla, dio unas palmadas en el techo del Festiva y Janie arrancó, pisó el acelerador a fondo y desaparecieron. Calder se quedó mirando cómo la nube de polvo que habían levantado envolvía a una Felicity en camisón.

Ella había visto despuntar el amanecer en los campos como una mancha de gasolina en contacto con una cerilla, la luz que se acumulaba en el embalse de la cantera, los brazos tatuados de Mitchell Sleaux y al catedrático allí plantado, contemplándolos como si fueran ratones de laboratorio. Se quedó fuera un rato, sólo para que la viera. Lo estuvo mirando con los brazos cruzados hasta que él se dio media vuelta y entró en casa.

Y ahora Janie y el Festiva ya no estaban. Así que, cuando necesitaba algo, Felicity hacía a pie el kilómetro y medio que llevaba hasta la plaza. Entonces tenía todavía más probabilidades de ver a Paul Calder en el porche, y cuando estaba allí pensaba: «Venga, sigue bebiendo. Hasta el fondo», porque ahora él mismo había descubierto que no era mejor que los demás. Sólo que parecía que aún no había comprendido esa verdad. Por cómo actuaba. Como si fuese el único ser que sufría en el mundo.

Los cerca de seis mil habitantes de West Medora se dividen casi a partes iguales entre gente de la universidad y lugareños que trabajan en el centro de distribución de Wal-

Mart o en la fábrica de ladrillos o en las canteras. La mayoría de estos últimos vive al oeste de Jefferson Boulevard, colina abajo, en caravanas o casas pequeñas con el revestimiento de madera agrietado y escuetos jardines minados de ruedas, coches herrumbrosos y estatuas religiosas. A excepción del profesorado que viaja a diario desde Bloomington o desde Indianápolis, la mayoría de los académicos vive cerca del campus, en unas cuantas manzanas de casas victorianas restauradas que tienden a pasar de mano en mano entre el personal de la universidad. Pero Paul y Lara Calder habían escogido una casa en una zona rural algo apartada, junto a la carretera 25 del condado. Paul le había contado a Toby Greer, su compañero del departamento de Lengua Inglesa, que puestos a no vivir en el centro de la ciudad preferían vivir fuera del todo. Cuando compraron la casa unifamiliar, Toby sintió cierta desilusión: sin darse cuenta había alimentado la esperanza de que se quedasen con una vivienda de cuatro habitaciones que un doctor del departamento de Antropología estaba tratando de vender.

Después de la primera cena del departamento que se celebró aquel año, Vanessa, su esposa, lo había acusado de seguir a Lara Calder por toda la casa como un cachorrito, cosa que a él no le pareció justa, porque lo único que había hecho había sido hablar con ella sobre las traducciones de un poeta chileno que le gustaba. Al llegar a casa, Vanessa, en chándal y con el pelo recogido en un moño improvisado, se puso a imitarlo mientras los gritos de ambos hacían llorar al bebé.

Y ahora Toby veía a Paul con Amy Churchill, una estudiante de Arte Dramático de veinte años. Veía su cuerpecito menudo intentando soportar el peso de Paul mientras lo sacaba de Moonie's. Era bonita, pero no se acercaba a la categoría de Lara ni de lejos.

Pensaba en ella. No le importaba admitirlo.

Cuando contrataron a su marido como profesor, Toby y el resto del comité de selección habían acordado por votación ofrecer un puesto docente a Lara Calder: hablaba cuatro idiomas e impartía un taller de traducción. En la fiesta Toby había recabado algunos datos más: llevaba con su marido menos de dos años, no tenían hijos y le gustaba Nicanor Parra.

Más de una vez Toby se había despertado por la noche sabiendo que había soñado con ella, pero era incapaz de recordar el sueño. Entonces miraba a Vanessa, roncando con la cara hinchada, se levantaba de la cama e iba a la habitación de David sin hacer ruido para verlo balbucear en la cuna. Recorría el pasillo que separaba los dos cuartos en silencio. Tarde o temprano, acababa en la cocina, se servía algo de beber y se quedaba de pie mordiéndose las uñas, tratando de recordar lo que había soñado.

Paul Calder pensaba que, para empezar, hacía demasiado viento.

Indiana. El aire nunca estaba tan quieto como parecía. Luego estaba el vacío, la desolación. Le ponía nervioso. Implicaba algo que no alcanzaba a identificar. Tal vez porque se había criado en el sur, rodeado de una congestión de plantas, vegetación, ríos, pantanos. Las dilatadas llanuras le parecían un desatino apremiante, aunque fuese de forma preconsciente. El sol era distante. Luz demasiado blanca para el poco calor que emitía.

La primera vez que condujo hasta allí, el día de la entrevista, vio desde el coche a un hombre con un peto vaquero en mitad de uno de esos campos desiertos. Estaba observando su vehículo resguardado bajo un sombrero ancho y achaparrado.

Paul vio que tenía un hacha pequeña colgando de una mano. Con la otra sujetaba por los pelos una cabeza cortada.

No era más que un tocón que el tipo agarraba por las raíces, y aun así, aquel lugar tenía algo que le hizo pensar que podría haber sido una cabeza.

A pesar de las sensaciones iniciales, Paul y Lara consideraron que después de Chicago, West Medora era un soplo de aire fresco. Allí su esposa resplandecía y él se sentía orgulloso de ella. Las demás le recordaban a un bulldog, incluso sus alumnas: mujeres rollizas del Medio Oeste sin gusto en el vestir. Parecían vagamente cohibidas. Calder veía las miradas que lanzaban a Lara y se enorgullecía.

Su vecina más cercana era una señora mayor que vivía con una nieta endemoniada; pero aparte de ellas, Paul y su esposa estaban solos con los árboles y la vista del embalse y los remolinos de colores irisados de la piedra. Tras nueve meses en West Medora, volvían a estar intensamente enamorados. Para él era como si hubiesen alcanzado juntos un lugar que estaba entre ambos, un sitio que antes no había existido. Porque las cosas no siempre habían sido fáciles. Se habían casado pronto, después de cuatro meses, y al principio fue como en los viejos poemas: vivían en un estado febril, sin apetito, con una sed insaciable de follar. Pero durante el primer año Paul había descubierto que su esposa podía llegar a aburrirlo. Topó con un resentimiento sordo en su interior; la sensación de que no había conseguido todo lo que merecía. Más tarde atribuiría esa sensación al hecho de que, una vez que estuvieron casados, muchas mujeres parecían sentirse atraídas por él. Se le acercaban chicas bonitas. Era un tipo seguro, gracioso, perspicaz. Él consideraba que al fin estaba recibiendo el reconocimiento que se merecía y por eso se sentía con derecho a ello.

Lo que no se había parado a pensar entonces, y sólo admitiría más adelante, era que a aquellas mujeres sólo las atraía la parte de él que Lara lograba sacar a relucir. El efecto que surte en un hombre tener a su lado a una gran mujer.

En cambio, ahora conseguía cierto tipo de jovencitas por ser un personaje trágico. Porque había escrito un libro, bebía y respiraba tragedia.

Chicago estuvo a punto de acabar con ellos, pero en West Medora se hicieron verdaderos amigos, compañeros en cuerpo y alma. Allí Calder la observaba de vez en cuando —untando mantequilla en una tostada, por ejemplo, o ahuecándose la melena o caminando por el pasillo o sentada en el sofá rascando a *Rosco* detrás de las orejas— y pensaba con verdadera admiración: «Mira lo hermosa que es mi mujer. Mira qué estupenda.»

Y a ella le pasaba lo mismo con él; él se lo notaba y ella a él también. A veces encontraba en su propia sensación de gratitud una razón para la humildad. Le parecía muy peculiar, muy fortuito que dos personas pudiesen encontrarse de esa manera, que pudiera ser tan fácil.

Sin embargo, otras veces, aunque no muy a menudo, se preguntaba «¿Quién es esta persona?» y «¿Qué he hecho?». No pasaba a menudo, pero de vez en cuando la observaba tratando de evaluarla y cosas como un hoyuelo en la parte trasera del muslo daban lugar al germen de una duda indeterminada que flotaba en los márgenes de su mente. Se preguntaba si era lo bastante buena para él.

Ahora se sentía mal por todo eso y le había explicado a Amy Churchill que estaba convencido de que había gente incapaz de creerse merecedora de cualquier cosa que valiese la pena. Personas que quieren creer en el amor, pero no lo consiguen. Porque saben demasiado sobre la vida. Era como Dios, como querer creer en Dios cuando sabes demasiado. Las dudas te acosan.

Y ahora Paul Calder evitaba quedarse en casa y bebía demasiado.

Había bebido demasiado en su última noche juntos y, al salir marcha atrás del aparcamiento del bar, había abollado el parachoques del Subaru. Pasaban los viernes por la noche en Moonie's, donde comían patatas fritas con queso y bebían cerveza barata que él acompañaba con whisky. Lara no bebía tanto como él; la hacía sentirse cansada y sentimental. En cambio él, cuanto más bebía, más confianza tenía en sí mismo, más seguridad en el futuro. Y bebía cada vez más aprisa. Cuando ella ya estaba agotada, él veía borroso y quería quedarse toda la noche en vela escuchando música. Esa noche Paul condujo hasta casa bajo la nieve y con un ojo cerrado. Los copos de la suave nevada eran como dientes de león al viento. Ella se reía y comentó:

—Solía imaginar que me iba a París. Todos mis ex novios se suicidarían.

—Aún están a tiempo —respondió él mirando la carretera con ojos achinados.

Ella le frotó la erección por encima de los pantalones y al llegar a casa se desabrochó la falda antes de alcanzar la puerta, la dejó caer al suelo del porche, lo miró por encima del hombro y desapareció en la penumbra del interior.

La nieve blanca a la luz de la luna.

Más adelante, Don y Peg Ramsey, los padres de Lara, contrataron a Duane Consadine de Indianápolis. No estaban satisfechos con la investigación del sheriff de West Medora. «Los de allí no son los de "CSI", que digamos —había dicho el señor Ramsey—. No tienen ni departamento de Desaparecidos.»

Como era de esperar, Consadine empezó por el marido, pero enseguida lo descartó. Una mañana de principios de abril tomó el camino que salía de la carretera 25 y encontró a Calder durmiendo entre las hierbas altas del jardín con su golden retriever. Eran las nueve de la mañana y estaba envuelto en un edredón manchado y descolorido. Le contó que le costaba mucho estar solo dentro de casa. Le temblaban las manos y tenía los ojos tan húmedos que el detective lamentó haber interrumpido el sueño de un hombre apenas capaz de soportar el estado de conciencia. Una vez dentro de la casa, preparó café para los dos mientras observaba a Calder ir de un lado a otro frotándose los brazos hasta que lo obligó a sentarse y le sirvió una taza.

Consadine le explicó quién era y para qué lo habían contratado. Le preguntó dónde estaba el ordenador de

Lara, porque quería ver su correo electrónico y los extractos del banco. Suponía que eso iba a causar cierto conflicto, pero no fue así. Calder le dijo que se llevase el portátil. «Por favor», insistió. Entonces Consadine lo vio levantarse de la mesa y coger una botella de Middletons de la encimera. Se sirvió con las mejillas surcadas de lágrimas. Hablaba rápido y el enorme perro color canela gimió un poco bajo la mesa.

—Me la he imaginado boca abajo en una zanja. Y con un amante secreto en París o Nueva York o México. Me la he imaginado caminando sin rumbo por una carretera rural, con amnesia. Y esta gente... —Se pasó la mano por la boca y señaló el mundo que quedaba fuera de la casa—. Para mí esta gente se ha convertido en parte de una conspiración. El sheriff. Piensa que me dejó y ya está. Pero si eso fuese cierto, se habría llevado el perro, ¿no? Es suyo. Habría llamado a sus padres. ¿Por qué iba a hacer la lista de la compra?

Consadine estuvo escuchando a lo largo de casi dos horas hasta que Calder hubo bebido suficiente para volver a quedarse dormido. Lo dejó en el sofá, con el perro acurrucado a sus pies. Le resultó algo terrible de presenciar, una manera de condenarse en vida. Cuando cerró la puerta con el portátil bajo el brazo, el aparato le pareció denso, como si, a juzgar por el peso, cargara con una piedra.

Mientras estudiaba las fotografías de Lara Calder y leía su correspondencia y las cosas que había escrito, empezó a hacerse una idea de la intensidad de la sorpresa y la pena del marido. No cabía duda de que era una mujer hermosa, pero se expresaba con cierta peculiaridad, con una fina perspicacia que le hizo pensar que no había crecido siendo guapa, sino que había empezado a serlo más adelante. Según su experiencia, las personas que nacían bellas tendían a carecer de carácter, y no era el caso de Lara. Lo veía en la variedad de tonos —juguetón, gracioso, agresivo—, en el rigor de su inteligencia y en cómo ésta se sustentaba en una amabilidad innata y una auténtica curiosidad por las cosas. Seguro que era la clase de mujer que los ex no se podían quitar de la cabeza; se los imaginaba tratando de mantener el contacto con la esperanza de una reconciliación. De pronto percibió el olor de su ex mujer, la de Florida: la fragancia de su aliento por las mañanas estaba en el aire. Averiguó que Lara había ido al instituto en Hillsboro, una pequeña ciudad verde y solitaria, apenas algo más grande que aquella de la que había desaparecido. Unas cuantas fotos antiguas confirmaban que de adolescente era un ratón de biblioteca desgarbado que no llamaba la atención. Consadine siguió su paso por la Universidad de Carolina del Norte —el año de su vigésimo cumpleaños: de pronto era un pibón—, el curso que pasó en París a través de Stanford y la temporada dando clases en Northwestern, Chicago, donde conoció a Paul Calder.

Pensó en localizar a las antiguas parejas de Lara, los hombres de los que tenía constancia. Su instinto le decía que, de un modo u otro, su desaparición estaba relacionada con algún hombre. Debía de ser la clase de mujer que los hombres asaltaban con ansia: atractiva y tan lista como para provocarles desconcierto y frustración.

Sin embargo, al cabo de tres meses de investigación Consadine no había conseguido nada, y cuando los padres no pudieron seguir pagando, mantuvo las fotos y la documentación a mano. Más adelante, cuando ya había guardado todo eso y conocido a su siguiente esposa, Duane Consadine miraba de vez en cuando el sitio web que habían creado los padres y comprendía que Lara Calder se le había metido en la cabeza, la idea de ella. Se había convertido en una esquirla de misterio. Una de esas cosas con las que hay que aprender a vivir.

Por la mañana, después de emborracharse con Lara en Moonie's y de abollar el parachoques del Subaru, Paul Calder se despertó solo. Sintió un pánico repentino. Lo abrumaba un miedo cerval a que Lara hubiera desaparecido, de que esa separación fuese permanente. Salió de la cama de un salto y corrió pasillo abajo llamándola a gritos. Lara estaba en la cocina, bebiendo zumo y haciendo la lista de la compra. Iba vestida para hacer ejercicio, con pantalones de licra y una camiseta corta de tirantes que le dejaba el vientre al descubierto. *Rosco* la miraba con ojos saltones y la lengua colgando porque sabía que iban a salir a correr. Al encontrarla, Paul tuvo por fin ocasión de notar su resaca priápica. Ella lo miró por encima del hombro, se rió y le preguntó qué tal estaba.

Se acercó a ella por detrás, apestando a alcohol. Lara estaba encima de la mesa, rodeándolo con las piernas y con las mallas colgando del tobillo. El mueble se escurrió por el suelo, arañó el linóleo y ella se reía como loca, pegando gritos.

Él se acordaría de que la mesa había chocado contra el fregadero y la encimera. De *Rosco* ladrando y dando brincos, y del repiqueteo de las uñas en el suelo. Recordaría que ella le había tirado del pelo.

Cuando acabaron, él se dejó caer al suelo y ella se quedó tumbada. Paul levantó la mirada, se vio salir goteando de ella. Recordaría la melena esparcida por la mesa, la camiseta enrollada por encima de los pechos. Lara se había sonrojado como un mapa hecho de sangre; tenía la piel sensible y él solía leerle el estado de ánimo en la piel. Ella se reía. Parecía feliz. Paul se levantó de pronto y empezó a lamerla.

Se sentía penitente.

Al cabo de una hora, más o menos, Lara por fin fue a correr. Salió por la puerta con el perro, ambos dando brincos. Paul estaba contento porque ya podía beber algo y eso lo ayudaría con la resaca.

Siempre se alegraría de haber hecho el amor con ella esa mañana, de tener eso por lo menos.

En un momento dado se quedó dormido en el sofá y no se despertó hasta pasadas las tres. Hacía una tarde muy luminosa. Salió. El coche estaba aparcado junto a la casa.

Llamó a *Rosco*. El miedo de la mañana regresó, pero más intenso, con más cuerpo. Estaba asustado como se asustan los niños, como si tuviera una alarma en la cabeza. Cogió el teléfono y la llamó al móvil, pero éste sonó desde el interior del bolso, en la habitación. No se lo había llevado. O bien había vuelto mientras él estaba durmiendo y había salido de nuevo —a sacar al perro o hacer algo que no requería bolso— o no había regresado. Se dijo que debía tranquilizarse.

Se dio una ducha, dividió las siguientes dos horas en pequeños sorbos de Jameson y anotó algunas ideas para su próximo libro, una gran novela que no llegaría a escribir.

Cuando dieron las cinco, Lara aún no había regresado. Descubrió la abolladura que le había hecho al Subaru la noche anterior al chocar contra un poste. Bajó hasta la carretera y se dio cuenta de que la vieja del otro lado lo estaba mirando. Le daba la sensación de que eso era lo único que hacía cuando la nieta no estaba en casa, cuando el coche no estaba aparcado fuera. Se plantaba al aire libre y esperaba que volviese. En ese instante Paul sintió cierta simpatía por ella, por su inmovilidad.

Fue hasta el parque, recorrió los caminos que Lara frecuentaba. Una tarde de color gris y bronce, y nubes marrones. Peinó el campus y regresó por la carretera que bordeaba las canteras de caliza y pasaba por delante de Wal-Mart y las pistas de tenis, hasta llegar casi hasta Crawfordsville.

Se dijo que había pasado otra hora. «Cuando llegue, estará en casa.»

Tenía una necesidad desesperada de que estuviese allí, pero nunca se había dado cuenta. No podía comparar aquel miedo con nada, ni siquiera con alguna experiencia de su niñez, cuando se asustaba tan a menudo. Y Lara no estaba en casa. Había un mensaje en el contestador automático y lo reprodujo con un nudo en el estómago.

Era una compañera del departamento, una medievalista. Decía: «¿Paul? Soy Louise Formicella. Hemos encontrado a tu perro.»

Explicaba que habían encontrado a *Rosco* rondando el juzgado, con el collar puesto y la correa arrastrada por el suelo. Solo. Lo había reconocido y se lo había llevado a casa. Le dio un vuelco el corazón. Era como si ya hubiese sabido lo que iba a ocurrir. Como si lo supiera ya al despertarse por la mañana, y se dio cuenta de que a lo largo del día esa noción había rozado la periferia de su conciencia. Como si llevase todo el día negando lo que sabía desde el despertar.

Que su esposa había desaparecido de la faz de la tierra.

Cuando Paul Calder entró en Moonie's, el otro tipo no se dio cuenta, pero Mike Fuselier sí. Llevaba pensando en él desde que en el mes de marzo había visto la foto de su esposa en las noticias, desde que lo veía deambular por el pueblo. Mike estaba bebiendo a un extremo de la barra con su tío Ray, propietario del taller mecánico, y observó que Calder pedía un whisky sujetándose con ambas manos a la barra como si necesitase ayuda para mantenerse en pie. Pensó en Marie, en lo que haría si ella se esfumase. Y no pudo negar que la idea le provocó una ola de alivio disimulado.

Mike vio que Paul Calder se fijaba en el otro tipo y se acercaba con su copa al reservado del fondo, donde el hombre se tomaba una cerveza a solas. El desconocido levantó la mirada al ver la sombra de Calder sobre el cenicero. El tío Ray estaba hablando, pero su sobrino tenía la parabólica apuntando al reservado. Calder estaba flaco como un galgo y sus pómulos angulosos sobresalían por encima de una barba descuidada.

—Paul... —oyó decir al otro—, Dios. ¿Qué más se puede decir?

Calder no respondió. Frotó el borde del vaso y miró a su alrededor.

—¿Cómo se puede hacer que las habitaciones no parezcan cajas?

—¿Perdona? —contestó el otro—. ¿Quieres tomar algo?

—¿Cómo hacer que los días no parezcan cajas? —continuó Calder.

Y con eso activó un resorte en Mike Fuselier, algo que hacía tiempo que sentía. Como si hubiese descrito algo que él comprendía. Y no sabía por qué, pero se puso a reflexionar sobre Marie y las cosas que pensaba de ella.

Paul Calder se frotó la barbilla sin apartar la mirada del otro tipo. Entonces retiró el vaso a un lado y dijo:

—Quiero saber una cosa, Toby. ¿Cómo es que desaparece mi esposa y me entero de que sales llorando de una reunión del comité y de que tu mujer te ha echado de casa? ¿Por qué ha pasado eso, Toby?

Toby le dio un trago a la cerveza y la dejó encima de la mesa.

—Creo que eso es asunto mío, Paul.

—Deberías venir a casa, Toby. Necesitas un sitio donde quedarte. Yo tengo espacio de sobra.

Toby se aferró a ambos bordes de la mesa y respiró hondo.

—Te he visto por ahí con Amy Churchill, ¿no? ¿Cuántos años tiene? ¿Veinte?

—Oye, Toby —repuso Calder, y se echó hacia delante—. ¿Hay algo que quieras decirme?

—¿Qué coño quieres decir con eso?

—Adelante. Di lo que quieras. Me acuerdo de cómo suspirabas por ella.

—Paul, estoy intentando ser cortés. Por compasión.

El otro se estaba poniendo nervioso y se revolvía en el asiento.

—No creas que no nos hacía gracia. A mí y a ella. A Lara y a mí. ¿Pensabas que tenías alguna posibilidad?

Toby tartamudeó un «que te follen» tan ahogado que Mike sintió vergüenza ajena.

Paul Calder se abalanzó sobre la mesa. El cenicero salió volando y esparció ceniza por todas partes, la botella rodó por el suelo y rebotó. Antes de que el otro se diese cuenta de que estaba en una pelea, Calder ya lo tenía cogido por el cuello y lo estaba estrangulando.

—Cuéntame —gruñó—. Dime qué pasó.

El camarero les pegó un grito. Mike y su tío saltaron de sus respectivos taburetes porque el otro se estaba poniendo morado y se le iban a salir los ojos de las órbitas. Estaba claro que Paul Calder pretendía matarlo.

—Dímelo —le oyó insistir Mike.

Los separaron y el mecánico exclamó:

—¡Señor Calder! ¡Basta ya, señor Calder!

Dejó de forcejear y todos vieron las lágrimas que le surcaban las mejillas, los labios temblorosos. Cuando Ray lo soltó, Calder se desplomó y cayó de rodillas.

Los clientes del bar miraron al otro tipo, a Toby Greer. Éste se sacudió la ceniza de la ropa y se frotó la garganta; parecía demasiado avergonzado para mirarlos a la cara. Se levantó y salió por la puerta de atrás a toda prisa. Acto seguido, Mike y su tío apoyaron a Calder en la barra. Todo el mundo sabía quién era y el camarero le sirvió un café.

Les dio las gracias y se quedó sentado con la cabeza gacha, mirando el borde de latón de la barra. El tío Ray se puso a hablar con Jim Prentis, y Mike supo que le estaban haciendo el favor de no prestarle atención, por cortesía. Sin embargo, él quería hablar con Calder. Creía que tal vez pudiese encontrar el modo de contarle lo del día que su esposa recogió el coche, que podía decirle de alguna manera que la admiraba, y no de forma irrespetuosa, porque también lo admiraba a él. Pero sólo de pensarlo ya se sintió ridículo. Entonces quiso decir algo amistoso, algo inofensivo, pero también le pareció una estupidez. Aun así, seguía teniendo la necesidad de hablar, así que le describió un lugar que conocía en un campo cercano a la esquina sudeste del lago Raccoon. Una parcela cuadrada de tierra, escondida en mitad de los matorrales.

Le contó que de vez en cuando encontraba sitios como aquél, donde no crecía la hierba. Rectángulos de tierra. Calder lo contemplaba con una mirada agotada pero intensa, prestando atención. Así que Mike prosiguió y le explicó que su padre le había enseñado uno de esos lugares, un montículo yermo, y le había dicho que se trataba de una tumba. «Una tumba secreta.» Y mientras le contaba a Paul Calder todo eso, también pensaba en Marie, en lo triste que parecía por la mañana cuando él se había ido a trabajar. Había sido muy brusco con ella, pero Marie no había levantado la mirada de la mesa mientras se comía un dónut y, ahora que lo pensaba, tenía cara de estar tan apenada que a Mike se le partía el corazón. La veía mientras le contaba a Paul Calder lo de los extraños pedazos de tierra que estaban escondidos en el bosque y en los campos, las tumbas secretas.

Su tío y Jim Prentis oyeron lo que decía y se pararon a escuchar.

—Mike, ¿de qué cojones le estás hablando? —preguntó su tío Ray—. Déjalo tranquilo.

Mike perdió el hilo del relato o, por lo menos, el motivo para contarlo. Preguntó a Calder si había alguien a quien pudiera llamar para que viniese a por él, y éste le dio el número de una chica. La llamó y ella acudió. Se llamaba Amy y parecía más joven que Mike, incluso que Marie. Era rubia, guapa. Llevó a Calder hasta la puerta.

Mike se quedó en el bar y tomó otras dos cervezas. No podía quitarse a Lara Calder de la cabeza ni dejar de pensar en los pequeños rectángulos de tierra pelada donde no crecía la hierba. Se acabó la tercera y fue a las cabinas de teléfono que había junto a los baños. Llamó a Marie.

—Quería saber qué tal estabas —dijo.

—Vaya sorpresa —contestó ella.

Mientras tanto, Amy Churchill llevaba a Paul Calder a casa en el Honda Accord que le habían comprado sus padres cuando acabó el instituto. Las clases de Paul le gustaban sobre todo cuando no hablaba de su propia obra, sino del trabajo de otra persona a quien admiraba: la pasión y emoción que transmitía con la voz, el complejo desarrollo de su mente. Gracias a él había descubierto a Wharton, a Porter y a Munro. Él todavía era capaz de hablar de libros. Era una buena manera de hacerlo salir del cascarón. Amy sentía lástima por él y por su esposa. La primera vez que vio a Lara Calder, su forma de vestir y de comportarse, ni siquiera sintió celos. Pensó que era la clase de mujer en la que no le importaría convertirse con el paso de los años, y esperaba poseer esa confianza y porte algún día. Sabía que el camino que llevaba a esas dos cosas era la experiencia y sentía que Paul podía ayudarla con ese proceso, que podía servirle de educación. Él estaba perdido y agotado, pero seguía siendo una especie de hombre, alguien con mucho talento y un alma profunda y receptiva que necesitaba que la trajesen de nuevo a la vida con muchos cuidados. Esa experiencia sería algo muy especial. Salvar a un hombre como él sería una experiencia privilegiada.

Al girar hacia el camino, pasaron junto a una mujer mayor que caminaba por la carretera polvorienta. Paul la vio, se irguió en el asiento y la miró.

—¿Qué pasa? —preguntó Amy, pero él no respondió.

Se dio un baño caliente mientras ella cocinaba una pizza congelada y daba de comer al perro. Cuando por fin salió del agua, la comida estaba fría y él ya no tenía hambre. Llevaba una toalla enrollada y no apartaba la mirada del suelo.

—Esa mujer —dijo—, la de la carretera, antes tenía coche. Y una nieta. Pero no he visto a la chica ni al coche desde que Lara desapareció.

Amy no comprendió a qué se refería. A veces Paul decía cosas, teorías sobre su mujer que no siempre tenían sentido. Tenía más de una paranoia.

Paul se sirvió una copa y le explicó que se había quedado dormido en la bañera. Había tenido un sueño. Hablaba con voz neutra y muy distante, como si se estuviera alejando de ella, y aquel tono inerte y acartonado la hirió de un modo que ni ella misma alcanzaba a comprender. Él decía que en su sueño veía una pequeña parcela de tierra fresca y removida en un campo de hierbas altas. En el centro había un único diente de león marchito y él decía que sabía cómo había muerto la mala hierba.

—Murió —explicó él— cuando las raíces se abrieron paso a tientas por la tierra mullida, buscando dónde asirse. Como los dedos de un ladrón. Enroscándose en la tierra y en las piedras y en los huesos hasta que toparon con la piedra de jade del anillo de compromiso que llevaba un cadáver. Mi mujer. —Abrió la mano en el aire, como un mago—. Y las raíces no avanzaron más. Y la planta murió.

No dijo nada más al respecto, pero algo se había ensombrecido para Amy. Más tarde se sintió disgustada sin saber por qué y regresó a pasar la noche a la residencia de estudiantes.

En el instante posterior al sueño, se desencadenó un cambio en Paul Calder. Lo asaltó un presentimiento. Había ocurrido un accidente. Hasta entonces había creído que aún tenía posibilidades de volver a verla.

No sabía cuándo ni cuál era la dimensión exacta de aquel ajuste, pero un día fue capaz de llevar a cabo pequeñas tareas, de pensar más allá del momento presente. Amy lo ayudó a meter las cosas de Lara en cajas y guardarlas en la habitación de invitados, y él parecía agradecer que por fin se ocuparan de eso. Más adelante, Paul consiguió incluso mantener la puerta de aquel cuarto cerrada.

Al alejarse de su esposa empezó a sentirse disgustado con ella y comprendió que nunca la había amado como se merecía. No había tenido tiempo de aprender a hacerlo. Eso lo contrariaba, porque ella lo había amado.

Lara se convirtió en una alternativa a su vida, una rama del tiempo que continuaba hacia otra parte, al margen de la existencia de Paul. Alguien había podado la suya, la rama en la que estaba él.

Y con su generosidad imperecedera, Lara le había dejado un último regalo: lo había marcado, le había proporcionado una definición, una que separaba la verdad y las mentiras de su vida hasta reducirla a unas dimensiones muy específicas. Lara lo había convertido en alguien trágico.

Ya no tenía necesidad de esforzarse ni de escribir ni de sumar nada a la escasa lista de logros profesionales. A los ojos de todo el mundo había perdido muchísimo y, si no quería, no tenía por qué recuperarse.

La gente lo comprendía. Le dieron dos años de excedencia.

Se dio cuenta de que llevaba toda la vida esperando la oportunidad de cagarla de aquella manera.

Siempre tuvo la impresión de que podría haberse recuperado, pero escogió no hacerlo.

No veía motivos para ello.

Felicity Morris supuso que con la llegada del frío Paul había vuelto a vivir dentro de casa, pero en otoño lo vio una vez más. Estaba en un partido de fútbol americano con una joven. Era una temporada muy importante para el equipo del instituto de West Medora, que en las encuestas de la prensa figuraba como favorito para ganar la liga. Casi todo el mundo asistía a los partidos.

Ella iba porque era algo que hacer los viernes y porque la iba a buscar Bruce Chenault. Desde que Janie se había marchado, siempre que lo necesitaba, él la llevaba a los sitios en su camioneta Toyota. Era viudo y ella había conocido a su difunta esposa. Iban a la iglesia pentecostal. Bruce era mayor que Felicity, tenía casi ochenta años, pero estaba lleno de vida y se mantenía despierto. Era un buen compañero cuando cocinaba demasiado o le apetecía ver una película en Plainfield. Tenía la cara chata y marchita, y su aspecto era pulido y apacible. Cuando no estaba en la iglesia o en un restaurante, llevaba una gorra de rejilla de camionero, aunque una mata de pelo blanco aún le cubría la coronilla. Tenía la costumbre de mirarse los pies. Y la escuchaba.

Estaban sentados cerca de un pasillo, en la quinta o sexta fila, y observaban a los jugadores de ambos equipos durante el calentamiento. Era finales de octubre y Bruce había llevado un termo de café. Le sirvió la primera taza a ella y Felicity sopló el humo mientras miraba las cabriolas que hacían las animadoras cerca de la valla. Algunos hombres les silbaban.

Su equipo ya iba cinco a cero y se alegró por los chavales, porque lo que estaban consiguiendo enorgullecía a todo el público de las gradas, y porque significaba que estaban haciendo algo bien: eran sus chicos, de su pueblo, y ese pensamiento la hizo sonreír. Bruce la pilló con la sonrisa en la cara y, como si necesitase algo que hacer, apartó la mirada, le dio un trago al café e hizo una mueca porque estaba demasiado caliente. Todavía se ocupaba de sus tierras él solo y en otoño desprendía un agradable aroma a hoguera.

Al principio del segundo cuarto, los visitantes marcaron su primer gol cuando el equipo local dejó que un receptor interceptase un pase largo sin nadie detrás. El público se arrancó a silbar, soltar abucheos y aullidos a pesar de que ganaban de catorce. Entonces, igual que todos los demás, Felicity oyó a un hombre gritando. Estaba chillando, maldiciendo, dando alaridos. Decía cosas horribles.

Mike Fuselier estaba allí y también lo oyó. Estaba junto a Marie; a ella empezaba a notársele la barriga y se encogió y agachó la cabeza mientras la voz seguía gritando a su espalda. Igual que hacía la mayoría, Mike se volvió para ver de dónde venía tal escándalo.

Toby Greer también se dio la vuelta. Estaba en el partido con su hijo pequeño, David, y con Vanessa, su esposa. Se habían reconciliado hacía apenas unas semanas. Vio a Paul Calder de pie cerca de la última fila, chillando como un poseso y agitando el vaso que tenía en la mano. Estaba insultando a los árbitros, al otro equipo, a los entrenadores del instituto West Medora.

Dijo cosas que Felicity podía afirmar con total honestidad no haber oído nunca, y daba la impresión de estar increpando no sólo a los del campo, sino a los de las gradas. A todos. Hatajo de no sé qué y no sé cuántos. Podéis comerme esto y lo de más allá. A su espalda, el cielo se veía negro y estrellado.

En el pasado, Felicity se había visto en situaciones en las que hubiese querido hablar con él, pero no había sabido cómo. Se fijó en el par de ayudantes del sheriff que subían las escaleras de la grada y vio a la chica que estaba a su lado muerta de vergüenza, tirándole de la cintura del pantalón para que se sentase.

Estaba claro que sabía cómo aprovecharse de su situación, pensó Felicity. Aun así, algún día había querido hablar con él.

La mujer del catedrático había desaparecido, y su nieta también. Se había escapado con Mitchell Sleaux y su Festiva. ¿Y quién se creía aquel tipo para exigir justicia y después beber y despotricar como un energúmeno cuando no la conseguía? Justicia, cuando había mujeres como su esposa desaparecida, mujeres que ya habían arrasado con todo lo que merecía la pena por derecho de nacimiento. Felicity sentía que las cosas que la vida había negado a su nieta habían sido otorgadas a la otra en abundancia. Por eso la idea de justicia ya le resultaba una tontería, un concepto que los hechos más básicos de la vida habían invalidado.

Aun así, alguna vez había querido hablar con Paul Calder porque los dos estaban solos. Y fuera cual fuese el suceso que había provocado su encuentro con la soledad, a los dos les había ocurrido el mismo día.

Felicity siguió mirando hacia atrás y observó cómo los agentes se acercaban a él. La chica que estaba a su lado intentó hablar con ellos. Cuando uno de los dos fue a agarrar al catedrático, éste soltó el vaso y Felicity vio cómo la bebida se derramaba en el aire y brillaba bajo los focos, suspendida un instante como un chal flotante.

Él la vio. Se miraron a los ojos.

Entonces dejó de forcejear con los agentes. Bajó las manos y mientras lo cogían por las muñecas no los miró; miraba sólo a Felicity, sin hacer caso de ningún otro rostro, y siguió contemplándola mientras se lo llevaban hacia el pasillo de las gradas.

Ella debía de estar tapándose la boca con la mano, porque Bruce se la acarició y la piel seca de los dedos le rozó los labios.

—Siento que hayas tenido que escuchar esas cosas, Lissey —dijo él.

Le dio su chaqueta al ver que ella estaba temblando.

Felicity le quitó importancia al asunto, pero viendo cómo se llevaban a Paul Calder hacia la salida sintió vergüenza. Lo sacaron del recinto seguidos de Amy Churchill. Mike Fuselier permaneció atento a toda la escena, igual que Toby y Vanessa Greer.

Esa noche, cuando la llevó a casa después del partido, Bruce le cogió la mano y le preguntó si podía entrar.

Ella se moría de ganas de dejarlo pasar, pero estaba pensando en el catedrático y su mujer y en su nieta. Sintió una especie de revelación apocalíptica, como si una sombra le hubiera pasado por encima, algo que vio reflejado en las arrugas del rostro de Bruce, en la profundidad de las grietas, la rojez de los capilares rotos. La idea de que todo lo que hacemos, sea lo que sea, es en vano.

Y él debió de vérselo en la cara.

Dijo que estaba cansada y se acercó a la puerta. Aún llevaba la chaqueta sobre los hombros. Era un anorak de color verde oliva que semanas después todavía estaba colgando en la entrada, esperando a que Bruce regresase. Ella veía la prenda desde la mecedora del salón, y al contemplar la silueta vacía y lánguida, y la sombra que proyectaba en la pared, se indignaba con Paul Calder.

Le parecía orgullo aquella manera de comportarse. Creía que Paul era todo orgullo y soberbia. Por cómo actuaba.

Como si el abandono le perteneciese.

Como si fuera la única persona del mundo que había perdido algo.

AGRADECIMIENTOS

Este libro no hubiese existido sin haber contado, además de con muchos gestos amables por parte de amigos y desconocidos, al menos con las siguientes personas, a las que aprecio y muestro mi más profunda gratitud:

Matt Clark, 1966-1998.

C. Michael Curtis, por su fe, confianza y generosidad.

Skip Hays, por su paciente instrucción en cuestiones de lectura, escritura y otros asuntos más prácticos.

Gracias a Kate Nitze por su entusiasmo y todo el esfuerzo que ha hecho por mí.

Estoy en deuda con el gran Yasunari Kawabata, cuyas *Historias de la palma de la mano* dieron lugar a una anécdota relatada en la primera parte de «Dos orillas».